設若阿拉因人們所作的而施以懲罰，
祂就絕不遺留一物在地上。
——《古蘭經》三十五章，四十五節

屠宰場之舞

Lawrence Block

勞倫斯・卜洛克 著

曾筱光 譯

A Dance at the Slaughterhouse

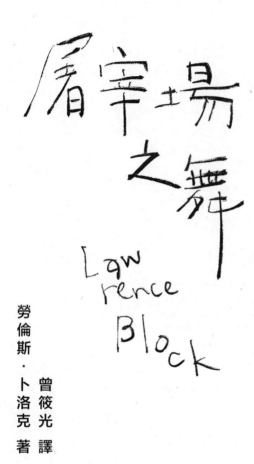

馬修・史卡德系列 09

屠宰場之舞 A Dance at the Slaughterhouse

作者——勞倫斯・卜洛克 Lawrence Block
譯者——曾筱光
美術設計—— ONE.10 Society
編輯協力——黃麗玟、劉人鳳
業務——李振東、林佩瑜
行銷企畫——陳彩玉、林詩玟
發行人——涂玉雲

出版——臉譜出版
104台北市中山區民生東路二段141號5樓
電話：(02)2500-7696　傳真：(02)2500-1952
臉譜部落格 facesfaces.pixnet.net/blog

發行——英屬蓋曼群島商家庭傳媒股份有限公司城邦分公司
104台北市中山區民生東路二段141號11樓
客服服務專線：(02)2500-7718；2500-7719
24小時傳真專線：(02)2500-1990；2500-1991
服務時間：週一至週五上午9：30~12：00；下午13：30~17：00
劃撥帳號：19863813
戶名：書虫股份有限公司
讀者服務信箱：service@readingclub.com.tw

香港發行所——城邦(香港)出版集團有限公司
香港灣仔駱克道193號東超商業中心1樓
電話：(852)2877-8606　傳真：(852)2578-9337　E-mail: hkcite@biznetvigator.com

馬新發行所——城邦(馬新)出版集團 Cite(M)Sdn Bhd (458372U)
41, Jalan Radin Anum, Bandar Baru Sri Petaling, 57000 Kuala Lumpur, Malaysia.
電話：(603)9056-3833　傳真：(603)9057-6622　E-mail: services@cite.com.my

初 版 一 刷　1998年5月
三 版 一 刷　2023年11月
ISBN 978-626-315-403-2

定價440元(本書如有缺頁、破損、倒裝，請寄回本社更換)

國家圖書館出版品預行編目資料

屠宰場之舞 / 勞倫斯・卜洛克(Lawrence Block)著；曾筱光譯. --
三版. -- 台北市：臉譜出版：家庭傳媒城邦分公司發行，2023.11
面；公分. -- (馬修・史卡德系列；09)
譯自：A Dance at the Slaughterhouse
ISBN 978-626-315-403-2(平裝)
874.57　　112017383

〈新版推薦序〉

關於我的朋友馬修・史卡德

臥斧

有很長一段時間，遇上還沒讀過「馬修・史卡德」系列的友人詢問「該從哪一本開始讀？」或「你最喜歡、最推薦哪一本？」之類問題，我都會回答，「先讀《八百萬種死法》，我最喜歡《酒店關門之後》。」

如此答覆有其原因。

「馬修・史卡德」系列幾乎每一本都可以獨立閱讀——作者勞倫斯・卜洛克認為，即使是系列作品，每部作品都仍該是個完整故事，所以倘若故事裡出現已在系列中其他作品登場過的角色，卜洛克就會簡述來歷，沒讀過其他作品或許不會理解角色之間的詳細關係，不過不會對理解手頭這本的情節造成妨礙。事實上，這系列在二十世紀末首度被引介進入國內書市時，出版社選擇出版的第一本書，就不是系列首作《父之罪》，而是第五部作品《八百萬種死法》。

出版順序自然有編輯和行銷的考量，讀者不見得要照章行事，我的答案與當年的出版順序並無關聯，《八百萬種死法》也不是我第一本讀的本系列作品。建議先讀《八百萬種死法》，是因為我認為這本小說最適合用來當成某種測試，確認讀者是否已經到達「人生中適合認識史卡德」的時期；

倘若喜歡這本，約莫也會喜歡這系列的其他故事，倘若不喜歡這本，那大概就是時候未到——生命中的哪個階段會被哪樣的作品觸動，每個讀者狀況都不相同。

這樣的答覆方式使用多年，一直沒聽過負面回饋，直到某回聽到一名友人坦承，自己初讀《八百萬種死法》時，覺得這故事「很難看」。有意思的是，這名友人後來仍然成為卜洛克的書迷，讀完了整個系列。

概略討論之後，我發現友人覺得難看的主因在於情節——這個故事並未完全依循推理小說作者與讀者之間不言自明的默契，結局之前的轉折雖然合理，但拐彎的角度大得讓人有點猝不及防，有部分讀者會覺得自己沒能被說服接受。可是友人同時指出，史卡德這個主角相當吸引人——這系列故事主線均由史卡德的第一人稱主述敘事，所以這也表示整個故事讀來會相當吸引人。能夠吸引讀者、呼應讀者自身的生命經驗、讓讀者打從心底關切的角色，總會讓讀者想要知道：這角色還會面對哪些事件，又會如何看待他所處的世界？

這是讓友人持續讀完整個系列的動力，也是我認為這本小說適合用來測試的原因——《八百萬種死法》是全系列中結局轉折最大的故事，也是完整奠定史卡德特色的故事。從這個故事開始認識史卡德，就像交了個朋友；而交了史卡德這個朋友，會讓人願意聽他訴說生命裡發生的種種故事。

約莫在友人同我說起這事的前後，我按著卜洛克原初的出版順序，重新閱讀「馬修．史卡德」系列，然後發現：倘若當初我建議朋友從首作《父之罪》開始讀，友人應該還是會成為全系列的忠實讀者，只是對情節和主角的感覺可能不大一樣。

史卡德登場

二十世紀的七〇年代，卜洛克讀了李歐納．薛克特的《論收賄》，這是薛克特與一名收賄的紐約警察一起完成的作品，內容講的就是那個警察的經歷。那是一名盡責任、有效率的警察，偵破不少案子，但同時也貪污收賄、經營某些不法生意。

卜洛克十五、六歲起就想當作家，他讀了很多偉大的經典作品，不過一開始並不確定自己該寫什麼；剛入行時他用筆名寫的是女同志和軟調情色長篇，市場反應不錯，六〇年代開始寫「睡不著覺的密探」系列，銷售成績也不差。七〇年代他與出版社商議要寫犯罪小說時，認為《論收賄》裡的警察或許能夠成為一個有趣的角色，只是他覺得自己比較習慣使用局外人的觀點敘事，沒什麼把握能寫好一個在警務體制裡工作的貪污警員。

於是卜洛克開始想像這麼一個角色：這個人是名經驗老到的刑警，和老婆小孩一起住在市郊，有辦案的實績，也沒放過收賄的機會；某天下班，這人為了阻止一樁酒吧搶案而掏槍射擊，但跳彈意外殺死了一個街邊的女孩。誤殺事件讓這人對自己原來的生活模式產生巨大懷疑，加劇了喝酒的習慣、與妻子分居、獨自住在旅館，偶爾依靠自己過往的技能接點委託維持生計，但沒有申請正式的偵探執照，而且習慣損出固定比例的收入給教堂……

真實人物的遭遇加上小說家的虛構技法，馬修．史卡德這個角色如此成形。

一九七六年，《父之罪》出版。

一名女性在紐約市住處遭人殺害，嫌犯渾身浴血、衣衫不整地衝到街上嚷嚷之後被捕，兩天後在獄中上吊身亡。女孩的父親從紐約州北部的故鄉到紐約市辦理後續事宜，聽了事件經過後找上史卡德——就警方的角度來看這起案件已經偵結，這名父親也不大確定自己還想做什麼，他與女兒幾年來鮮少聯絡，甫知女兒死訊，才想搞清楚女兒這幾年如何生活、為什麼會遇上這種事。警方不會處理這類問題，於是把他轉介給曾經當過警察、現已離職獨居的史卡德。

以情節來看，《父之罪》比較像刻板印象中的推理小說：偵探接受委託，找出凶案的真正因由。這個故事同時確立了系列案件的基調——會找上史卡德的案子可能是警方認為不需要處理的，或者是當事人因故無法、或不願交給警方處理的；而史卡德做的不僅是找出真凶，還會在偵辦過程裡挖掘出隱在角色內裡的某些物事，包括被害者、凶手，甚至其他相關人物。

緊接著出版的《在死亡之中》和《謀殺與創造之時》都仍維持類似的推理氛圍，不同的是卜洛克對史卡德的描寫越來越多。史卡德的背景設定在首作就已經完整說明，卜洛克增加的是史卡德處理事件過程的生活細節——他對罪案的執拗、他與酒精的糾纏、他和其他角色的互動，以及他在紐約憑藉公車、地鐵、偶爾駕車或搭車但大多依靠雙腿四處行走查訪當中的所見所聞，這些細節累疊在原先的背景設定上，逐漸讓史卡德越來越立體，越來越真實。

史卡德曾是手腳不算乾淨的警員，他知道這麼做有違規範，但也認為這麼做沒什麼不對——有缺陷的是制度，他只是和所有人一樣，設法在制度底下找到生存的姿態。這使得史卡德成為一個特殊的冷硬派偵探——這類角色常以譏誚批判的眼光注視社會，史卡德也會，但更多時候這類譏誚會轉為自嘲，因為他明白自己並不比其他人更好，這類角色常面不改色地飲用烈酒，史卡德也會，但酒精因而成為一種將他拽開常軌的誘惑，摧折身體與精神的健康；這類角色心中都會具備一套自己的道德判準，史卡德也會，而且雖然嘴上不說，但他堅持的力道絕不遜於任何一個硬漢。

我私心將一九七六年到一九八一年的四部作品劃歸為系列的「第一階段」。這四部作品的情節不只呈現了偵查經過，也替史卡德建立了鮮明的形象——作家替角色設定的個性與特質會決定角色面對衝突時的反應，而讀者會從這些反應推展出現的情節理解角色的個性與特質。史卡德並非完人，沒有超凡的天才，反倒有不少常人的性格缺陷，對善惡的標準似乎難以解釋，但他面對罪惡的態度會讓讀者清楚地感知那個難以解釋的核心價值。

讀者越來越了解史卡德——他不是擁有某些特殊技能、客觀精準的神探，他就是個試著盡力解決問題的凡人。或許卜洛克也越寫越喜歡透過史卡德去觀察世界——因為他寫了《八百萬種死法》。

反正每個人都會死，所以呢？

《八百萬種死法》一九八二年出版。

打算脫離皮肉生涯的妓女透過關係找上史卡德，請史卡德代她向皮條客說明。皮條客的行為模式與眾不同，尋找時花了點工夫，找上後倒沒遇到什麼麻煩；皮條客很乾脆地答應，但幾天之後，史卡德發現那名妓女出了事。史卡德已經完成委託，後續的事理論上與他無關，可是他無法放手，認為這事八成是言而無信的皮條客幹的；他試著再找皮條客，雖然不確定找上後自己要做什麼，不料皮條客先聯絡他，除了聲明自己與此事毫無關聯，並且要雇用史卡德查明真相。

在妓女出現之前，史卡德做的事不大像一般的推理小說；接下皮條客的委託之後，史卡德的工作方式則與前幾部作品一樣，不是推敲手上的線索就看出應該追查的方向，而是透過皮條客手下的其他妓女以及史卡德過往在黑白兩道建立的人脈，扎扎實實地四處查訪。因此之故，《八百萬種死法》有不少篇幅耗在史卡德從紐約市的這裡到那裡，敲門按電鈴，問問這個問問那個；其他篇幅一部分用來講述史卡德的生活狀況——主要是他日益嚴重的酗酒問題，酒精已經明顯影響他的神智和健康，但他對戒酒無名會那種似乎大家聚在一起取暖的進行方式嗤之以鼻，另一部分則記述了史卡德從媒體或對話裡聽聞的死亡新聞。

《八百萬種死法》的書名源於當時紐約市有八百萬人口，每個人可能都有不同的死亡方式；這些死亡事件與史卡德接受的委託沒有關係，史卡德也沒必要細究每樁死亡背後是否藏有什麼祕密。如此安排容易讓讀者覺得莫名其妙——我要看史卡德怎麼查線索破案子，卜洛克你講這些無關緊要的東西做什麼？不過讀者也會慢慢發現：這些插播進來的死亡新聞，讀起來會勾出某些古怪的反應，有時是深沉的慨嘆，有時是苦澀的笑意。它們大多不是自然死亡，有的根本不該牽扯死亡——例如有人扛回被丟棄的電視機想修好了自己用，結果因電視機爆炸而亡，這幾乎有種荒謬的喜感——讀者認為它們「無關緊要」，是因它們與故事主線互不相涉，但對它們的當事人而言，那是生命的瞬間消逝，可一點都不「無關緊要」。

是故，這些死亡準確地提出一個意在言外的問題：反正每個人都會死，所以呢？每個人如何迎來生命終點都無法預料，甚至不可理喻，沒有善惡終報的定理，只有無以名狀的機運；在這樣的世界裡，執著地追究某個人的死亡，有沒有意義？或者，以史卡德的處境來說，遠離酒精，讓自己清醒地面對痛苦，有沒有意義？

推理故事大多與死亡有關。古典和本格派將死亡案件視為智力遊戲，是偵探與凶手、讀者與作者之間鬥智的謎題；冷硬和社會派利用死亡案件反映社會與人的關係，什麼樣的環境會讓人做出什麼樣的掙扎，什麼樣的時代會讓人犯下什麼樣的罪行。其實，推理故事一直是最適合用來揭示人性的故事，因為要查明一個或數個角色的死因，調查會以死者為圓心向外輻射，觸及與死者有關的其他角色，釐清他們與死者的關係、死亡對他們的影響、拼湊死者與他們的過往，這些調查會顯露角色們的個性，死因與行凶動機往往就埋在這些人性糾葛之中。

《八百萬種死法》不只是推理小說，還是一部討論「人該怎麼活著」的小說。

「馬修．史卡德」是個從建立角色開始的系列，而《八百萬種死法》確立了這個系列的特色，這些故事不僅要破解死亡謎團、查出凶手，也要從罪案去談人性。

我們終將孤獨

在《八百萬種死法》之後，卜洛克有幾年沒寫史卡德。

據聞《八百萬種死法》本來可能是系列的最後一個故事，從故事的結尾也讀得出這種味道——史卡德解決了事件，也終於直視自己的問題，讓系列在劇末那個悸動人心的橋段結束，是個合理的選擇，也是個漂亮的收場——不過從隔了四年、一九八六年出版的《酒店關門之後》來看，卜洛克還想繼續以史卡德的視角看世界，沒有馬上寫他的故事，可能是自己的好奇還沒尋得答案。

因為大家都知道，故事會有該停止的段落，角色做完了該做的事、有了該有的領悟；但在現實生活裡，時間不會停在「全書完」三個字出現的那一頁，就算人生因為某些事件而轉往新方向，等在眼前的也不會是一帆風順「從此幸福快樂」的日子。卜洛克的好奇或許是：在史卡德直視自身問題、做了重要決定之後，他還是原來設定的那個史卡德嗎？那個決定會讓史卡德的生活出現什麼變化？那些變化是否會影響史卡德面對世界的態度？

倘若沒把這些事情想清楚就動手寫續作，大約會出現兩種可能：一是動搖前五部作品建立的系列基調——既然卜洛克喜歡這個角色，那麼就會避免這種情況發生；二是保持了系列基調但破壞了《八百萬種死法》那個完美結局的力道——真是如此的話，不如乾脆結束系列，換另一個主角講故事。

《酒店關門之後》是卜洛克思考之後的第一個答案。

這個故事裡出現三樁不同案件，發生在《八百萬種死法》之前。案件之間乍看並不相干（不過後來發現其中兩起有點關聯），史卡德甚至不算真的在調查案件——第一樁案件是酒吧常客妻子被殺，史卡德被委任去找出兩名落網嫌犯的過往記錄，讓他們看起來更有殺人嫌疑；第二樁事件是另一家起酒吧帳本失竊，史卡德負責的是與竊賊交涉、贖回帳本，而非查出竊賊身分。至於第三樁事件，史卡德完全沒被指派工作，那是一樁搶案，史卡德只是倒楣地身處事發當時的酒吧裡頭，而且也沒被搶。

三樁案件各自包裹了不同題目，這些題目可以用「愛情」、「友誼」之類名詞簡單描述，但真要說明白它們內裡的複雜層次，卻常讓人找不著最合適的語彙。卜洛克擅長用對話表現角色個性和推進情節，因此故事讀來一向流暢直白；流暢直白不表示作家缺乏所謂的文學技法，因為《酒店關門之後》完全展現出這類文字的力量——倘若作家運用得宜，這類看似毫不花巧的文字其實能夠帶領讀者無限貼近這些題目的核心，將難以描述的不同面向透過情節精準展演。

同時，卜洛克也在《酒店關門之後》為自己和讀者重新回顧了史卡德的完整形象，他的私人生活，他的道德判準，以及酒精。《酒店關門之後》的案件都與酒吧有關，故事裡也出現了非常多酒吧——高檔的酒吧、簡陋的酒吧、給觀光客拍照留念的酒吧、熟人才知道的酒吧、正派經營的酒吧、非法營業的酒吧、具有異國風情的酒吧、屬於邊緣族群的酒吧。每個人都找得到自己應該歸屬、宛如個人聖殿的酒吧，每個人也都將在這樣的所在，發現自己的孤獨。

史卡德並非沒有朋友，但每個人都只能依靠自己孤獨地面對人生，不是沒有伴侶或好友的孤獨，而是有了伴侶和好友之後才會發現的孤獨，在酒店關門之後、喧囂靜寂之後，隔著酒精製造出來的矇矓迷霧，看見它切切實實地存在。事實上，喝酒與否，那個孤獨都在那裡，只是少了酒精，有時就會缺乏直視的勇氣；可是理解孤獨，便是理解自己面對人生的樣貌，有沒有酒精，這都是必要的人生課題。

同時，《酒店關門之後》確立了這系列的另一個特色。假若從首作讀起，讀者會知道系列故事按著時序發生，不過與現實時空的連結並不明顯——那是二十世紀七、八〇年代發生的事，至於確切是哪一年則不大要緊。不過《酒店關門之後》開場不久，史卡德便提及事件發生在很久之前、一九七五年，是過去的回憶，而結尾則說到時間已經過了十年，也就是故事裡「現在」的時空應當是一九八五年，約莫就是《酒店關門之後》寫作的時間。史卡德不像某些系列作品的主角那樣，似乎固定停留在某段時空當中，他和作者、讀者一起活在同一個現實裡頭。

再過三年，《刀鋒之先》在一九八九年出版，緊接著是一九九〇年的《到墳場的車票》。卜洛克準備答案所花的數年時間沒有白費，結束了在《酒店關門之後》的回顧，史卡德的時間繼續前進，他用一種與過去不大一樣的方式面對人生，但也維持了原先那些吸引人的個性特質。

在人間與黑暗共舞

從《八百萬種死法》至《到墳場的車票》是我私心分類的「第二階段」，卜洛克在這個階段重新整理了對角色的想法，讓史卡德成為一個更有血有肉、會隨著現實一起慢慢老去、仿若與讀者一同生活在現實的真實人物。而系列當中的重要配角在前兩階段作品中也已全數登場，史卡德的人生即將邁入新的篇章。

我認定的「馬修．史卡德」系列「第三階段」從一九九一年的《屠宰場之舞》開始，到一九九八年的《每個人都死了》為止，卜洛克在八年裡出版了六本系列作品，寫作速度很快，而且每個故事都很精采，人性描寫深刻厚實，情節絞揉著溫柔與殘虐。

雖說先前談到前兩階段共八部作品時一直強調角色塑造，但不表示卜洛克沒有好好安排情節。卜洛克的確認為角色很重要——他在講述小說創作的《小說的八百萬種寫法》中明確寫道：「幾乎所有讀者持續翻閱任何小說的主要原因，就是想知道接下來發生的事，讀者之所以在乎接下來發生的事，則是因為作者描寫人物性格的技巧。小說中的人物若有充分描繪，具有引起讀者共鳴與認同的力量，讀者就會想知道他們下場如何，並深深擔心他們的未來會不會好轉，」「馬修．史卡德」系列可以視為這番言論的實際作業成績。不過，同一本書裡，他也提及寫作之前應該重新閱讀，不是以讀者的眼光閱讀，而是以作者的洞察力閱讀。卜洛克認為這樣的閱讀不是可以學到某種公式，而是能夠培養出一些類似「直覺」的東西，知道創作某類小說時可以用什麼方式。

說得具體一點，「以作者的洞察力閱讀」指的不單是享受故事，而是進一步拆解故事，找出該故事的作者用什麼方法鋪排情節，如何埋設伏筆、讓氣氛懸疑，如何製造轉折、讓發展爆出意外。

開始寫「馬修・史卡德」系列時，卜洛克已經是很有經驗的寫作者；要寫犯罪小說之前，他已經拆解了不少相關類型的作品。史卡德接受的是檢調體制不想處理、或當事人不願交給體制處理的案件，這些案件不大可能牽涉某種國際機密或驚世陰謀，但往往蘊含隱在社會暗角、體制照料不到之處的幽微人性——而史卡德的角色設定，正適合挖掘這樣的內裡。

從《父之罪》開始，「馬修・史卡德」系列就是角色與情節的適恰結合，而在寫完前兩個階段、史卡德的形象穩固完熟之後，卜洛克從《屠宰場之舞》開始加重了情節的黑暗層面。《屠宰場之舞》出現性虐待受害者之後將其殺害、並且錄影自娛的殺人者，《行過死蔭之地》出現綁架、性侵，並以切割被害者肢體為樂的凶手，《一長串的死者》裡一個祕密俱樂部驚覺成員有超過正常狀況的死亡機率，《向邪惡追索》中的預告殺人魔似乎永遠都有辦法狙殺目標。

這些故事都有緊張、刺激、驚悚、駭人的橋段，而在經營更重口味情節的同時，卜洛克持續讓史卡德面對自己的人生課題——前女友罹癌、要求史卡德協助她結束生命；原來已經穩固的感情關係，忽然出現了意想不到變化；調查案子的時候，自己也被捲入事件當中，更糟的是，自己的朋友也被捲入事件當中、甚至因此送命——諸如此類從系列首作就存在的麻煩，在第三階段一個都沒少。

史卡德在一九七六年的《父之罪》裡已經是離職警察，可以合理推測年紀可能在三十到四十之間，因此到一九九八年的《每個人都死了》為止，史卡德處於從三十多歲到接近六十歲的中壯年時期。在人生的這段時期當中，大多數人已經成熟、自立，有能力處理生活當中的大小物事，但也必須承受最多生活壓力——年長者的需求、年幼者的照料、日常經濟來源的提供、人際關係的維繫——而總也在這類時刻，一個人會發現自己並沒有因為年紀到了就變得足夠成熟或擁有足夠能力，毋需面對罪案，人生本身就會讓人不斷思索生存的目的，以及生活的意義。

「馬修．史卡德」系列的每一個故事，都在人間與黑暗共舞，用罪案反映人性，都用角色思考生命。

新世紀之後

進入二十一世紀，卜洛克放緩了書寫史卡德的速度。

原因之一不難明白：史卡德年紀大了，卜洛克也是。

卜洛克出生於一九三八年，推算起來史卡德可能比他年輕一點，或者同樣年紀。在歷經種種人生關卡、頻繁與黑暗對峙的九〇年代之後，史卡德的生活狀態終於進入相對穩定的時期，體力與行動力也逐漸不比以往。

原因之二也很明顯：九〇年代中期之後，網際網路日漸普及，犯罪事件利用網路及相關科技的比例也慢慢提高。卜洛克有自己的部落格、發行電子報，會用電腦製作獨立出版的電子書，也有臉書帳號，這表示他是個與時俱進的科技使用者，但不表示他熟悉網路犯罪的背後運作。要讓史卡德接觸這類罪案並無不可——早在一九九二年的《行過死蔭之地》裡，史卡德就結識了兩名年輕駭客，真要寫這類罪案，卜洛克想來也不會吝惜預做研究的功夫；但倘若不讓史卡德四處走動、觀察人間，那就少了這個系列原有的氛圍。

另一個原因則相對沒那麼醒目：卜洛克長年居住在紐約，世貿雙塔就是史卡德獨居的旅店房間窗景，二〇〇一年九月十一日發生在紐約的恐怖攻擊事件，對卜洛克和史卡德這兩個紐約客而言都是巨大的衝擊。卜洛克在二〇〇三年寫了獨立作品《小城》，描述不同紐約人對九一一的反應與後續生活；史卡德沒在系列故事裡特別強調這事，但更深切地思考了死亡——史卡德這角色是因為死亡才成形的，那樁跳彈誤殺街邊女孩的意外，把史卡德從體制內的警職拉扯出來，變成一個體制外孤獨抵抗人性黑暗的存在。過了二十多年，人生似乎步入安穩境地之際，世界的陡然巨變與個人的生理狀態，則提醒每個人：死亡非但從未遠去，還越來越近。而這也符合史卡德與許多系列配角的狀況，他們和史卡德一樣，都隨著時間無可違逆地老去。

「馬修．史卡德」系列的「第四階段」每部作品間隔都較「第三階段」長了許多。第一本是二〇〇一年《死亡的渴望》，這書與二〇〇五年的《繁花將盡》是本系列僅有「應該按順序閱讀」的作品。下一部作品是二〇一一年出版的《烈酒一滴》，不過談的不是二十一世紀的史卡德，而是《八百萬種死法》之後、《刀鋒之先》之前的史卡德——這兩本作品之間的《酒店關門之後》談的是一九七五年發生的往事，以時序來看，讀者並不知道史卡德在那段時間裡的狀況，那是卜洛克正在思索這個角色、史卡德正在經歷人生轉變的時點，《烈酒一滴》補上了這塊空白。

餘下的兩本都不是長篇作品。《蝙蝠俠的幫手》是短篇合集，可以讀到不同時期史卡德遭遇的事件，讀者會發現即使沒有夠長的篇幅，卜洛克一樣能夠巧妙地運用豐富立體的角色說出有趣的故事。二〇一九年的《聚散有時》則是中篇，也是「馬修・史卡德」系列迄今為止的最後一個故事，事件本身相對單純，但對系列讀者、或者卜洛克自己而言，這故事的重點是交代了史卡德以及系列當中重要配角的生活，他們有的長大了，有的離開了，有的年老了，但仍然在死亡尚未到訪之前，在生命裡碰撞出新的火花，發現新的意義。

最美好的閱讀體驗

「馬修・史卡德」系列的起始是犯罪故事，屬於廣義的推理小說類型，每個故事裡也都能讀出推理小說的趣味，縱使主角史卡德並非智力過人的神探，但他踏實地行走尋訪，反倒看到了更多人間光景、接觸了更多人性內裡。同時因為史卡德並不是個完美的人，所以他的頹唐、自毀、困惑，以及堅持良善時迸出的小小光亮，才會顯得格外真實溫暖。

是故，「馬修・史卡德」系列不只是好看的推理小說，還是好看的小說，不只是好看的小說，還是好的小說——不僅有引發好奇、讓人想探究真相的案件，不僅有流暢又充滿轉折的情節，還有深刻描繪的人性。

讀這個系列會讓讀者感覺真的認識了史卡德，甚至和他變成朋友，一起相互扶持著走過人生低谷、看透人心樣貌。這個朋友會讓人用不同視角理解世界、理解人，或者反過來理解自己。

我依然會建議初識這個系列的讀者，從《八百萬種死法》開始試試自己和史卡德合不合拍，不過或許除了《聚散有時》之外，任何一本都會是很好的選擇——不同時期的史卡德作品會有些不同的質地，但都保持了動人的核心。

這些年來我反覆閱讀其中幾本，尤其是《酒店關門之後》，電子書出版之後，我又從《父之罪》開始依序閱讀，每次閱讀，都會獲得一些新的體悟。史卡德觀看世界的視角未曾過時，卜洛克對人性的描寫深入透澈，身為讀者，這是最美好的閱讀體驗。

〈導讀〉

我是個神，我無力自拔……

唐諾

沒有先知，
沒有預言，
我們能仰靠誰？

——馬克斯・韋伯

可能有些人不復記得了（或沒趕上）「教父」這系列的電影，這裡，我們稍稍提醒一下：由大導演柯波拉拍攝，主要演員是馬龍・白蘭度和艾爾・帕西諾，故事講的是美國黑手黨克里昂家族的兩代滄桑，總共有三集，其中最好看的仍是第一集——不記得的人可找回記憶在腦中好好重播一遍，至於沒趕上的人可去找影碟或影帶來看，絕不會失望的。

《教父》被討論最多的可能是所謂柯波拉的「暴力美學」，尤其是第一集的結尾。老教父病逝，艾爾・帕西諾所飾的老三麥可在教堂中正式「加冕」為家族的新族長，直穿雲霄的聖樂聲裡，克里昂家族的報復大屠殺同時冷靜展開，血腥，聖潔，冷酷，虔敬，恐怖，甜美……看得人真不知道如何是好。

當然，這套手法後來被好萊塢和香港抄得很濫（就連成龍的《奇蹟》都照抄不誤），只是，真正美好的東西哪裡隨便抄得來，你情感沒到那裡，張力沒在那裡，某種呼之欲出的真實力量沒堆纍到那裡，就算在巴哈樂聲中引爆核子彈也照樣什麼都沒有。

多年之後，我總算在卜洛克的小說中又再次找到如此集死亡和華麗於一身的美學，尤其是眼前這本《屠宰場之舞》和他另一部同為史卡德探案的《行過死蔭之地》。

《屠宰場之舞》，一九九二年「愛倫坡獎」年度最佳小說，喜歡柯波拉《教父》的人不大可能會不喜歡這部小說——整部小說開始於一個狀似不經意的小動作，在拳擊台觀眾席上，一個狀似父親的男子，把手放在一個狀似他兒子的小男孩額上，溫柔的把小男孩的褐髮往後攏，然而，對瞥見這一幕的馬修·史卡德而言，卻雷擊般宛如看到該隱的印記，一個記敘著謀殺和死亡的印記。

風雪一夜

先說我個人最喜歡的段落好了。

我最喜歡這本書的第十二章末尾到整個十三章完，那是理應回旅館睡覺的史卡德，心中有事的忽然半夜跑葛洛根酒吧去，酒吧已經打烊了，鐵門拉下一半，但老闆米基·巴魯還在，喝著他專用的十二年愛爾蘭陳年威士忌——巴魯不知道為什麼猜到史卡德當晚會來，他把所有閒雜人等統統趕回家，煮一壺好咖啡，風雪故人來。

米基·巴魯是這個系列小說最有趣的人物之一，也是這個系列最殺人不眨眼的悍厲角色——他是屠夫之後，亦未改行，只除了他殺的是人，當他準備大開殺戒或望彌撒時，一定不忘本的套上那件家傳的棉質屠夫圍裙，上頭斑斑的陳年血跡已呈銹褐色，此人在各個酒吧被人傳頌的駭人事蹟是：他曾把一個傢伙砍下頭來，裝保齡球袋子裡，逢人展示。

這一對有趣的老友，史卡德和巴魯——一個是當過警察的罪案狩獵者，一個是「盜亦有道」的殺人如麻凶徒，就這麼沒事坐小酒吧裡，隔開外頭世界的漫天不義，閒聊到東方既白，然後在大雪紛飛的清晨，一起去聖本納德教堂望彌撒。

一整夜，兩人談賺錢和花錢，談有沒有地獄，談吸毒和上帝，其間，巴魯說了一個他黑吃黑劫殺新澤西毒梟一家的故事，史卡德則有感回憶起一個名叫文森·馬哈菲的世故老警察，這人是史卡德初入警界時的搭檔兼入門師父，他錢照拿，酒肉照吃，一輩子沒得過勳章，卻自有各式各樣自我實踐正義的鬼方法，史卡德的警察啟蒙教育，便是親眼目睹馬哈菲如何處理一樁法院無可奈何的父母虐童罪案，馬哈菲從頭到尾清楚司法系統對付不了這個案子，正義得自己繞路去尋求。

當然，話題也一定談到喝酒問題，還喝威士忌的巴魯說喝酒最好的時刻是：「……會有這麼一刻，我感到一陣清明，好像在那一刻，我能夠洞悉所有的事物，我的思想越過腦際，在那些事物之中翻滾纏繞，一瞬間，我感到它已經與我接近到幾乎可以觸摸的距離，然後——啪，就不見了，你懂我意思嗎？」已經不喝酒的史卡德點頭說他懂：「你就抓住它了，可是當你快要掌握住它時，它又消失得無影無蹤……那會讓你心碎。」

所以說，酒不容易戒，極有可能是喝酒的人在生理並未被酒精控制之前，先無法忘情於如此飄忽卻又真實存在的短短一刻，會忍不住想再次複製這樣的經驗，再伸手去抓它一次；毒品可能也是這樣，據說（我個人當然是道聽途說來的）同樣存在類似的「這一刻」，我曾在馮內果的《聖棕樹節》書中讀過這一段話，「一個朋友有一回向我提起他稱做『存在的包袱』的感覺。那種不自在會迫使人不斷前進，而且永遠無法感到自在。他曾嚐過一次海洛英，他說他立刻明瞭這種藥物的魔力，因為那是他生命中唯一沒感受到『存在的包袱』的一刻。」這和書中巴魯唯一的一次古柯鹼吸食經驗可相互暉映——差別只在於巴魯的「這一刻」是較形而下的自覺在床上無敵罷了。

這裡，我想問的是，正義的實踐，尤其是一個人超越過習慣於操作正義的「既定形式」（如法律道德、倫理系統），扮演上帝一手執行正義，是不是也會有「這一刻」？也會一而再再而三想去複製而終究上癮呢？

或者更直接的問：卜洛克提筆寫這部《屠宰場之舞》，是否本來就有意順便問這個問題並努力提供某種程度的答案呢？

我個人的猜想是：是的。

暗夜的執法者

基本上，古典推理小說只處理到破案為止，所謂的破案，意思是兇手是誰已從邏輯推演中被解讀出來——這其實是滿討巧的方式，就像打籃球只負責投籃得分，而把防守、卡位、搶籃板的所謂「骯髒活兒」丟給別人一般。

但我們知道，就兇殺案「殺人—果報」的這方面正義實踐而言，其實在理解了兇手是誰之後，還有一條相當長的尾巴，其間至少包括了破案、審訊、定罪到執行，每一個環節不僅都不是透明的，而且每一個環節中都擠滿了各式各樣不同心思和利益、有動機也有能力改變最終結果的人，比方說警察、檢察官、律師、法官、陪審員、新聞媒體、政客，以及擁有某種社會力量的人物。

於是，在這條被忽略的髒尾巴之上，推理小說便有機會生長出各種「亞類型」來占領並處理這一塊塊處女地，比方說「警察小說」（Police Procedural），著眼的便是警察以及其背後整個執法系統和罪案間的複雜牽扯（當然，古典推理某些神探亦有正式警方身分，如威基・柯林斯筆下的柯夫警官，或約瑟芬・鐵伊筆下的格蘭特探長，但他們純粹以個人的睿智天成辦案，無意探入其所在的執法系統）；又比方說，法庭小說（Legal／Courtroom），則負責料理審訊到定罪判刑這一段失落的環節；事實上，更大的一道推理小說支流的美國革命派，以漢密特和錢德勒為代表，打從一開始便全面質疑古典推理這套「知道兇手＝正義償還」的簡易公式，半世紀來如一日。

不管是警察推理、法庭推理乃至於美國革命的冷硬私探推理，多少得顧及類型小說讀者對正義償還的期盼，因此，絕大多數還是會安排個善惡有報的妥善結局，然而弔詭的是，我們在閱讀此類小說時，卻極容易想到，既然非要有個不屈不撓、抗拒得了所有強權和壓力的警察、律師、檢察官或私家偵探，肯抱緊一己的信念下定決心殺出一條血路才有正義可言，那意思不正是說，正義，「通常」是不在的嗎？有決心有信念的個人背後那個大結構、大系統不僅不是正義的守護神，反倒是個阻撓者，或甚至是罪惡者嗎？

這類疑問和我們現實世界對這些執法機構的常識相當接近——正如馬克斯・韋伯的陰森森預言，科層堆疊的大結構是個「鐵籠」，有希望的光是照不進去，穿透不了的。

把這個暗慘的邏輯往下推，我們便也不難得到某種「左岸」結論：正義，只有在推倒或越過那些個麻木不仁的大系統大結構，自己動手，才有機會實現。由此，便衍生出所謂的「暗夜執法者」的概念，用一般人較熟悉的例子來說，「蝙蝠俠」正是這類概念的產物之一：他是陰暗的正義守護神，是即溶式的上帝，對於罪惡和不義，他從搜尋、發見、審判到執行，乾淨俐落一手全包了，不必管搜尋合不合乎程序，也不囉嗦什麼交叉詰問——我們讀《舊約聖經》，什麼時候看見耶和華在降洪水或天火雷電擊殺惡人之前，還不忘先唸「你可以保持沉默，你所說的話都可能成為呈堂證供——」這一套呢？

一旦成了神

在社會現實狀況愈糟糕愈絕望、執法的系統愈顢頇愈無能時（如今天的台北市），人們便愈發期盼有這類不顧一切的英雄出現——就別說一般小老百姓了，便連冷靜審慎智慧博學如馬克斯．韋伯者，也忍不住把人類掙開鐵籠的希冀，押在他所謂「奇士瑪型」的人物身上，我們知道，奇士瑪，指的正是不受理性條件約制、天縱式的英雄，是神的道成肉身。

然而，請神容易送神難，一旦成了神，他還肯下凡來回頭當個人嗎？就算一念清明回頭當人，他會不會像懷念喝了酒或吸了毒之後的那一刻，屢屢想把自己再複製為神呢？

這個其實非常嚴肅的問題，卜洛克在這部《屠宰場之舞》中反覆觸及，卻並未給我們清楚的答覆，他只透過史卡德的意志之口告訴我們：「我想，（對法律無可奈何的罪惡和不義）我可以視而不見，可以蓋著它不管，然後一切又會歸於寧靜……在我相信『偉大的或許』的日子裡，我知道是這樣。而當我的無邊力量成為『偉大的或許不是』，我也仍然這麼認為。」

很顯然，卜洛克把問題凝縮為個人的抉擇，這無助於問題的全面思考和解決——當然啦，作家從來沒義務要對自己所提出的問題找到答案。

我個人以為，證諸人類的斑斑歷史，我們最好別心存僥倖，被當成神且也知道自己成了神卻肯老實交出權柄回歸平凡者，像美利堅合眾國的創建者喬治．華盛頓那樣，絕對是億萬人中的異數，是特例。

也就是說，有人戒成了酒，有人戒成了毒，但絕不代表所有的酒鬼毒蟲都能做得到。

我是個神，我無力自拔

在這裡，我們願意更雪上加霜的提供美國名小說家馮內果看似戲謔、實則更悲觀的看法。他指出，想戒酒的人，有戒酒無名會可去；想戒賭的人，有戒賭無名會可去；想戒毒的人，也有匿名的勒戒所可去，然而，想戒掉這生死予奪的權力，想戒除成為神的幻覺呢？我們有這樣的協會或機構來幫助他們嗎？

我是馬修，我是個酒鬼，我無力自拔……

我是馬修，我是個毒蟲，我無力自拔……

我是馬修，我是個神，我無力自拔……

和卜洛克和馮內果一樣，很抱歉，我們也沒有終極的答案。

—

第五回合接近一半時，身穿藍短褲的拳手，以一記強勁的左勾拳，揮中對手下巴，接著又朝他頭上補了一記右直拳。

「他差不多啦。」米基．巴魯說道。

看起來，他是一副快倒下的樣子。不過當那藍褲小子展開猛烈攻擊時，那名挨打的躲過了一記直拳，彎腰抱住對手、兩人便扭成了一團，在裁判將他們拉開之前，我看見了他已然渙散的目光。

「還剩多少時間？」

「大概一分多鐘。」

「還早嘛，」米基說道，「你仔細瞧那小子，他準會把對手打得落花流水。他個兒小，卻蠻得像頭牛。」

其實他們不算小個子，中量級的選手，體重大概在一五五磅左右。過去我對拳賽的各種量級很清楚，但那時候比較容易，現在的分級標準比以往多兩倍以上，一下又是次什麼級，一下又是超什麼級，每一級還各有三種不同的冠軍。我想當某位仁兄發覺增立名目要比贏得比賽容易得多時，這種潮流便一發不可收拾，而從此之後，也再看不到什麼精采的拳賽了。

現在我們看的這場比賽，嚴格的講什麼名目也沒有，若和拉斯維加斯或亞特蘭大賭場舉行的盛大場面比起來，簡直天壤之別。再說精確一點，我們是在馬帕斯附近的某條黑街上，一個廢棄工地的水泥倉庫裡。它位於皇后區的邊緣，東、南角分別和綠角、布什維克區相接，其餘的地方則被一大片公墓包圍。你可以在紐約住上一輩子而從未踏進馬帕斯這個鬼地方一步，或者開車經過幾十次卻渾然不覺。滿街不是工廠和五金行，就是單調乏味的住宅，沒有人會想來此地投資或開發。不過未來的事情也難說，有限的空間遲早會用光，只要城裡那些年輕拓荒者把一整列的排屋牆上的老舊瀝青鏟掉，再動手將室內好好裝潢一番，這個地區將會像藝術家住的統樓一般重獲生機。到時候，格蘭大道的人行道上，會種上滿滿一排銀杏樹，巷尾街角也會到處林立著韓國蔬果行。

不過呢，眼前這馬帕斯體育館的嶄新面貌是唯一能顯出這一帶會有光明前途的標記。幾個月前，麥迪遜花園廣場因為翻修而把菲爾特廣場給暫時關閉了。就在十二月初，馬帕斯體育館隆重開幕，每個禮拜四晚上，都安排了一堆拳賽，第一場預賽通常在七點左右開鑼。

這棟建築物要比菲爾特廣場小，四周是未經處理的水泥牆，頂上是鐵皮棚子，地板也是厚片混凝土，看起來相當陽春；拳擊賽的擂台坐落在這長方形館場其中一面的正中央，面對著入口。一排排金屬製的折疊椅將擂台三面圍住；三個座區的前兩排座位是血紅色，其餘則是灰色，靠擂台的紅椅子是預訂席，灰椅子則可自由入座，一張票才五元，比曼哈頓的首輪電影便宜兩塊。即便如此，還是有近半數灰椅子是空的。

為了盡可能塞滿觀眾席，票價壓得很低。如此坐在家裡看有線電視的觀眾才不會發覺，原來，這個節目是針對他們設計的。新的馬帕斯體育館是有線電視的產物，為一個剛成立的體育頻道提供節目，這家名叫五區有線電視網的公司，正摩拳擦掌準備在紐約電視界爭得一席之地。七點多，我和米基到了這兒，看見有幾輛「五區」的轉播車已停在體育館外面，準備在八點時開始轉播。

此時最後一場預賽的第五回合結束，穿白短褲的小子還挺著沒倒。這兩名拳手都是布魯克林混大的黑人，賽前的介紹中說，一位來自貝佛史特維森，另一位則來自皇冠高地。一樣的短髮，一樣的中等身材，其中穿藍短褲的那個因為老彎著身子打拳，看起來比較矮，實際上也差不多高。還好兩人的短褲顏色不一樣，要不還真難分辨。

「他應該乘機撂倒他，情況都對他這麼有利了，竟然沒能順勢收拾他。」

「穿白短褲那小子比較有心眼。」我說。

「可是他的眼神完全呆滯了。那個，那個穿藍短褲的叫什麼名字來著？」他查了查節目單，所謂的節目單，也不過是一張印著賽程的藍色破紙頭。「馬坎，」他說，「馬坎讓煮熟的鴨子飛了。」

「剛才他的確占盡上風。」

「沒錯，而且還結結實實的擊中他好幾下，但就差那麼一點點，我真搞不懂，很多拳手都是這樣，把對手打得慘兮兮，但總是無法一鼓作氣擊倒。」

「下面不是還整整三個回合嗎？」

米基搖搖頭說：「沒用了，良機稍縱即逝。」

∞

他說的沒錯，雖然馬坎贏了接下來三回合，卻沒能再像第五回合那樣幾乎把對手擊倒，終場鈴響，兩人一身大汗淋漓，很快的擁抱了下，馬坎跳回他的角落，高舉雙臂以示勝利。

裁判也做出了相同的判決，其中兩個判他從頭贏到尾，是一場完封。

但第三位裁判卻判定白短褲拳手贏了其中一回合。

「我去買瓶啤酒，你喝什麼？」米基問道。

「現在還不需要。」

我們坐在入口處右邊第一排的灰椅子上，這樣我便能時時注意入口處的動靜。但到目前為止，我的眼睛幾乎沒離開過擂台。趁米基往體育館另一頭販賣部走的這會兒，我朝入口處張望了下，接著眼光一轉，乍然瞥見一張熟面孔向我走來，一個身形高大的黑人，穿著剪裁合身的海軍藍直條紋西裝，我站起身來，迎上去與他握手寒暄。

「我就說是你嘛，剛才馬坎和柏迪特開打前，我回頭瞄了一下，我就跟自己講，我一定看到了我的朋友馬修坐那邊的便宜座位上。」他說。

「馬帕斯這兒的座位都很便宜。」

「可不是，」他把手搭我肩膀上，「我們第一次見面也是在看拳賽，在菲爾特廣場對不對？」

「沒錯。」

「和你一道的是丹尼男孩。」

「跟在你身旁的則是叫桑妮的女人，但我忘了她姓什麼。」

「她叫桑妮・韓德瑞，或是桑婭，但沒人喊她桑婭。」

「不如這樣，假如你不介意坐次等席，何不和我們一起坐？我朋友買啤酒去了，這整排幾乎全是空的。」我說。

他笑了，「我已經有位子了，在藍色角落，我得替我的拳手加油打氣。『神童』巴斯孔，你還記得他吧？」

「當然記得。我們頭一次見面那晚上，他把那一個……呃，我忘了叫什麼鬼的義大利小子給打慘了。」

「誰記輸家的名字。」

「他身上中了狠狠一拳，被打得魂飛魄散，這點我倒記得很清楚。巴斯孔今晚不出賽吧？節目單上沒他名字。」

「他早退休了，幾年前就高掛拳套，不打了。」

「我想也是。」

「他就坐那裡。」說著，他指給我看，「今天晚上，我的拳手是艾爾頓．羅西德，他應該會贏。可是與他交手的傢伙也不是等閒之輩。

「他過去的戰績十一勝兩敗。其中一次還是因為對手從裁判那兒賺到分數才落敗。所以我說這小子並不容易對付。」

接著，他開始滔滔不絕起來，正說到拳擊教戰守則的時候，米基捧著兩個大紙杯回來，一杯啤酒，一杯可樂。他說：「免得待會兒你口渴了得多跑一趟。排了那麼長的隊，就只買一杯啤酒，實在太不划算了。」

我替他們介紹，「這是米基．巴魯，……這是錢斯……」

「錢斯．庫爾特。」

「幸會幸會。」米基手上捧著兩杯飲料，他們倆沒辦法握手。

「喏，多明格茲出來了。」錢斯說道。

這個名喚多明格茲的拳手，由一干助手簇擁著，從側翼走道下來。他身上披了件藏青色滾邊的寶藍色袍子，人滿好看的，方方的長下巴，蓄著整齊的黑色鬍鬚，面帶微笑，向拳迷揮揮手，爬上了擂台。

「氣色不錯。我看艾爾頓大概也磨刀霍霍吧。」錢斯說道。

「你支持另一個嗎？」米基問。

「是啊，我支持艾爾頓．羅西德，喏，他出場了，待會兒比賽結束，也許咱們大夥兒去喝一杯如何？」

我說，這倒是個好主意。然後錢斯便走回自己靠藍色角落的座位，米基把兩杯飲料遞給我，在我身旁坐了下來。「艾爾頓．羅西德對派得羅．多明格茲。」他大聲唸著節目單上的說明。「這兩人的名字到底誰取的啊？」

「派得羅．多明格茲這名字不壞，簡潔有力。」

他白了我一眼。羅西德此時也爬上了擂台。「艾—爾—頓．羅—西—德。」米基一字一字的唸出他的名字，「如果這是一場選美大賽，派得羅可贏定了，你瞧瞧羅西德那副德性，活像被上帝用鏟子敲扁了似的。」

「上帝會做這種事？」

「哼，上帝做過的事起碼一半以上都說不出個所以然來。對了，你那個朋友錢斯長得挺稱頭，你們怎麼認識的？」

「幾年以前，我替他工作過。」

「替他辦案嗎？」

「是的。」

「大概是他的穿著打扮吧，我覺得他看起來滿像律師。」

「他是一個非洲藝品商。」

「像是雕塑那類的？」

「差不多。」

主持人在一片叫囂聲中宣布比賽即將開始。又加油添醋的預報下週舉行的輕中量級比賽，以招攬觀眾。接著，再煞有介事的介紹場邊在座幾位知名人士，包括「拳擊神童」亞瑟．巴斯孔。觀眾一視同仁，管他是誰，掌聲一樣稀稀落落。

接下來介紹裁判、三位評審、一位計時員，以及一位有人倒地時的讀秒員，這個讀秒員今天晚上可有的忙了，因為兩名拳手以前都打過重量級，而且過往的紀錄絕大多數以擊倒收場，多明格茲十一勝中有八次擊倒；而羅西德在他職業拳賽的十連勝裡，只有一個對手在拳賽結束時還站著。

擂台另一頭，傳來一群拉美裔拳迷為多明格茲加油的熱烈歡呼，羅西德這邊的拳迷則自制多了。兩位拳手走到擂台中央，聆聽裁判對他們說一堆早已滾瓜爛熟的規則，然後兩人碰碰手套，各自回角落，馬上鈴聲響起，比賽正式登場。

第一回合，兩人未盡全力，意在試探對方，但也各挨了幾拳。羅西德一記猛烈的左拳打中對手，以他體型來說，移動速度夠快了。相比之下，多明格茲就笨多了，打來有些遲鈍。然而，在第一回合還剩三十秒時，他忽然一記天外飛來的右勾拳命中羅西德左眼，羅西德甩甩頭，好像不在乎。但觀眾可以看出他受創了。

下一回合開始前，米基對我說：「那個派得羅還真悍，光這一拳，大概夠他贏下第一回合了。」

「我永遠搞不清楚他們是怎麼計分的。」

「那種拳只要再來幾下，我看這場比賽根本不用計分了。」

第二回合，羅西德開始繞外圍繩圈與對手周旋，他刻意避開多明格茲的右拳，並伺機以直拳進攻，比賽進行中，我發現了一個男人，他坐場邊的中間區位，我想剛才我已經注意到了，此刻不知道為什麼，我又盯上他。

此人年約四十五上下，額頭突出，上面頂著稀疏的深褐色頭髮。臉刮得很乾淨，形狀肥而扁，似乎以前也當過拳手，不過要真是這樣，主持人應該會介紹才對。在這裡充場面的名人很缺，任何一位曾經在金手套盃亮相超過三回合以上的人，都很有機會在五區電視網的攝影機前亮亮相，更何況他座位就在台邊，跨上去接受掌聲，簡直太方便了。

那個男人身邊，跟了一個小男孩。他一手搭小男孩肩上，一手對著擂台指指點點，我猜他們應該是父子，雖說長得不太像，男孩大約十歲出頭，淺褐色的頭髮，額上有著明顯的美人尖，如果這種特徵在父親身上也曾有過的話，恐怕也早禿光了。那位父親穿藍色運動衫，法蘭絨長褲，領帶是藍色的，上面綴著深藍大圓點，圓點的直徑將近一吋，男孩則穿著紅格子襯衫，藏青色燈芯絨長褲。

我一點也想不起來，究竟在哪裡見過他。

8

第三回合，在我看來，兩人打成平手。印象中羅西德得手次數較多，不過我沒有仔細算過，多明格茲表現得也不差，兩人都比較進入狀況了，這一個回合直到接近終了，我都沒有再留意那個打藍圓點領帶的男人，因為，我看到了另一個人。

這個人比較年輕，三十二歲吧。雙腳岔開站在那兒，活像一名輕量級拳手。他夾克和領帶全脫了，露出一件白底彩色條紋襯衫，外表輪廓很鮮明，擺出的架勢也不錯，是那種你可以在男裝目錄上看到的帥哥型人物，美中不足的是，他有一張下掀的厚唇和一個粗糙的大鼻子。一頭濃密的褐髮經過細心吹整，相當有型，配一身古銅皮膚，那是在安提瓜曬了一個禮拜之後，帶回來的紀念品。

他的名字叫理察．得曼，五區有線運動網的製作人。他現正站在擂台繩圈外圍和一名攝影師說話。

舉告示牌的美女開始繞場。涼快的裝束除了讓觀眾知道第四回合馬上開打之外，還順帶養眼，只是這位高䠷豐滿的長腿姐姐向大家展示本錢時，坐家裡的觀眾可就錯過了，他們只有啤酒廣告可看，不像我們，可把她不吝外露的胴體當冰淇淋吃。

她走近攝影機，對得曼說了些話，得曼伸手過去拍拍她屁股，可能是他習慣對女人毛手毛腳，或者說她習慣被吃豆腐，對此她完全無動於衷。還有另一種可能，也許，他們早八百年已是老友了。可是她一身嫩粉色澤皮膚，似乎不太可能和他一起去安提瓜度假曬太陽。

性感美女跨出繩圈，他也爬下來，同她一起敲響賽鐘，拳手雙雙從凳子上起身，第四局於焉開始了。

這回合多明格茲一上場就揮出右拳，正中羅西德左眼，羅西德則以刺拳和直拳還擊，接近尾聲時，更以連續的上勾拳扳回劣勢，鈴響那一剎那多明格茲又漂亮的一記右拳。我問米基這局到底該怎麼算？

「怎麼算不重要，反正他們撐不完十個回合。」

「你比較喜歡哪個？」

「我喜歡那黑小子，不過，他大概沒有希望了，這個派得羅真他媽的猛。」他說。

我又向那個帶了小男孩的男人望去。「你瞧那邊那個男的，第一排，旁邊坐了個小男孩那個。」

「他怎樣？」

「我想，我見過他。可是忘了在哪裡，你認得嗎？」我說。

「從來沒見過。」

「那我到底是在哪裡看過他呢？」

「他那個樣兒，看起來像條子。」

「不會，你真這麼想嗎？」

「我不是說他就是條子，是說他長得像而已。你知道他像誰嗎？我忘了名字……呃，就是經常演警察的那個演員……」

「經常演警察？幾乎每個演員都演過警察。」

「啊，對！金．哈克曼。」他說。

我再看了看，「金．哈克曼比較老。」我說：「也比較瘦。這傢伙鬆垮垮的，金．哈克曼多結實。還有，哈克曼的頭髮也比較多不是？」

「拜託！」他叫起來，「我又沒說他就是金．哈克曼，我只說他長得像。」

「如果他真是金．哈克曼，他們一定會請他站起來，向觀眾鞠躬致意。」

「哼，就算是他媽的哈克曼他表弟來，這些飢渴的人也一樣會拉他起來鞠躬。」

「不過你說對了，他們確實有相似之處。」

「我先聲明，我可沒說他們是一個模子印出來的，不過——」

「不過他們的確有些神似，但我不是因為這樣才覺得他眼熟的。奇怪，我到底在哪裡見過他？」

「可能你某一次聚會上碰過面吧。」

「有可能。」

「除非他現在喝的是啤酒。如果他是你們那幫傢伙中的一個，現在還會喝啤酒嗎？不會吧。」

「大概不會。」

「不過你們那群人，也不見得個個謹守戒律是不是？」

「這話也沒錯。」

「好吧，只能說但願他杯子裡裝的是可樂。如杯裡真是啤酒，我們就祈禱他早點把酒遞給旁邊那小傢伙才是。」

∞

多明格茲在第五回合表現得比較好，儘管空拳不少，但打在羅西德身上的少數幾拳仍然起了作用。這一回合接近尾聲時，羅西德漂亮的扳回幾拳，但很明顯，天下還是屬於那拉丁裔的拳手。

第六回合一上來，羅西德被一拳打中下顎，應聲倒地。

那一拳打的可結實了，觀眾都興奮的站起來。羅西德趴了將近五秒鐘，八秒鐘的強迫暫停過去，裁判一宣布開始，多明格茲便迫不及待逼上前去。羅西德雖然腳步有些踉蹌，但卻展現了許多技巧，包括下潛、側身化解對方攻勢，也會利用箝制爭取時間，不時見縫插針奮勇還擊。這一回合才剛開始沒多久，羅西德就被擊倒，然而他竟然還能撐到第六回合結束，挺著沒有倒下。

「再一回合就分勝負了。」巴魯說道。

「不可能。」

「哦？」

「大好機會他已經錯過了。」我說：「就像上一場比賽，那愛爾蘭人，叫什麼名字的？」

「愛爾蘭人？什麼愛爾蘭人？」

「就那馬坎。」

「哦，那個黑漆漆的愛爾蘭人。嗯，照這種情況看來是有可能，你認為多明格茲也會像馬坎一樣，時機到了卻扣不下扳機？」

「扣扳機，把對手擊倒，這他倒會，只不過他現在恐怕心有餘力不足了。你想想，他揮了那麼多空拳，出拳本身就很耗體力，如果沒打到那更累人。這一回合下來，多明格茲消耗的體力，要比羅西德多得多。」

「你覺得最後會變成由裁判判定勝負？除非你那位朋友錢斯先生在其間動了手腳，否則，一定會判派得羅贏這回合。」

像這種沒有設賭局的比賽，是不會有人費事去動手腳的。我說：「用不著裁判，羅西德會把他摺倒。」

「我說馬修你是做夢吧？」

「不信走著瞧。」

「要不要賭？跟你，我可不想賭錢。你說該賭什麼好呢？」

「不知道。」

我眼睛盯著那對父子，腦子裡面一直有個東西懸在我的思緒邊緣，好像就要掉出個什麼結論來，弄得我心不在焉。

「如果我贏了，咱們就來個徹夜不歸，然後到聖本納德教堂去，趕八點的屠夫彌撒。」

「要是我贏呢？」

「那咱們就甭去了。」

我笑起來，「這個賭注下得可真好，本來我們就沒打算要去，我這算是哪門子贏？」

「那這樣好了，」他說，「如果你贏了，我就去參加你們聚會。」
「哪個聚會？」
「就那個見鬼的戒酒無名會。」
「你為什麼想去參加聚會？」
「我當然不想，但這就是他媽的重點。願賭服輸啊。」
「可是我要你參加聚會幹嘛？」
「我哪知道？」
「哪，如果你自願，我倒很樂意帶你去，但我可不希望你是因為我才去參加。」
這時，我看到那個父親把手放在小男孩的額頭上，把他的褐髮慢慢向後攏。這個姿勢像一記右拳，猛地震動了我的心，一時之間我像聾了一般完全聽不見米基說話，以至於我得要他再說一遍。
「那就不賭行了吧。」他說。
「好啊。」
鐘響了，拳手再度起身。
「反正，你說的我也同意，我看派得羅真他媽的把自己給累垮了。」
8

結果正是如此。雖然第七回合，情勢對多明格茲來說還沒有到無力還擊的地步，因為，他還有力氣揮出幾記讓觀眾為他歡呼的拳來，但是，讓觀眾起立歡呼比叫對手失足倒地要容易多了，這一回合快結束時，羅西德猛然揮出一記右拳打中對手心窩，我和米基不禁會心的相視點頭。這時全場鴉雀無聲，沒人歡呼，也沒人叫囂，比賽的結果有目共睹，任誰都無法改變，這一點我們都了解，艾爾頓．羅西德亦明白，甚至連多明格茲也一樣心知肚明。

兩回合之間的空檔，米基對我說：「我真服了你，我什麼都還看不出來，你就已經料到結果了。那些打在身上的拳頭真是有利的投資，對吧？起先看起來好像沒什麼作用，但是忽然間，多明格茲的雙腿就這麼不管用了。說到這腿……」

舉告示牌的美女這時正在繞場，告訴我們接下來是第八回合。

「她看起也很眼熟。」我說道。

他試著提醒我，「可能又是在戒酒無名會裡認識的吧。」

「好像不對。」

「當然不對，如果見過，你一定會記得，對吧？嗯，你大概在夢中和她邂逅。」

「這樣說還比較接近點。」我的視線，從她身上轉移到打圓點領帶的男人，然後再轉回來。「有人說，假如你看到每個人都覺得眼熟，表示你已經步入中年了。」我說。

「有這說法？」

「呃，這不過是其中的一種說法而已。」

第八回合鈴響，才過了兩分鐘，艾爾頓．羅西德便揮出強勁的左勾拳，擊中派得羅．多明格茲的肝臟部位，跟著又在他下顎補一記右勾拳。

八秒鐘之後，派得羅從地上爬起來，一定是一股男人的氣概支持他再度站起來。這時的羅西德已經穩占上風了。在終場之前，多明格茲又被三拳打趴在地。這次裁判連數都懶得數，他擋在兩個人之間，高高舉起羅西德的手。

原本來為多明格茲加油的同一班人，現在又鼓譟了起來，改替羅西德歡呼。

∞

我們站在錢斯和巴斯孔旁邊，聽主持人宣布，在八回合兩分三十八秒，裁判裁定比賽結束，外號「鬥牛犬」的艾爾頓．羅西德以技術性擊倒獲勝。這些事情，我們早知道了。之後主持人又加了一句，接下來還有兩場四回合比賽，這是在新馬帕斯體育館舉行的一連串拳擊馬拉松，敬請觀眾不要錯過。

這兩場四回合的比賽，是為了電視節目墊檔用的。要是預賽提早結束，就可以穿插在正賽前面；又或者羅西德在第二回合就把對手解決掉，或是他自己被解決了，就會需要個幾回合來塞滿轉播時段。

可是現在都快十一點了，觀眾們紛紛湧出體育館，往回家的路上走，這種情形和棒球賽差不多，第七局結束，雙方平手，球迷們便意興闌珊的從道奇球場湧出來，換句話說，電視不會轉播剩下的兩場比賽了。

理察·得曼走進場中，替他的攝影師收拾器材，沒見到金髮美女，也不見那對父子。我四處張望，想指給錢斯看，問他認不認得他們。

算啦，管它那麼多，又沒有人付錢要我調查為什麼一位打圓點領帶的父親看起來會這麼眼熟。我的工作是盯住理察·得曼，查他到底有沒有謀殺他老婆。

2

時間推回到十一月份。

理察和阿曼達參加了一個在中央公園西側舉行的小型晚宴，接近午夜時，兩人離開宴會。因為夜色很美，近一個禮拜以來，天氣一直溫暖得不合時序，於是，他們決定散步回家。

他們住的公寓占了那棟建築物的一整層頂樓，位於第八與第九大道間的西五十二街上，是棟五樓的褐石建築。一樓是義大利餐廳，二樓分別被旅行社與戲劇經紀公司租下，三、四樓都是住家。三樓有兩戶，一戶住著一位退休的舞台劇女演員，另一戶住著一位年輕的股票經紀人和一名男模特兒。四樓只有一戶，房客是個退休的律師和他太太，他們在這個月初飛去佛羅里達，要到五月上旬才會回來。

得曼夫婦在十二點至十二點半之間到家。他們踏上四樓的樓梯口時，正巧撞見兩名歹徒剛搜刮完老律師的家出來，這兩名歹徒身形魁梧，肌肉發達，約莫二、三十歲。他們持槍抵住得曼夫婦，把他們逼進剛才洗劫過的公寓裡。他們搶走理察的手錶、皮夾，還有阿曼達的珠寶，又說他們夫婦是一對廢物，一對沒用的雅痞，被殺掉完全活該。

他們把理察揍一頓並五花大綁，用膠布貼住嘴巴，然後當著理察的面，強暴了他太太。最後，再用鐵橇一類的東西重擊他後腦，他昏了過去。醒來時，歹徒早不知去向。他太太橫躺在地上人事不省，全身上下一絲不掛。

他滾下床來，試著踢響地板求救，可是地毯太厚，根本無法引起樓下房客的注意，他又將一盞檯燈打翻到地上，發出的聲響依舊得不到任何回應，他掙扎爬向太太，試著叫醒她，她也沒有任何反應，鼻息亦告停止，身體冰涼，恐怕已死去多時了。

他沒辦法掙脫被縛的雙手，嘴巴也還貼著膠帶，費了九牛二虎之力把膠帶弄鬆後，他總算可以張口呼救了。可是，不管他怎麼叫，窗子關著，這棟老房子的牆壁和地板又都很厚，他的喊叫聲仍然傳不出去。終於，他搆到了一張小桌子，把桌上電話打落地上，除此之外，桌上還有一支老律師用來通菸斗的金屬棒，得曼緊緊的咬住金屬棒，撥了一一九，報出名字、地址，告訴接線生他的太太有生命危險，旋即又失去了知覺。直到警方趕到現場找到他時，他仍昏迷不醒。

8

那件事發生在十一月的第二個週末，星期六深夜至星期天凌晨之間。一月最後一個星期二的下午兩點，我坐在吉米的阿姆斯壯酒吧裡喝著熱咖啡。坐我對面的是一個四十歲左右的男人。他有一頭短黑髮，仔細修過的鬍子，微微透著灰白。身上穿一件灰褐色高領衫，外罩咖啡色蘇格蘭呢夾克，膚色給人一種長久以來都待室內的印象，不過，在紐約的冬季裡，這種膚色其實一點也不特別。他的眼光隱藏在金邊眼鏡後面，但掩不住重重心事。

「我認為，是那個混蛋殺害了我妹妹。」他用一種冷靜的、中性的音調，說著這些憤怒的字眼，聽不出抑揚頓挫。「我認為他殺了她。而且，我認為他會逍遙法外，我不能容許這種事發生。」

阿姆斯壯是一間位於第十大道和五十七街交口的酒店，它在這兒已不少年了。在此之前，它是在第九大道上，西五十七街和五十八街之間，現在是一家中國餐館。當年，我正巧住那附近轉角的一間旅館，一天中幾餐都在那兒打發。餐廳靠裡面有我的老位子，我總喜歡坐那兒，與客戶會面，和人聊聊天，消磨晚上時間，有時候，獨自一人坐在那兒也好，點一杯純的或是加了冰塊的波本威士忌，為了不喝醉，有時也會摻一點咖啡。

我戒酒之後，心中暗暗擬了一張單子，上面列著一些想要刻意避開的人事地物；阿姆斯壯酒吧即位居清單頭一列。後來吉米失去了地契，把酒吧向西搬了一個街區，這種刻意的疏遠就變得比較容易，因為它已脫離了我基本生活動線，有好幾年我都沒再去過，直到有一次，一位不喝酒的朋友提議上那兒吃宵夜，從那時起，我又搖身變成那裡的常客，到現在為止，至少已經在那兒用餐超過六次了。聽人說，如果你要保持滴酒不沾最好別在低級酒吧裡混，可是不管怎樣，現在的阿姆斯壯感覺起來更像一家餐館，尤其是裝潢，裸露的紅磚牆上覆蓋著青翠的羊齒植物，看起來親切可人。餐廳裡播放的是古典音樂，在週末還有三重奏現場室內樂，所以它並不是那種典型的，像地獄廚房般充斥著血腥晦暗的罪惡之地。

黎曼・沃里納告訴我，他遠從波士頓來，我提議在他住的旅館碰面。但是，他住朋友家，我的旅館又太小，大廳也嫌擠，而且那種地方不可能激發你的信心或靈感，於是我再次選擇吉米的酒吧，做為會見這位將要成為我客戶的場所。此刻我喝著咖啡，沃里納則一邊啜著伯爵茶，一邊指控理察·得曼謀殺他妹妹。背景音樂播放的是巴洛克管風琴五重奏。

他皺著眉道：「這件案子雖然還沒結，表面上好像還在偵辦中，可是在我看來正好相反，他們已經放棄調查，要想有個水落石出，恐怕沒希望了。」

「話也不是這麼說，他們不會完全放手不管，只是不再那麼積極罷了。」我回答。

他點點頭，「我和一個叫喬·德肯的警官談過，我想，你們是朋友吧？」

「挺友好的。」

他挑起眉梢，說：「說得好。友好和朋友不同。德肯警官並沒有表示理察該為阿曼達的死負責。但正因為他這種不置可否的態度，才更讓我覺得事有蹊蹺。你應該懂我意思。」

「我懂。」

「我問他，我是不是能做些什麼來協助調查？他說，凡是經由官方管道所能做的努力，都已經做過了。這句話花了我好一會兒工夫才搞懂，他不能挑明了建議我去僱一名私家偵探，他只能引我朝這方向走。我就說啦，『也許不需要經過官方管道，比如說，請個私家偵探之類的……』他露齒一笑，好像在讚許我很上道。」

「這種事他不便直接提議。」

「而且我相信，他也不能直接把你推薦給我。『說到推薦，我想我最該做的，就是請你去查電話簿。』德肯這麼說。『但這附近有個偵探，電話簿裡查不到，因為他沒有執照。就這點而言，他稱得上是非常「非官方」的了。』你笑什麼？」

「你學喬學得很像。」

「謝謝你。只可惜對事情沒有什麼幫助。你不介意我抽菸吧？」

「請便。」

「真的？幾乎每個人都戒菸了。我也戒過，但沒成功。」他拿出一根萬寶路，點燃，好像還要針對這問題再做補充說明似的猛吸了幾口，彷彿正吸取一種生命的替代品。他道：「德肯警官說，你是個異端，其至有點脫軌。」

「他用這些個詞兒？」

「反正差不多是這意思。他說，你收費的標準很隨意，而且常常變來變去。當然，他也沒真用到這些詞句。他還說，你不會提供詳細的調查報告，也不給開銷記錄。」說完，他的身子向前傾，「那些我都可以接受。重要的是他告訴我，你這個人一旦有所發現就咬住不放，這一點才是我要的。如果那個狗娘養的殺了阿曼達，我必須知道。」

「你憑什麼認為是他幹的？」

「憑直覺，我知道這沒什麼科學根據。」

「但不表示一定錯。」

「是啊，」他凝視著他的菸，緩緩說道：「我向來就不喜歡他。我試過，因為阿曼達愛他，或是說陷進去了，反正就那麼回事，隨你怎麼講。然而，要去喜歡一個厭惡你的人很困難，至少對我來說是這樣。」

「得曼很討厭你？」

「他一看到我，當下直覺反應就是那樣，因為我是同性戀。」

「就因為這個？」

「也許還有其他原因，不過，我的性向已經足以讓他把我排除在他的社交圈之外了，見過得曼嗎？」

「報紙上看過他照片。」

「我說自己是個同性戀時，你好像一點也不吃驚，你第一眼看到我就曉得了，對嗎？」

「也沒有，隱隱約約吧。」

「其實從外表是看得出來的。我沒故意套你，馬修。我可以叫你馬修嗎？」

「當然。」

「還是你比較喜歡馬特？」

「都可以。」

「你可以叫我萊曼。我的意思是，我的外表看起來像個同性戀，當然對那些身邊沒幾個同性戀的人來說，可能較難分辨。據我對得曼外表的觀察，我覺得他根本就躲在衣櫃深處，被重重大衣淹沒了。」

「這話什麼意思？」

「我不知道是他裝的，還是連他自己都沒發覺，在性的方面，他比較偏好男人，但是他厭惡那些出櫃的同性戀，因為，他骨子裡深怕自己跟我們是好姐妹。」

∞

女侍走來替我加咖啡，並問沃里納他的茶要不要加熱水。他告訴她不但要，而且還要加個新茶包。

「這簡直莫名其妙，喝咖啡的人可以免費續杯，喝茶的人卻只有免費的熱開水。如果要換一個新茶包，他們就算你第二杯的錢。可是對他們來說，茶比咖啡還要便宜。」他歎了口氣，說：「如果我是律師，我會發動一群人來告他們。當然，這只是開玩笑。但話說回來，在我們這個好打官司的社會，某某地方一定有某某人正這麼做。」

「我不意外。」

「……她懷孕了，你知道嗎？她去醫院檢查，已經有兩個月身孕了。」

「報上有寫。」

「她是我唯一的親人。我死了，我們家血脈就斷了。我一直以為這種事應該會很困擾我才對，實際上卻不然，真正困擾我的是阿曼達死在她丈夫的手上，而她丈夫居然可以逍遙法外。當然我還不能確定他到底有沒有殺她，如果我確定……」

「怎樣？」

「就會少一點困擾。」

女侍把茶端來，他把新茶包浸到熱水裡。我問他得曼殺害阿曼達的動機是什麼。

「錢。」他說：「她手上有點錢。」

「多少？」

「我父親搞房地產賺了很多錢，其中很多被我媽亂花花掉了。不過她過世之後，多少還留了一些。」

「什麼時候的事？」

「八年前，根據遺囑我和阿曼達各繼承六十多萬元，我不認為她把錢花光了。」

∞

我們的談話結束時已將近五點鐘，已到了酒吧的「歡樂時光」減價時間。我的小筆記本寫滿了好幾頁，也不再添咖啡。黎曼·沃里納先喝茶，之後改喝啤酒，然後再換成現在正喝一半、盛在高腳杯的「日暮之首」。

該是談錢的時候了。

像往常一樣，我不知道該收多少錢。我猜，不論多少他都付得起，但這並沒真正左右我的開價，我說兩千五百元，他問也不問，掏出支票簿和鋼筆；我不記得上次看到鋼筆是什麼時候了。

他問道：「馬修．史卡德對嗎？兩個『t』，兩個『d』？」我點點頭。他揮舞著寫好的支票，好讓墨水風乾。我跟他言明費用多退少補，他點點頭，似乎對這類事並不很在意。我接過支票，他說：「我只想知道真相。」

「你能期望的也只有這麼多了。查出是他幹的，和在法庭上提出有利證據是兩碼子事。就算最後你的假設被證實了，仍然不一定能將你妹夫繩之以法。」

「你無需向法官提什麼證據，你只要向我證明就夠了。」

感覺上，我好像不能不繼續追問下去：「聽起來，你好像打算親自出馬。」

「我不是已經這麼做了嗎？不等天理循環，也不等上帝，用祂慢吞吞的老方法來讓他得到報應，我不是已經僱用一名私家偵探了。」

「我可不想變成謀殺理察．得曼的共犯。」

他沉默了半晌，說：「說心裡從來沒這種念頭是騙人的，但我不會這麼做，這不是我的行事風格。」

「那就好。」

「是嗎？我很懷疑。」他招手要女侍過來，給了她二十元並要她不用找了；我們喝掉的，只有這金額的四分之一，不過這張桌子被我們占了三個鐘頭。他說：「如果是他殺的，那麼他真是笨到家了。」

「謀殺一直是很愚蠢的。」

「真的嗎？我不大同意你的說法，可是你是專家，懂得比我多。不過我的意思是說，時機尚未成熟，他應該忍一下。」

「為什麼？」

「為了更多錢。別忘了，我也繼承了同樣的錢，而且我向你保證我還沒花光。阿曼達是我的繼承人，也是保險受益人。」

他抽出一根菸，又塞回去。

「除了她，我還能留給誰呢？我的愛人在一年半前死於一種四個字母的病。」他淒涼一笑，「可不是痛風（gout），是另外一種。」

我沒講話。

「檢驗結果，我也是HIV陽性。」他說：「很多年前我就知道了，可是我騙阿曼達檢驗報告是陰性，沒什麼好擔心。」他定睛看我，「你不覺得這是個善意的謊言嗎？反正我又不跟她發生關係，何必說實話，徒增她精神負擔？」他又把菸抽出來，但沒點，「還有，說不定我根本不會發病，有抗體並不代表體內一定有病毒……算了，當我沒說。今年八月第一塊紫斑出現了，卡波西氏瘤（Kaposi's sarcoma）。」

「我曉得。」

「這不像一兩年前那樣，一旦確認是愛滋就沒幾年好活了，我還可以活上好一陣子，也許十年，或更久。」他點燃菸，「但是我有預感，我不會活那麼久。」

他起身從架上拿了外套，我也取下我的，跟著他走出去。一輛計程車駛來，他招手讓它停下，打開車門，轉過身來說：「這件事阿曼達還不知道，我本來想在感恩節告訴她，當然到了那個時候我不說她也看得出來了。她不知道，他當然也不可能知道，更別說是晚一點謀殺她的好處了。」把菸扔掉，他說：「這可真諷刺！如果我早告訴她我快死了，也許現在她還活著。」

3

第二天早上一睜眼，我便將沃里納付我的支票存進銀行，同時提了一些錢留手邊花。這個週末下了一點雪，此時大部分已經融化了，只剩下少許灰污的殘雪還留在街邊。外頭很冷，沒什麼風。時序已入仲冬，這樣的天氣還算不壞。

我步行到西五十四街上的中城北區分局，希望能碰上喬・德肯。可是他不在。我留話要他回來時跟我聯絡，然後到四十二街和第五大道交口的圖書館。我在那兒花了幾小時，閱讀所有能查到有關於阿曼達・沃里納・得曼謀殺案的資料。在查閱過去十年來《紐約時報》的索引時，我看到了他們的結婚啟事，時間是四年前的九月。那時她已繼承了遺產。

雖然我已從沃里納那兒得知他們結婚的時間，但查證一下客戶給你的資料總是好的。除了些已知的資訊，這份結婚啟事還提供了一些沃里納沒提到的訊息——包括得曼父母的名字、參加婚禮的賓客名單、他上過的學校、還有進入五區有線電視網之前的工作。

查到的眾多資料中，沒有一個能告訴我得曼有沒有殺他老婆，但反正我也不指望在圖書館研究個兩小時就能破案。

後來我又打電話去中城北區分局，喬還沒回來。中餐，我草草吃了一個熱狗和燻肉捲，徒步晃到一間瑞典教會，平常中午十二點半都有聚會。今天演講的人，是個家住長島的通勤者，他在六大會計事務所其中一家工作，過去十個月來滴酒不沾，至今還沉浸在戒酒的喜悅裡。

∞

「我聽到你的留言後，就打到你住的旅館，但接線生說你出去了。」他說。

「本來我正準備回去，想說不定可以碰碰運氣，就順道過來看你會不會剛好在這兒。」我說。

「今天算你走運，馬修。坐。」

「昨天有位仁兄來找我。」我說：「他叫黎曼．沃里納。」

「受害者的哥哥。我就知道他會去找你，怎樣，你能幫他點什麼嗎？」

「看情況吧。」說著，我把一張百元大鈔塞他指縫間，「謝謝你的介紹。」

我倆單獨坐辦公室裡，所以他才能毫無顧忌展開那張鈔票，仔細打量著。

「仿得很像對吧，」我跟他保證，「我看著他們印的。」

「聽你這麼說，我安心多了。」他說：「不，剛剛我只是在想，也許我根本不該拿你的錢，你知道為什麼嗎？因為這個案子並非花錢就能消災，然後所有人皆大歡喜。你接了這件案子我很高興，我是真心希望你能幫上他忙。」

「你覺得是得曼宰了他老婆嗎？」

「什麼我覺得？我他媽根本就認定是他幹的！」

「怎麼說？」

他思索了一下，「不曉得，這麼說吧，警察的直覺，怎樣？」

「對我來說，這就夠了。但是，我猜在你警察的直覺和黎曼的女性第六感之間，得曼還靠了他的狗屎運才逃過法律的制裁。」

「你見過這傢伙嗎？馬修？」

「沒有。」

「到時候看看你對他的觀感會不會跟我一樣。我發誓，他就是個狗娘養的騙子。這件案子我有第一手資料；除了那幾個制服員警接獲報案、抵達現場之外，我是第一個趕過去的。那時他驚魂未定，頭上的傷口還流著血，嘴上貼著膠帶的地方還又紅又腫。接下來的幾個禮拜，不知道又看過他幾次。馬修，他說的話，聽起來很假，我就是不相信他會對他老婆的死感到難過。」

「這並不表示他殺了她。」

「沒錯，我看過幾個殺人犯，他們會因為被害人死亡而感到很難過，但也有一些因為被害人沒死而難過。不過，我又不是測謊機，不是每一次都能拆穿謊言。但應付他可就容易多了，只要他那張嘴一掀，八成又是吐出一堆狗屎。」

「是他一個人幹的嗎？」

他搖搖頭，「我看不是，那個女人的前後都有被強暴的痕跡，陰道裡面殘存的精液確定不是她丈夫的，血型不同。」
「那後面呢？」
「肛門裡面並沒有精液，也許上後面那個男的很重視安全性行為。」
「真是順應現代潮流的強暴手法。」我說。
「還不都是到處散發的那些外科宣傳單的功勞，提高了社會大眾的危機意識。反正整件事看起來，兩名歹徒的犯案手法，和死者丈夫的供詞完全吻合。」
「除了精液之外，還有沒有其他生理上的證據？」
「有啊，又短又捲的那種。看起來是兩個不同人的陰毛，其中一種可以肯定不是她丈夫的，另外一種則有可能。但問題是，光從毛髮查不出什麼線索，最多只能證明兩種都是白種男人的。就算有些確實屬於得曼所有，也不能證明什麼，他們是夫妻，老天，丈夫的陰毛在你的陰部卡個一兩天，也沒什麼好奇怪。」
我想了一下，「如果，得曼單槍匹馬的幹……」
「怎麼可能？」
「當然可能，他只要事前把精液和陰毛準備好就行了。」
「那些個玩意兒，他要怎麼弄到手？幫一個水手吹喇叭，然後吐塑膠袋裡？」
黎曼．沃里納猜測理察．得曼是祕密同性戀者的說法忽然閃過腦際，我說：「那也行得通。我只是過濾某種可能性。不管用什麼辦法，他弄到了一些精液和體毛，和他太太一起參加派對，回家時……」

「爬了三層樓，他要他太太等會兒，好讓他有時間撬開高夏克家公寓，他還會說：『你看著，親愛的，我學了一招不用鑰匙就能開門的絕活。』」

「門是撬開的？」

「嗯。」

「這可以事後弄。」

「哪個事後？」

「殺掉阿曼達之後，打一一九之前。這樣好了，我們假設他有高夏克家的鑰匙。」

「高夏克不是這麼說的。」

「他可以偷偷打一把。」

「高夏克家的門有很多道鎖。」

「他也可以打很多把鑰匙，『等一下親愛的，我答應羅依和愛瑪替他們的植物澆水。』」

「他們才不叫這名字，老律師叫艾佛瑞．高夏克，他太太的名字我忘了。」

「『我答應幫艾佛瑞和阿花的植物澆水。』」

「凌晨一點鐘澆花？」

「幹什麼還不是都一樣？也許他說想借一本想了好久的書；也許派對結束後，兩人都有一點意亂情迷，他提議溜進老律師的公寓裡，在他們床上雲雨一番。」

「『好刺激哦，親愛的，就跟我們婚前一樣。』」

「他就像這樣把她引進去，殺了她，然後將精液和體毛注入她體內，布置得像一起強暴案。對了，她指甲裡有沒有發現疑似生前抓到的東西？」

「沒有。他沒有說她掙扎過。歹徒有兩個，其中一個幹好事時，另一個可以抓住她的手腳。」

「我們再回到他單獨作案的可能性上。他殺她之後，假裝強暴，高夏克家則成了第一現場，由他布置成歹徒闖入的樣子。你有沒有要老夫婦檢查是否遺失了什麼？」

他點點頭，「艾佛瑞來過，說他太太身體一直不好，所以應該避免不必要的遠行，一向擺冰箱裡頭應急用的幾百塊不見了，一些家傳的珠寶、袖釦和很久沒戴的戒指也丟了，至於她的首飾，因為他無法確定哪些帶去佛羅里達，哪些又鎖在保險櫃裡，所以也搞不清楚。不過貴重的東西大多存銀行，或帶去佛羅里達，損失應該不會太多。得請羅絲列一張詳細的失物清單才可作準。對了對了，羅絲，就是律師太太的名字，我就曉得遲早會想起來。」

「皮草呢？」

「她沒有貂皮大衣。她是動物保育人士。更何況她一年有六個月零一天都待在佛羅里達，根本也沒這需要。」

「為什麼得住六個月零一天？」

「因為得住滿這個最低期限，才符合佛羅里達州居民的條件。那一州的居民不用繳所得稅。」

「他不是退休了嗎？為什麼還要繳稅？」

「還有一些其他投資的收入。」
「好吧，沒貂皮大衣，那麼有沒有丟掉什麼大東西？比如說電視音響之類的？」
「客廳裡有一台很大的內投影電視機，臥房裡也有一台。歹徒們把臥房的那一台搬到客廳，隨後就扔那兒了。看來，他們原本想搬走，但不曉得是一時緊張忘記了，還是臨時決定在這間公寓裡還躺著一具女屍時，不要冒這個險，搬走那麼大一台電視，實在真的太危險了。」
「那也要他們知道她斷氣了。」
「他們把她的臉整個揍扁了，還用絲襪勒她脖子，這麼折騰法，難道還不清楚阿曼達的狀況比遇上他們之前淒慘多了嗎？」
「然後，他們便拿走了現金和珠寶。」
「表面上看起來是這樣，高夏克能想到的只有這麼多了。問題是，他們還把整個公寓搞得天翻地覆，馬修。」
「誰？警方蒐證小組？」
「歹徒。所有東西都非常徹底的翻過，亂七八糟的，抽屜拉出來倒扣在地上，書架上的書也都弄下來了。倒不是那種因為要搜什麼祕密玩意兒而把床墊劃開、椅墊割破，而是他們把每一樣東西拿起來亂丟。我猜他們是找現金。你想，冰箱裡放奶油的小隔間裡的幾百塊錢，怎麼夠？」
「那高夏克怎麼說？」
「他還能怎麼說？『我有一大筆沒有報稅的現金，被那些混蛋歹徒發現了。』他說，除了幾件藝術品之外，公寓裡面並沒有什麼值錢的東西。有一些是簽了名、編過號的畫，像馬蒂斯、夏卡爾，其他的名字我忘了，那些畫都有投保。總價大概八萬塊美金左右，歹徒把畫從牆上搬下來，並沒有偷走。可能是想看看後面有沒有保險箱吧。」

「我說，假使他是一個人作案……」

「怎麼又繞回去了？好吧，請說。」

「公寓裡到處被翻箱倒櫃，看起來跟真的一樣，但他只要把現金和珠寶藏起來就行了。你有沒有搜他身？」

「得曼？沒有。他被打得鼻青臉腫，雙手反綁，太太僵死在地上。這種情況下你還能把他剝光，再檢查他的屁眼裡有沒有夾白金袖釦嗎？不管怎樣，若是按照你的推斷，其實他大可把所有東西藏在自己公寓裡。」

「我正想這麼說。」

「如果再進一步推想下去，他用一把，不，兩把……唉，管他用幾把鑰匙。總而言之他潛進高夏克家了，殺了自己的老婆，偽造一個強暴案的現場，把偷走的現金和珠寶塞一雙襪子裡，再放回抽屜中。然後他下樓來，把門撬開，裝成歹徒闖空門的樣子。接下來，依我看，他又把鐵橇藏回樓上去了，因為在高夏克家搜不到鐵橇。」

「得曼的公寓有沒有搜過？」

「有，不過先徵得他同意的。我告訴他，歹徒很可能先從他那兒下手，再一路往樓下做案。當然，我早知道根本沒這回事，得曼的公寓完全沒有歹徒闖入的跡象；當然也可能是從逃生梯溜進去的，不過用不著管是怎麼進去的，反正沒人踏進他公寓一步。但我還是照規矩搜了，看看有沒有從樓下帶上來的東西。」

「什麼都沒搜到。」

「一無所獲——不知道這能證明什麼。我沒有機會來一次地毯式搜查。就算有，如果他把珠寶塞進他太太珠寶盒裡，我怎麼可能看得出來呢？況且，搜尋的目標是什麼連我自己都不知道，在這種情況下，又從何搜起？至於那幾百塊錢現金，難道他媽的就不能塞進他自己皮夾裡嗎？」

「他的皮夾不是被搶走了？」

「對啦、對啦，他的手錶和皮夾都被搶走了。歹徒逃逸時，把皮夾丟半路上，掏空了現金，留下信用卡。」

「他可以自己拿下樓去放。」

「也可以從樓梯口丟下來，省得跑上跑下。」

「至於他太太那些『假設』被搶走的首飾珠寶……」

「乾脆放回珠寶盒裡不就得了嗎？還有，他的勞力士錶，哼，誰知道？搞不好他根本就沒戴手錶，或是捲在哪一隻襪子裡面。」

「然後呢？他把自己痛扁一頓，雙手反綁，嘴巴封上膠帶……」我說。

「換做是我，我會先把嘴巴貼起來，再反綁雙手。」

「嗯，這種事你比我在行。他是怎麼被綁的？你看過他還被綁的模樣嗎？」

「該死，就是沒有，我愈想就愈懊惱，真恨不得去咬掉那兩隻菜鳥的腦袋！但你能指望什麼呢？面對一個相貌斯文、穿著體面的男人，精神恍惚的被五花大綁扔地上，妻子的屍體就躺一旁，你還能說，在警察尚未到達之前，現場必須盡量保持原狀嗎？當然是趕快將他鬆綁囉，換了你我也一樣。」

「是的。」

「可是，唉！他媽的我真希望他們沒那麼雞婆，如果是我先趕到現場就好了。若還依你那個他獨自犯案的腳本來推斷，現在問題在於，他有沒有可能把自己反綁對不對？」

「對。」

「他的腿是綑住的，這個自己動手並不難，至於把雙手綁在背後，便令人覺得有些難以置信了，不過，也不是不可能。」說著他拉開抽屜，伸手在裡面翻了一會兒，掏出一副手銬。

「馬修，把手伸出來。」他銬住我手腕，「好，現在你彎下去，一次一隻，把腳這樣跨過去，去，坐到桌上弄……去啊，難不倒你的啦。」

「老天。」

「這在電視上常常可以看到。有一個人被銬住，他只要跳過自己手臂環成的圈圈，銬著的手就跑前面來了。好，現在站起來，把雙手弄到背後。」

「不行。」

「如果你再瘦一點就沒問題了，得曼的腰圍只三十吋，而且一點屁股也沒有。」

「他的手臂很長吧？如果我的手臂再長個幾吋，也會比較容易。」

「我是沒有去量他的袖子長度，不過你如果從這裡開始調查也不錯，到附近所有中國人開的洗衣店去，看能不能查到他的襯衫尺碼。」

「把手銬打開好不好？」

「呃，不知道該不該這就打開，你這副德性還滿好看的，活像抓自己的屁股似的，坐也不是、站也不是，我怎麼好破壞畫面呢？」

「快點。」

「咦？我明明有鑰匙啊？擺哪兒去了？嘿，沒關係，我們可以蹭到前面去，那裡一定有人有鑰匙……好啦。」他取出鑰匙打開手銬。我站直身子，肩膀有點酸，一邊大腿肌肉也有輕微拉傷的現象。「奇怪，怎麼電視上看起來那麼簡單？」

「可不是？」

「沒看到他被反綁的方式，實在無從得知歹徒是怎麼把他綑住的。我放棄你的假設，應該是有幾名歹徒聯手做案。你知不知道我現在煩心些什麼？」

「什麼？」

「警察趕到現場時，他還被綁著。可是他滾下床去，撞翻桌子打電話報警……」

「就憑一根咬在嘴裡的菸斗通條。」

「可不是？真厲害，一個人辦妥了這麼多事。不但如此，還把大部分黏嘴上的膠帶蹭掉。我猜你也有這份能耐。」

「少來。」

「要不要我去找一捲膠帶現場試驗一下？開個小玩笑罷了。馬修，你知不知道，你的毛病就是沒幽默感。」

「哦，是嗎？我正奇怪自己會有什麼毛病。」

「喏，現在你知道啦。說正經的，他什麼都做了，就是沒讓自己鬆綁，又不是逃脫大師胡迪尼，繩子一點都沒有鬆動，一個動彈不得的人能做什麼？但他卻有辦法滾來滾去，再說，這些傢伙幹起竊賊的行當像是業餘的，是能把他綁得多牢？我真想知道，他到底怎麼被綁，第六感告訴我，他有掙脫的機會，但他選擇不掙脫。他為什麼這麼做呢？」

「他想在警察到達時，保持被綁的樣子。」

「一點不錯，這樣就可以撇清謀殺罪嫌了。如果他掙脫了，我們可以順理成章說是他殺的，因為他一開始就沒有被綁。目前的狀況是，我們只能假設，他之所以沒有掙脫，只因為他想那樣子被發現，但這也不能證明什麼，因為照這樣下去，不管怎樣他都有罪，況且他的動機又……」

「我了解你意思。」

「所以說，我真希望能看到他還沒鬆綁之前的樣子。」

「我也是。他是怎麼被綁的？」

「我不是才說過……」

「我是問用什麼綁的？電線？曬衣繩？還是什麼鬼？」

「哦，他們用的是一種家庭用麻繩，相當堅韌，可以綑包裹，或假如你剛好有那方面癖好，也可以用來綁女朋友。我不知道是不是他們帶來的。高夏克家有一個專門放置家庭用品的抽屜，裡面有些鉗子、螺絲起子之類的，說不準老人家抽屜裡也正好有一兩綑繩子，誰會去操心這事？更何況是一位在這裡住半年、下半年搬別處住的七十八歲老頭子。抽屜翻倒在地上，裡面如果有繩子，他們一定很自然會發現。」

「膠帶呢？」

「是那種平常醫藥箱裡那種普通白色膠布。」

「我就沒有這玩意兒，我的醫藥箱只有一瓶阿斯匹靈和一盒牙線。」

「好吧，應該說，你如果活得像個人的話，就可以在你醫藥箱裡找到的白膠布。高夏克認為是歹徒自己帶來的膠布，因為他家浴室沒有，有趣的是，用剩的膠布和麻繩都沒有留下。」

「這就怪了。」

「不知道，可能有收集小東西的嗜好吧，而且，連鐵橇也帶走了。如果我才把一個死掉的女人留在公寓裡，才不會拿著凶器滿街亂跑。不過，他們也可能是天賦異稟的奇葩……」

「天賦異稟的話，老早去幹別的勾當了。」

「是啊。為什麼把凶器帶走？如果得曼是共犯，又是他出面採辦，也許他們還怕因此被追查到；如果就用公寓裡現成的……不知道欸，馬修，這他媽的從頭到尾詭異到家。」

「我知道，在一堆為什麼和假如之中瞎轉，而且還很多地方說不太過去。」

「正因為如此，我們的談話才這樣東一句西一句沒個邏輯。」

「他描述過歹徒長相嗎？」

「當然，細節上雖然有些模糊，但前前後後還算交代清楚，並沒有什麼自相矛盾之處，你等會兒可以自己去看檔案。據他描述是兩個年紀與他們夫婦差不多的白人，兩個彪形大漢，都留著鬍子，比較高大那個蓄著一條頗長的小辮子，好像小尾巴拖後面那種知道嗎？」

「我知道。」

「一看就知道來自上流社會，就像那些理平頭的傢伙，頭上彷彿黏了一頂土耳其帽，而且還用割草機推平過，裡外都是同一副德性，我剛剛說到哪兒啦？」

「那兩個歹徒。」

「喔，對對對，他非常熱切且合作的看過一整本嫌犯照片，卻沒指出半個來，我們替他安排一名警方畫家雷．蓋林戴斯，我想你認識他。」

「我認識。」

「他滿行的，不過他的素描，怎麼看都像拉丁美洲人，檔案裡有一份畫像拷貝，有一家報紙也刊過。」

「我沒看到。」

「是登在《每日新聞》上吧？也接過幾通檢舉電話，浪費了一些時間去查，啥也沒查到。你知道我怎麼想嗎？」

「怎麼想？」

「這件案子不是他一個人幹的。」

「是啊，我也這麼認為。」

「我的意思是，你無法排除掉這種可能性。也許他真的有辦法把自己反綁起來，經過周詳的計畫把鐵橇、膠布和繩索扔掉，可是，事情應該不是這樣的，他一定有幫手。」

「我同意。」

「他安排幾個職業殺手，對他們說：『喏，這裡是大門鑰匙，怎麼做看你們自己方便，進來後直接上四樓的公寓。別擔心，不會有人在家的，樓上也沒有人在，就當成自己家一樣，愛幹什麼就幹什麼。把抽屜掀翻、書本扔到地上、現金和珠寶儘管動手拿不要客氣，只要在十二點半到一點之間，我們從宴會回來以前弄妥準備走人就成了。』」

「然後，因為不想太早到，所以他們散步回家。」

「或許吧，或許散步回家只是因為夜色真的很美，誰曉得？到了高夏克家的那層樓之後，他說：『你看！羅絲和艾佛瑞的門開著！』接著他把她推進去，他們攫住她，打昏之後再強暴，最後把她殺了。事成之後他說：『嘿，混球，你們不想在三更半夜抬著一架電視到處跑吧？我現在付你們的錢，夠買十台電視。』所以電視就留下了，而因為怕被追查，繩索、膠布和鐵橇也被帶走了……不對！簡直胡扯！雜貨店和五金行的東西要怎麼追查？」

「帶走做案工具，是想讓我們知道，這不可能是一個人幹的。那些繩子、膠布怎麼可能自己長腳跑掉呢？」

「對，沒錯。不過在離開之前，得稍微揍他一下，他們造假的功夫很令人印象深刻，你在檔案中可以看到我們替他拍的照片。接下來，將他綑住，封住他的嘴巴，也許還替他把膠布撕掉一半，等時間差不多，他就可以打電話報警了。」

「或者是綁得夠鬆，好讓他能掙出一隻手來，把該做的事都做完後，再伸回繩子裡去。」

「我也正想到這一點。耶穌基督，如果那些警察能夠慢一點替他鬆綁就好了。」

我說：「不管怎樣，他們走了以後，他想辦法多挨一陣子才撥一一九。」

「不錯，這種說法，我看不出有什麼漏洞。」

「我也看不出來。」

「我是說，還有沒有其他的理由能解釋他為什麼還活著只殺了她？事情反正已經擺平，為何不乾脆順道把他宰了落得乾淨，省得費力去綑他。」

「他是在做了她之前就被綑了。」

「好吧，這是他的說法。可是為什麼要留活口？她的死，已經足夠把這些劫匪送上絞刑台了，而且他可以指認他們……」

「在這一州不能。」

「別再提醒我這個了。重點是，既然已經犯下了二級謀殺罪，多殺他一個也不會更糟，就像那些黑人說的，用手上的鐵橇砸爛他的天靈蓋。」

「他們有可能就這麼做了。」

「做什麼？」

「用力捶他，用力到以為他死了。他們剛殺了她，或許原先沒有計畫要殺人，所以……」

「你是說，他講的是實話？」

「讓我們暫時先站在魔鬼這一邊來替他辯護，他們失手殺了她。」

「只因為她的脖子不小心被絲襪纏住……」

「而他們並不慌亂，只是匆忙中一鐵橇擊昏了他，心想下這麼重的手，應該是活不成了，那當時只管快閃人要緊，誰還有那種閒工夫去摸他脈搏，或拿面鏡子到他鼻子下頭查看還有沒有氣呢？」

「狗屎！」

「你明白我說的了吧？」

他歎道：「是啊，我明白你的意思了。這就是為什麼它是一樁懸案，證據不夠有力，而且我們掌握的幾件事實又沒法支持任何一種假設。」他站起身來，問我：「我想喝杯咖啡，你要不要也來一杯？」

「好。」我說。

8

「我不知道這咖啡為什麼這麼難喝。」他說：「我真的不知道，以前這裡有台投幣式咖啡機，可是那種機器連半點像樣的咖啡都煮不出來。後來又買了這種電動滴漏式咖啡機，還去買了高級咖啡，結果煮出來還是這種味道。我想一定有某種自然定律，那就是，警察局裡的咖啡一定要像大便一樣難喝。」

我倒不覺得有這麼難喝。他說：「你知道，事情要怎麼發展才會真相大白？」

「有人告密。」

「告密者聽到了風聲四處傳播，或者我們以重罪之名逮到了其中一個走霉運的天才，為了自保，他把同夥統統供出來。至於得曼，就如同我們的推論，是他一手策畫。」

「或甚至根本不是。」

「什麼意思？」

我說：「他們會說：『我們走的時候她還活蹦亂跳的，老兄，我們是操了她，不過我發誓她愛死那調調兒了。我也跟你保證，我們並沒有在她脖子上纏什麼絲襪，一定是她老公臨時決定給自己來個閃電離婚。』」

「天啊，他們是會那樣說。」

「我知道，如果得曼百分之百清白，他們就會那樣說：『不是我們殺的。我們走的時候她明明還活著。』而這甚至也可能是事實。」

「哦？」

「假設得曼是臨時起意。得曼夫婦回到家，撞上了正在做案的歹徒，歹徒把他們綁起來，毆打他並強暴他太太。反正是禽獸，就該有個禽獸樣子。得曼在他們離開後，掙脫出一隻手來，他太太昏過去了，而他一度以為她已經死了。」

「可是她沒死，於是他靈機一動……」

「……絲襪就在她身邊床上，接下來你也知道，勒住她的脖子，這下子，她可是真的死了。」

他想了一下說：「也有這種可能。驗屍報告指出，死亡時間大約在凌晨一點左右，這點符合得曼的說法。而如果他們前腳一走，他後腳就做掉她，再拖延片刻，好讓自己有時間從昏迷中醒來，掙脫綑綁，這樣也說得通。」

「沒錯。」

「沒有人能扯到他。他們可以辯稱離開現場時她還活著，不管怎樣，他們都會這麼說。」

喝完了咖啡，他將保麗龍杯子丟進垃圾桶裡。「我操！你可以一直在裡面打轉。依我說，就是他幹的沒錯，不管是預謀還是臨時起意，我都認為是他幹的，有那麼多的錢。」

「據她哥哥說，她繼承了超過五十萬美金。」

他點點頭，「再加上保險金。」

「他沒提到保險金的事。」

「可能沒有人告訴他。他們婚後不久，就簽下了彼此為受益人的保險，十萬元壽險，意外死亡則可以領雙倍。」

「這樣是多了一點甜頭。」我說：「賭注提高了。」

他搖搖頭。

「怎麼？我算錯了嗎？」

「嗯哼。她在九月時懷孕了，一發現懷孕之後，他們就聯絡上保險經紀提高保險金額，一個小生命要降臨了，增加一點責任感是很合理的，對吧？」

「他提高了哪些保險項目？」

「一百萬投他自己，畢竟他要負擔家計，他的收入對這個家來說是不可或缺的。當然囉，她也很重要，所以也被提高到五十萬。」

「所以，她的死……」

「意味著一百萬保險金，還有意外死亡險雙倍賠償，以及他將要繼承的那些財產，加起來，取整數好歹也有個一百五十萬吧。」

「天哪。」

「是啊。」

「耶穌基督。」

「是啊，既有方法，又有動機，還有機會。他媽的，這是個狼心狗肺的傢伙，而我卻連一點能證明他有罪的證據都找不出來。」他閉上雙眼，過了半晌，抬眼看著我說：「我能不能問你一件事？」

「當然可以。」

「你用不用牙線？」

「嗯？」

「你說你的醫藥箱裡只有阿斯匹靈和牙線，你用牙線嗎？」

「喔，記得時才用，我的牙醫師叨唸著我一定要買。」

「我也是。但是我從來不用。」

「其實我也不用，這樣有個好處，那就是我們永遠都有用不完的牙線。」

「就是啊，這一輩子都不用愁了。」

4

那天傍晚，我和伊蓮．馬岱相約在第九大道西邊靠四十二街上的一間劇場見面，她穿緊身牛仔褲、方頭靴和機車騎士常穿口袋上有拉鏈的黑色皮夾克。我告訴她，她看起來漂亮極了。

「真的嗎？」她說：「我試著打扮得『外百老匯』〔譯註：指實驗性而非商業性演出〕一點，可是這樣好像已經變成『外外百老匯』〔譯註：較『外百老匯』更前衛的實驗劇〕了。」

我們的座位在前排，視線不錯。不過這個劇場很小，根本不會有什麼壞位子。劇名是什麼我忘了，總之是有關無家可歸的流浪漢，劇作家抱持著負面的態度。其中一個名叫哈理．席格勒的演員，屬於「戒酒很簡單」這個團體，是亞波斯的聖保羅教堂戒酒無名會的長期會員，教堂離我住的旅館只隔兩個街區。哈理在劇中演一個住在紙箱裡的酒鬼。他的表演很具說服力，為什麼呢？因為幾年前，他在現實生活中就是這麼一號人物。

結束後，我們到後台去恭喜他演出成功，剛好遇上了六七個戒酒無名會認識的朋友，約我們一起去喝咖啡，我們婉拒了邀約，逕自沿著第九大道步行而上，走了十個街區，來到一家兩個人都很喜歡的「巴黎綠」餐廳。我叫了劍魚排，伊蓮點的是青醬羅勒寬扁麵。

「真搞不懂你，」我說，「穿著皮衣的異性戀素食者。」

「這種微妙而怪異的不協調，正是我的魅力。」

「我就說。」

「現在你知道啦。」

「現在我知道了。幾個月之前，有個女人在離這裡半個街區的公寓裡被殺了，她和她丈夫撞見了正在她家樓下公寓行竊的歹徒，然後就被姦殺了。」

「這件案子我記得。」

「嗯，它現在變成我的案子了。她哥哥昨天僱用我，覺得是她老公下的毒手。公寓主人是樓下的鄰居，一個退休的猶太律師，有錢得很，但是，他太太的貂皮大衣沒被偷走，你知道為什麼？」

「她把它們統統穿身上。」

「她根本沒有貂皮大衣，她是個愛護動物的人。」

「喔，是嗎？這樣很好。」

「我在想，那她穿不穿皮鞋呢？」

「可能穿吧，管她的。」她傾過身來說：「喏，你可以因為那些製造麵包的酵母菌犧牲了自己而拒絕吃麵包，也可以拒吃抗生素，誰賦予我們謀殺細菌的權力呢？就算她穿皮革而不穿貂皮大衣，那又怎樣？」

「呃……」

「更何況，」她繼續說道，「皮革是很高雅的，而貂皮大衣就太俗氣了。」

「這點我同意。」

「很好。那麼，真的是她丈夫幹的嗎？」

「我也不知道。今天稍早，我從那兒經過，等會兒如果陪你走回家的話，可以指給你看，說不定你能發現什麼線索。只要路過謀殺現場，就可以破案。」

「你還沒破案。」

「是的，這丈夫可是有一百五十萬個理由殺她。」

「一百五十萬……」

「美金。」我加了一句，「包括保險以及她的遺產。」接著我便轉述從德肯與黎曼．沃里納那兒得知的資料。「不知道還有哪些警方沒做過的事我可以做。四處閒晃，敲敲門，找人問話之類的，要是能發現他有外遇那就太好了。不過，德肯一開始就朝這方向調查，還不是無功而返。」

「搞不好，他有一個男朋友。」

「那樣正好符合我當事人的推論了。但同性戀者有一種傾向，他們老以為全世界的人都是同性戀。」

「就像我們認為這整個世界到處都是亂七八糟的一樣。」

「明天晚上你想不想去馬帕斯？」

「你說什麼？馬什麼斯？」

「不，我只是說……」

「或者應該說是烏煙瘴氣吧，馬帕斯聽起來相當烏煙瘴氣。其實我從來沒真正去過那裡，實在不該這麼說。去馬帕斯做什麼？」我告訴她。她說：「我不太喜歡拳擊，這和道德扯不上關係，兩個成年男人喜歡繞著圈圈打來打去，那是他們的事，我是不在乎，只不過會馬上轉台而已，況且我明天晚上還要上課。」

「這學期修什麼？」

「當代拉丁美洲小說。過去一直告訴自己該看的書，現在真的得讀了。」

秋季班時，她修的是都市建築，我還陪她到處去看了幾棟建築物。

「你會錯過馬帕斯的建築。」我說：「說實在的，要單獨一個人去，我是找不出什麼好理由，沒有必要大老遠的跑去馬帕斯，就為了盯住得曼。他就住附近，而且他的辦公室就在四十八街和第六大道交口，我只是找藉口去看看拳賽罷了。如果新的馬帕斯體育館舉辦的是壁球而不是拳擊賽，我很可能就待在家裡。」

「你不喜歡回力球？」

「現榨橙汁還可以（譯註：Squash是回力球，亦做果汁解）。我也不知道，我根本沒看過回力球是怎麼打的，搞不好我會喜歡。」

「是啊，搞不好你會。我認識一個回力球國手，是轆南迪的臨床心理醫生，曾在紐約體育俱樂部比賽，不過我從沒看過他打球。」

「如果在馬帕斯遇到他，我會跟你報告。」

「好啊，誰知道，世界很小。你說得曼住的地方離這兒只一個街區？」

「半個街區。」

「也許以前他們常來，說不定蓋瑞還認得他們。」她皺著眉說：「曾經認識他們，認得他，『曾經』認識她。」

「有可能，讓我們問問他。」

「你問好了。」她說：「今天晚上，我老是用錯動詞時態。」

8

付過帳後，我們來到吧台。蓋瑞站在吧台後面，他的身材瘦長，動作很滑稽，下巴上蓄著像黃鸝鳥巢般的鬍子。他說，看到我們很高興，還問我什麼時候還要派任務給他，我說這還很難說。

「有一次啊，這位兄台交給我一個重要的任務，是一項祕密的情報工作，我表現得還不錯。」他對伊蓮說。

「哦，那當然。」

我問他有關於理察和阿曼達的事。「他們偶爾會來，有時和另一對情侶，有時只有他們倆。」他說：「晚餐前，他會來一杯伏特加，她則點杯紅酒，有的時候，只有他單獨來，在吧台前很火速灌杯啤酒，我忘記是什麼牌子，百威淡啤酒、庫爾斯淡啤酒，總之是淡啤酒。」

「兇案發生後，他來過嗎？」

「我只見過他一次。在兩個禮拜前，他跟個男人來這裡吃晚餐，那是事發之後唯一見過他的一次。你知道他就住附近吧？」

「我知道。」

「離這兒只有半個街區。」他身子從吧台後傾出來，壓低了聲音問道：「到底怎麼回事？這裡頭是不是有什麼不法勾當？」

「你不覺得一定有嗎？那個女人是被強姦後勒斃的。」

「你知道我的意思嘛，我是說，是不是他幹的？」

「你說呢？你看他像不像個兇手？」

「我在紐約待太久了，看誰都像兇手。」

∞

我們離開時，伊蓮對我說：「你知道嗎？明天晚上可能有一個人會想去看拳賽，米基．巴魯。」

「說的也是，想不想到葛洛根待一下？」

「好啊，我喜歡米基。」她說。

米基在店裡，看到我們他很高興，尤其是對開車上馬帕斯去看兩個成年男子打來打去的提議更是反應熱烈。我們沒在葛洛根待太久，走的時候招了一輛計程車，所以也沒有經過那間阿曼達或是意外喪命、或是遭丈夫謀殺的公寓。

我在伊蓮的公寓過夜，第二天，開始在理察・得曼平日的活動範圍裡打探線索。五點鐘回旅館去看CNN新聞，淋了浴，換好衣服走下樓時，米基的銀色凱迪拉克已經停在前門口的消防栓旁了。

「去馬帕斯。」他說。

我問他知不知道怎麼去。

「知道。」他說，「從前有一個羅馬尼亞來的猶太人，在那附近開了一間工廠，僱了一打女工把金屬與塑膠裝在一起，做成拔針器。」

「那是什麼玩意兒？」

「如果你把一堆文件釘在一起，後來又想把它們拆開，就可以用那把拔針器把釘書針拔出來。一堆人替他裝配零件，另一堆女工則把成品一打一打裝進盒子裡，運到全國各地去。」他歎了口氣，「可惜他是個賭鬼，借了錢卻還不出來。」

「後來呢？」

「啊，說來話長，過兩天我一定要找個機會說給你聽。」

8

五個小時後的現在，我們從昆士波若橋朝曼哈頓方向往回走。那個馬帕斯工廠老闆的故事，他沒再講下去，反而是我在講關於有線電視製作人的案子。

他說：「人們總是這樣互相使壞。」

這種事他也有份。根據街坊的傳說，他殺了一個名叫費欒里的傢伙，還把他的頭放保齡球袋裡，提著它穿梭於地獄廚房的酒吧之間。有人說他從來沒有把袋子打開過，另外有人則發誓，他們看過他糾住頭髮把腦袋提起來，說：「你要不要看大衰鬼佩第．費欒里？你瞧，他可不是你見過最醜的混蛋嗎？」

報紙上說他是以「屠夫小子」的諢號聞名。可是只有報紙那樣叫他，就像只有擂台司儀會稱艾爾頓．羅西德為「鬥牛犬」。這個諢號的來源，可能跟費欒里的故事有關，也跟那件米基喜歡穿的染血圍裙有一些關聯。

圍裙是他爸爸的。老巴魯從法國遠渡重洋而來，在西十四街的肉類批發市場切肉，米基他媽是愛爾蘭人，他的口音得自她的真傳，相貌則承自他老爸。

他是個相當魁梧的人，高大、壯碩、石壘般的塊頭，活像來自復活島上的史前巨石。他的頭顱像一枚大圓石，臉上因創傷與暴力而留下坑坑疤疤，面頰的微血管已開始破裂，這是多年酗酒得到的成績，眼眸是懾人的碧綠。

他是個酒鬼、職業罪犯、雙手與圍裙上都沾滿鮮血的男人。很多人都對我倆之間的友誼感到奇怪，而我也不知道該怎麼去解釋。正如我和伊蓮的關係，解釋起來也很不容易。也許是所有的友誼終究都是不可解釋的。

∞

米基邀我回葛洛根去喝杯咖啡還是可樂什麼的，但我拒絕了。他承認自己也累了，「下星期找個晚上來，等打烊之後，我們把店門鎖上，坐在黑暗中講講老故事。」

「聽起來不錯。」

「早上再去望彌撒。」

「那我就不知道了，其他的都還不賴。」

他讓我在西北旅館前面下車，上樓之前，我在櫃檯前停了一下。沒人留話給我，於是上樓睡覺。

在等待睡意來襲時，我發現自己想起了在馬帕斯看到的男人，那個和兒子一起坐在中央前排的父親。我知道曾見過他，但又想不起來到底在哪裡，我不認識小男孩，只有對那位父親有印象。

在黑暗中躺著，我忽然察覺到，這件事特殊的地方並不是在於那個男人看來很眼熟。我遇到似曾相識的人也不足為奇，紐約到處都擠滿了人，每天有成千上萬的人從我的眼前經過：街上、地鐵裡、球場內、戲院中，甚至是皇后區的體育館。不尋常的並不是似曾相識的感覺，而是整件事的緊張狀態；不知為什麼我很清楚的感覺到，想起來他是誰或在哪裡見過他，是一件非常重要的事。

他坐在那兒，手臂繞著男孩的肩，另一隻手則伴著他的解說指東指西。接著是另一個畫面，他那隻手，放在男孩的額前，撫順他的棕髮。

我把注意力集中在畫面上，揣想到底是什麼事情使它變得如此緊迫。我的思維緊扣其上，跟著又繞到別的地方，終究，睡著了。

幾小時之後，隔壁餐廳收垃圾的清潔隊員弄出的聲響把我給吵醒了。我上完廁所回來想再睡，腦海中忽的有許多畫面閃來閃去，舉告示牌的女孩、抬頭挺胸的擺姿勢；那位父親的臉孔鮮明清晰，擱男孩額前的手；女孩、父親、女孩、移動著的手、撫平了頭髮——

老天哪！

我驚坐而起，心臟突突直跳，嘴巴乾澀，幾乎無法呼吸。

側過身去，摸著扭開床頭燈，看看時鐘，四點差一刻，但我卻再也無法闔眼。

5

六個月前，七月中旬一個酷熱的星期二晚上，我照例在聖保羅教堂地下室參加聚會。我答應在每個星期二聚會結束之後幫忙收拾椅子，連續做六個月，所以才記得那一天是星期二。理論上從事那樣的服務能幫助你不酗酒，保持頭腦的清醒，可我不太相信這種說法。我自己的感覺是，不喝酒才能讓你保持清醒，可是排排椅子也無傷；如果你的兩隻手都得拎著椅子，就沒空去掂酒瓶了。

我不記得那天聚會有發生什麼特別的事。但在休息的時候，有個名叫威爾的人走過來對我說，等聚會結束後想跟我談一談，我說沒問題，可是不能馬上離開，因為我得留下來把椅子排好。聚會進行到十點鐘，在誦讀祈禱文之後結束，由於有威爾幫忙，整理的工作比平常要快。我問他想不想上哪兒去喝杯咖啡。

「不了，我得回家。」他說，「反正不會耽擱太久的。你是個偵探對嗎？」

「可以這麼說。」

「而且你以前還幹過警察。我戒了酒差不多一個月的時候，聽過你的戒酒經歷。是這樣的，你能幫我一個忙嗎？能不能請你看看這個？」

他遞給我一個牛皮紙折疊的包裹，裡頭有捲錄影帶，放在錄影帶出租店用來裝帶子的半透明硬殼盒子中，我把它拿出來，上面的標籤寫著：《衝鋒敢死隊》。

我看看錄影帶，然後瞅著威爾。他四十來歲，從事關於電腦方面的工作。他已經戒了半年酒，是聖誕節過後才加入聚會的，也一度在聚會上分享了他的戒酒經歷。我知道他酗酒的故事，但對於他的私生活就所知不多了。

「這部片子我很熟。」我說，「看過四五遍了。」

「你一定沒看過這個版本。」

「有什麼不一樣？」

「反正你相信我就對了。或者根本別管我說什麼，把帶子拿回家看了再說，你家有錄影機吧？」

「沒有。」

「哦。」他應道，看起來有些不知所措。

「如果你能告訴我這部片子到底有什麼特別的……」

「不，我什麼也不想說。我希望你在完全沒有預設立場的狀況下看完它。啊，該死！」我給他時間理出一個頭緒。「我本來想請你到我家來，可是今天晚上不行。你可以向誰借到錄影機嗎？」

「應該可以吧。」

「太好了。你會看嗎？馬修，明天晚上我會過來，到時候再跟你討論。」

「你要我今天晚上就看？」

「可以嗎？」

「這嘛，」我說，「我試試。」

我本來計畫跟大家到火焰餐廳喝咖啡，湊湊熱鬧。結果改變了主意，回到旅館打電話給伊蓮。

「如果不行就直說，」我說，「有個傢伙拿給我一部電影，要我今天晚上一定要看。」

「有人拿給你一部電影？」

「錄影帶。」

「哦，我懂了，你想用我那個什麼來看，對嗎？」

「對。」

「我的錄影機。」

「如果你不介意的話。」

「如果你受得了，我是無所謂。不過問題是我現在沒化妝，邋遢得不得了。」

「我不曉得你平常有化妝。」

「哦，是嗎？」

「我以為你是天生麗質。」

「好小子，真不愧是偵探。」

「那我馬上過去。」

「誰跟你馬上！」她說，「你得給我十五分鐘錦上添花一番，否則我會叫門房把你一腳踹出去。」

8

我走到她那兒時，已經超過半個小時了。伊蓮住在東五十一街第一大道與第二大道之間。她的公寓在十六樓，從客廳的窗子向東河對岸望去，可以看到整個皇后區，如果知道方位的話，應該也可以看到馬帕斯。

公寓是她自己的。十二年前這棟大廈公開出售時她買下的，她還有一些出租的產業，包括兩棟房子和幾間公寓，其中有一些位於皇后區，但並不是全部，此外她還有投資，如果退休，光靠這些投資的收入就能過不錯的日子。不過，她還沒有選擇退休。

她是一個應召女郎，我們是在幾年前認識的。當時，我還是一個皮夾裡掛著金質警徽的警察，和我的妻兒住在西歐樹區，皇后區另一端的長島市，已遠離了伊蓮窗景所涵蓋的視野。我和她建立了一種，我想是各取所需的關係，說不定，絕大多數的男女關係都建立在這上面，只要你看得夠深入的話。

我們為彼此付出。對她而言，我為她做一些身為一個警察能辦到的事——警告一個囂張的皮條客，嚇走那些和她過不去的醉漢，或是把一個無禮到死在她床上的討厭鬼屍體，丟到一個無損於他或她的名聲之處。我做的是警察的職務，她就回報以應召女郎的服務。令人驚訝的是，這種關係維持了很久，因為我們本來就彼此欣賞。

後來我不幹警察，放棄了警察的金質警徽，也同時放棄了房子、妻子和孩子。伊蓮和我並沒有常刻意聯繫，如果其中一個人搬走了，很可能會從此失去聯絡，好在我們都過著一成不變的生活。後來我酗酒的毛病愈來愈糟，在幾次因為爛醉造成的錯誤後，我決定開始戒酒。

接下來幾年，慢慢的，我一天一天的戒酒。直到某一天，過往的麻煩又找上伊蓮，那牽扯到我們曾經共有的過去，不只是她一個人的困擾，我也脫不了干係。就這樣，因為處理這件事情，我們又相遇了。雖然很難說這意謂著什麼，當然，她曾經是個很親近的朋友，然而，她也是遇到的熟人中唯一與我有一段過去的人，單單那麼一個緣故，她對我而言便非常重要。

而且，她也是一個禮拜同我睡上二、三夜的女人，其中包含的意義以及未來的結果，讓我不知所措，我和戒酒輔導員吉姆．法柏談過，他建議我循序漸進的處理我和伊蓮的關係。如果你在戒酒聚會養成那種勸勉別人的習慣，別人就會在你還不知情以前，為你封一個智者的名號。

∞

門房用對講機和樓上通話後，指了指電梯。伊蓮站在門口等我，她紮了馬尾辮，身穿一件亮粉紅緊身褲和一件檸檬綠無袖上衣，上頭的幾個釦子敞開，耳際垂著一對誇張的金耳環，臉上的胭粉剛好塗到接近妖冶放蕩的邊界，她總是刻意裝扮成這種效果。

我開口說：「看吧，我就說天生麗質。」

「承蒙您看得起啊，大爺。」

「就是這張清新樸素的臉孔，讓我每一次神魂顛倒。」

我跟著她進去，她把錄影帶拿出來。「《衝鋒敢死隊》，」她唸道，「這就是今天晚上非看不可的電影？」

「對方是這麼交代的。」

「是那部李．馬文反抗納粹的《衝鋒敢死隊》嗎？你不早說，我可以在電話裡從頭到尾跟你講一遍。首映的時候我就去看了，之後在電視上又不知道看了多少遍，李．馬文、泰利．沙瓦拉、查理士．布朗遜、歐尼斯．鮑寧，還有那個叫什麼來著？演M.A.S.H.的那個……？」

「亞倫．艾爾得？」

「不是，是在M.A.S.H.那部片裡面……不是艾略特．高達，是另外一個……，哦，對了！是唐納．蘇德蘭。」

「對了，還有特里尼．羅貝茲。」

「我都忘了有特里尼．羅貝茲，他們的降落傘才一落地，他就被殺了。」

「嘿，不要告訴我劇情，多掃興！」

「哈哈哈，不好笑！羅伯．萊恩也有演，對不對？還有最近才死的羅伯．韋伯，他真是一個好演員。」

「我只曉得羅伯．萊恩死了。」

「羅伯．萊恩幾年前就死了，兩個羅伯都死啦，你看過這部片子吧？一定的，大家都看過。」

「看了一遍又一遍。」

「那你現在幹嘛又要再看一遍？工作上需要嗎？」

我自己也搞不清楚，威爾在把錄影帶拿給我之前，就已經確定我是個偵探。「可能吧。」我說。

「真是份好差事啊，我也希望有人付錢請我看老片子。」

「真的嗎？我倒希望有人付錢請我上床。」

「很好，相當好。你許願的時候最好小心一點。你是真的要看片子，還是口袋裡的傢伙不老實？」

「啊？」

「算了。那我可不可以跟你一起看啊？會不會讓你不專心呢？」

「當然可以，不過我也不知道會看到什麼。」

「《衝鋒敢死隊》嘛，n'est-ce pas？（譯註：法語，不是嗎？）標籤上明明就這麼寫的。」說完她拍了一下自己額頭，學彼得．福克演的可倫坡恍然大悟的震驚樣子說：「掛羊頭賣狗肉！你該不是要調查有關於著作權法的事情？」

我曾經在一家大偵探社工作，專門去找那些在街上販賣蝙蝠俠T恤和遮陽帽之類的小販麻煩，收入不錯，但不是一件令人舒服的工作，那些從達卡及喀拉蚩來的新移民，根本不知道自己做錯什麼，讓我不忍心再做下去。「我也不確定。」我回答。

「我是指版權問題，有人盜拷原版帶子來賺錢，我說的對不對？」

「我不這麼認為，」我說，「但是你可以繼續猜，而我要做的就是把帶子看完，然後就知道你猜的對不對了。」

「哦，」她回答，「哎呀，管他，放來看看不就知道了。」

∞

一開始，這部片子演的內容正如片名所示，隨著李．馬文巡視一間一間牢房，片頭打出各個領銜演員的名字與角色，為觀眾介紹十二個由死刑犯組成敢死隊的美國軍人，他們都是因為殺人強姦被判死刑的罪犯。

伊蓮說：「以我未經嚴格訓練的眼睛看來，這和我記得的那部電影十分相似。」

電影又持續了十分鐘，我開始懷疑除了酗酒及藥物的問題之外，威爾是不是還有什麼其他的毛病。接著，情節忽然中斷，畫面變成一片空白，聲音也被切斷，螢幕大概中斷了十秒鐘之後，一名身形纖細、滿臉孩子氣，有著中西部輪廓的年輕男子出現在螢幕上。他鬍子刮得乾乾淨淨，旁分的茶色頭髮也梳得整整齊齊。除了圍在腰際一條鮮黃毛巾之外，身上再也沒有其他遮蔽物。

他的手腕、腳踝都被銬在一個與地面呈六十度角的X形金屬架子上，膝蓋與手肘上方緊緊的繫著一圈皮套，腰上的皮帶則有一部分被黃毛巾遮住了。看起來這些裝置將他固定得很牢。

他看起來似乎沒特別不舒服，臉上竟然還有似笑非笑的表情。他開口問道：「那玩意兒有沒有在跑？嘿，我是不是該說點話呢？」

鏡頭之外一個男聲要他閉上嘴巴，年輕人的嘴張開了又闔上，現在我才搞清楚，他還不過是個孩子而已，雖然已經開始發育了。他很高，但看起來不會超過十六歲。沒有胸毛，腋毛倒有一小撮。

攝影機的鏡頭對準這個男孩，然後一個女人走進了鏡頭，她大概和男孩一樣高，但因為沒有被四仰八叉的綁在架上，而是站直的，所以看起來比較高，她戴著《獨行俠》裡男主角戴的那種面具，是黑色的皮製品，與她身上穿的搭配成一套，黑色緊身皮褲在鼠蹊部開了個口，及肘的黑色皮手套及三吋的黑色高跟鞋，鞋頭還釘著亮片，這就是她的所有行頭，腰部以上全裸，小巧的乳房上，乳頭堅挺著，顏色鮮紅，與嘴唇的色調一樣，我猜她用口紅塗過。

「喂，這是你最迷戀的清純玉女形象，可比《衝鋒敢死隊》要火辣刺激多了。」伊蓮說。

「你不一定要看。」

「我不是告訴過你嗎？你若是受得住，我就沒有問題，以前有一個客人很喜歡看那種性虐待小電影，真是蠢到家了。嘿，你有沒有想要我把你綁起來過？」

「沒有。」

「那你把我綁起來呢？」

「也沒有。」

「說不定我們錯過了什麼有趣的事了。變態的人有五千萬，這麼高的數據總不會錯吧？啊，精采的來了。」

那女人解開男孩腰上的毛巾，扔到一邊去，然後用戴著手套的手愛撫他，當下那個男孩就勃起了。

「哇，多年輕哪！」伊蓮歎道。

攝影機移近，特寫鏡頭拍攝女人把玩、逗弄著男孩，然後再拉遠，女人把手鬆開，將手指從皮手套一隻隻的拉開，然後整隻脫掉。

「吉普賽的羅絲．李。」伊蓮說。

脫下手套後，女人露出和嘴唇、乳頭塗著同樣顏色的指甲，她抓起脫下的那隻手套，開始甩打男孩胸膛。

「嘿！」他叫道。

「閉嘴！」她生氣的說，揮舞著皮手套摔他嘴巴。他瞪大眼睛，她仍繼續甩打他的臉和胸膛。

「嘿！輕一點！真的很痛吔。」他說。

「當然痛！」伊蓮說：「你瞧，她在他臉上留下的紅印子，她也太入戲了吧。」

鏡頭外面的男人叫男孩安靜一點。「他叫你閉嘴。」女人說。她趴在男孩身上，用自己的身體跟他磨蹭，然後親他的嘴，沒戴手套的那隻手指尖，輕觸過她在他臉上留下的手套印子，接著慢慢的順著胸膛吻下去，在吻過的地方留下她的口紅印。

「哇，真帶勁兒！」伊蓮說道。她本來坐在一張椅子上，現在跑過來挨著我坐上沙發，把手放在我的大腿上說：「有人要你今天晚上一定要看這玩意兒，嗯？」

「是啊。」

「他有說你在觀賞時要跟女朋友一起嗎？」

她手沿著我的大腿朝上游移，我拿手蓋住她手，阻止進一步的動作。

「怎麼啦？不准我摸？」她問道。

我還沒來得及回答，就看見那女人用戴了手套的那隻手握住男孩陰莖，並用皮手套揮打他的陰囊。

他叫道：「哦！哦！天哪，快停下來，好痛啊！放我下來！把我從這鬼玩意上放下來！我不幹了！」

他一直不斷的、徒然的嚎叫，那個女人面露凶光，跨向前去，抬起膝蓋朝他裸露的鼠蹊部一撞。

他尖叫一聲，鏡頭外的男人聲音說道：「天哪，把他的嘴貼住！我不想聽這種狗屎聲音，去去去！走開！我看，還是我自己來吧！」

我以為那是攝影師的聲音，但當他走進畫面的時候，影片卻沒有中斷，他穿了一件緊身的潛水衣。我對伊蓮這麼說時，她糾正我，「那是橡膠的，黑色橡膠皮，訂做的！」

「誰會訂做這玩意兒？」

「戀物癖啊，她對於皮革有癖好，他則偏愛橡膠。這段岌岌可危的婚姻還有挽回的餘地嗎？」

那男子也戴了一個黑色的橡膠面具，事實上，更像一頂兜帽，蓋住他的頭和臉。眼睛部位挖了兩個洞，鼻子和嘴巴那裡也是。他轉過身來，我發現在他的胯下也有一處開口，露出細長的陰莖。

伊蓮有意見了，「那個戴橡皮面具的男人到底有什麼見不得人？幹嘛把頭臉全都遮住？」

「我不知道。」

「穿成那副德性要怎麼潛水？難道要魚來幫你口交？我可以確定一件事，這個男的不是猶太人。」

這時，他已經用膠布把男孩的嘴給貼上了，然後皮衣女把皮手套遞給他，讓他在男孩的皮膚上留下更多紅印子。他有一雙大手，手背上有深色的汗毛，橡皮衣在手腕處收口。因為那雙手幾乎是他身體唯一外露的部分，所以令我更加留意它們。他右手無名指上，戴著一只大型金戒指，上面鑲了一顆我認不出來的寶石，顏色有點黑又接近深藍。

他跪下來，把男孩的那根含進嘴裡，等男孩再度勃起，他用皮繩拴住男孩陰莖底部。

「這樣就可以一直保持堅挺了。你把血管堵住，血液流得進去卻流不出來。」他告訴皮衣女。

「就像蟑螂屋那樣。」伊蓮嘟囔著。

皮衣女跨在男孩身上，把陰莖放進皮褲開口處她身體的孔洞裡面。她邊騎著男孩，邊讓男人輪流對他們愛撫，一下搓揉她的乳房，一下擰著男孩乳頭。

男孩的臉部表情一直在變，他很害怕，但又很興奮。他們傷害他時，他痛苦的畏縮著，其餘的時間看起來又很猶豫，似乎想要享受正在發生的事，又擔心下一步到底會如何。

看著看著，我和伊蓮都不吭氣了，她的手早就從我的大腿上抽開。這一場表演，有如男孩嘴上的膠布，窒住了我們的嘴。

很快的，我開始對接下來即將目睹的內容，有一種非常不好的預感。

果不其然，我的感覺馬上被證實。隨著那女人與男孩交媾的速度加快，她喘息著叫道：「快！做了他的奶頭。」

穿橡皮衣的男人走出鏡頭，回來時手上握了個東西，一開始我還看不清楚是什麼，馬上知道了，這是一種園丁用的工具，用來剪玫瑰花叢的剪子。

女人還騎在男孩身上，她用姆指和食指捏住他的一個乳頭，使勁的搓揉拉扯。男孩怒目圓睜，看著男人輕輕把一隻手放在他的額頭上，溫柔的將他的褐髮攏順。

而他的另一隻手拿著樹剪，女人下命說：「現在！」但是他並沒有下手，女人只好又重複一遍。

他一面攏著男孩的褐髮，撫摸著他的額頭，一面緊握著樹剪手柄，把他的乳頭剪掉。

∞

我按下遙控器，螢幕頓時空白一片，伊蓮雙臂交抱胸前，緊緊托著手肘，她的手臂靠緊身側，微微顫抖著。

「其餘的，你不想再看了吧？」我說道。

她並沒有立即做出反應，只是坐沙發上大口喘著氣。「那是真的，對不對？」她說。

「恐怕是的。」

「他們把他切掉了。他們，那該怎麼說？剪掉，對，就是這樣，他們把他的乳頭像剪樹枝一樣剪掉了！如果馬上送進醫院，還可以重新縫合，人家那個麥斯……」

「是巴比．歐傑達，去年他的指尖……」

「那是他投球那隻手，是嗎？」

「他投球的手，沒錯。」

「他馬上就被送進醫院了。不知道乳頭可不可以再接回去。」

她深吸一口氣，再吐出來。

「我想，沒有人會送那個孩子去醫院。」她仍吐著氣。

「是啊，我想不會。」

「我覺得反胃，好像快昏倒的還是怎樣。」

「彎下身來，把頭放膝蓋中間。」

「然後呢？跟我的屁眼吻別嗎？」

「你不是快昏倒了……」

「我知道，那樣做可以讓血液流回腦袋裡。我是開玩笑的。『她沒事了，護士小姐，她還能開玩笑哩。』我很好，你知道的，我受過非常好的訓練，要成為一個很棒的約會女伴，在約會的時候，我從來不昏倒，從來不嘔吐，也從來不點龍蝦。這捲帶子的內容，你早就知道了嗎？馬修？」

「完全不知道。」

「『咔嚓』的一聲，他的乳頭掉了，鮮血滲出來，流過他的胸，像條古老的河流一樣曲折的流著，該怎麼形容才是？」

「我不知道。」

「蜿蜒而行，血流順著他的胸膛蜿蜒流過……你要繼續看嗎？」

「我想最好是這樣。」

「等一下會愈來愈可怕，對不對？」

「應該是的。是的，會更可怕。」

「他會不會失血過多而死？」

「那種傷口應該不會吧。」

「那會怎麼樣？血自動凝結起來嗎？」

「遲早會凝固。」

「除非他有血友病……我看不下去了。」

「我也認為你最好不要再看了。這樣吧，你去臥房裡等我。」

「等安全時你再叫我出來哦？」

我點點頭，她起身回臥房，開始時腳步還有些搖晃，後來便逐漸平靜下來，走出客廳。在聽到臥房門咔嗒關上的聲音後，我又等了一下，並不急著接下去看，約一兩分鐘之後，我按下遙控器，再次回到剛才暫停的地方。

∞

我一口氣把整捲帶子看完了。伊蓮進去後十分鐘，我又聽到她把臥房門打開，不過，我仍然盯著電視機看，感覺到她從我身後經過，爬回沙發上坐下。我沒看她，也沒說話，只是坐那兒，目睹一切經過。

那件事結束之後，電視機又空白了一下，然後我們忽然回到《衝鋒敢死隊》的情節裡，那批亡命之徒和反社會分子被丟進一座城堡中，裡面擠滿了歡慶占領法國成功的納粹士兵，我們坐著，把整部片子看完。看泰利．沙瓦拉那雙精神異常的大眼睛，看那些英雄用機關槍手榴彈把地面炸得像地獄一樣塵煙飛揚。

等片子結束，演員名單也列過之後，伊蓮走到錄影機前按下倒帶。她背對著我說：「這部片子，我說我看了幾遍？五遍？六遍？每一次看，我都希望結局會不一樣，約翰．卡薩維特最後沒有被殺掉，雖然他很卑鄙，但他死的時候，仍然會令你心碎，對嗎？」

「是的。」

「因為他們好不容易逃到了安全地帶，最後從天外飛來一顆子彈，莫名其妙的就把他打死了，約翰．卡薩維特去年也死了對不對？」

「我想是的。」

「李．馬文當然也死了。李．馬文、約翰．卡薩維特、羅伯．萊恩、羅伯．韋伯。還有誰死了？」

此刻，她站我的面前，俯視著我。她生氣的說：「所有人都死了！你有沒有注意到，到處都有人死去。連中東那個什葉派的領袖都死了！可是，那個狗養的變態卻會長命百歲！他們宰了那個孩子對不對？」

「看起來是這樣。」

「根本就是這樣！他們先虐待他，然後再幹他。再多虐待他一點，然後再多幹他一下，最後，就把他殺了。這就是我們剛才所看到的。」

「對。」

「我真是被搞糊塗了。」

她說著，走過來跌坐在椅子上。

「在《衝鋒敢死隊》裡面死了一大堆人，有德國人，也有我們的人，那又怎麼樣？你看過後，一點也不覺得有什麼大不了的。但是，另一部……那一對下流痞子和那個孩子……」

「那是真實畫面。」

「怎麼會有人做得出這種事情來呢？我不是昨天才出生的小奶娃，也不特別純真善良，至少我不認為自己是那樣，我是嗎？」

「我從來都沒有這樣想過。」

「我是個人盡可夫的女人，老天，我的意思是，說穿了我就是個妓女。」

「伊蓮——」

「不，讓我說完，寶貝。我並沒有貶低自己，只是就事論事，我剛好從事一種不太看得到人性良善面的職業，我知道，這個世界充斥著一堆怪咖跟神經病，我還知道，那些性變態喜歡穿上皮革、橡膠和毛皮，互相綁起來，玩心理不正常的遊戲，其中一些人失去了控制，犯下了可怕的罪行，這我也知道，有一次，我還差點被這種人殺掉，你記得嗎？」

「歷歷在目。」

「我也是。好！歡迎回到這個世界來！它存在著一些可怕的日子，可怕到我認為應該有人拔掉插頭，把整個人類全毀滅掉，但是，我同樣的可以賴活著，只不過，我就是受不了再想這件狗屎事，我真的沒辦法！」

「我知道。」

「我覺得好髒？」她說：「我得洗個澡。」

6

我本想第二天一早醒來就打電話給威爾，卻不知道怎麼聯絡他，有很多他相當隱私的事情我都知道——我知道他十二歲就開始喝咳嗽糖漿；我知道他未婚妻因為他酒醉後與她父親爭吵而拂袖離去；我還知道隨著他逐漸清醒，他意識到自己的婚姻觸礁且危機重重。然而我竟然不知道他姓什麼，在哪裡工作。無計可施之下，只好等到八點半的聚會。

聚會開始之後不久，威爾就到了。休息時間，他一個箭步走到我面前，問我看了那部片子沒有。

「當然看囉，那一直都是我最愛看的片子之一。尤其是其中有一段，唐納．蘇德蘭把一名將軍關起來，自己去檢閱軍隊，真是精采極了。」

「老天爺，我要你看的是昨天晚上我拿給你的那捲帶子，不是告訴過你了嗎？」

「開玩笑的。」我說。

「噢。」

「那東西我看了，雖然不是很好受，我還是全程看完。」

「然後呢？」

「什麼然後？」

我決定不參加下半場聚會，直接跟他談下去，我拽著他手臂走上樓，來到外面街上。第九大道對面，有一男一女為了錢爭吵，尖銳的聲音滲透進溫熱的空氣向四面盪開。我問威爾，那捲帶子是從哪裡來的。

「標籤上有寫，是我家附近轉角的錄影帶店，百老匯大道和六十一街交口。」

「你租的？」

「是啊，這部片子我看過，事實上，咪咪和我都看過好多次了。上星期在電視上看到續集，所以想把第一集租回來再看一遍。但你知道我們看到什麼？」

「我知道。」

「那種東西叫鹹溼片吧？」

「我想是的。」

「以前我從來沒看過。」

「我也沒看過。」

「真的嗎？我以為幹警察和偵探的都……」

「沒那回事。」

他歎了一口氣，說：「那我們現在該怎麼辦？」

「你的意思是？」

「要不要報警？我實在不想自找麻煩，但視若無睹又好像不太對，我猜我想說的是，是不是應該採取什麼行動？我需要你的建議。」

那一對男女仍然在對街盡頭互相叫罵。「別煩我！你他媽的別再來煩我！」那男子不斷這麼吼叫。

「好，現在，我們來理清楚，你到底是怎麼租到這捲帶子的。你走進錄影帶店，從架子上取下錄影帶……」

「從架子上拿下來的並不是錄影帶。」

「那是什麼？」

他向我解釋整個程序，先從架上取下展示用的空盒，再拿著空盒子到櫃檯去交換真正的錄影帶。他在那家店有會員卡，他們把帶子拿給他，收了一天租金，不曉得是多少，反正要不了幾塊錢吧？

「那家店在百老匯街和六十一街交口？」

他點點頭說：「從轉角算起第二，還是第三家店，就在馬汀酒吧隔壁。」那一間酒吧我知道，大大的一間空房子，像布拉尼史東酒吧那樣。飲料很便宜，蒸盤上有熱騰騰的食物。幾年前為了招徠顧客，把早上八點到十點訂為「歡樂時光」，所有飲料一律半價，真不知道早上八點有什麼好歡樂的。

「他們幾點打烊？」

「十一點吧，週末會開到午夜。」

「我去找他們談一談。」我說。

「現在？」

「有何不可？」

「呃……你要不要我陪你去？」

「不用了。」

「你確定？如果這樣的話，我想再回去聚會。」

「可以。」

他轉身要走，下一秒又轉身說：「噢，對了。馬修，那捲帶子昨天就該還，所以今天可能會加錢，多少錢跟我說，我再補給你好嗎？」

我要他別操心這種事。

∞

錄影帶出租店就在威爾說的地方，我先回到住處，把錄影帶放身上走進那家店裡。裡面有四五個正在瀏覽的客人。櫃檯後面站了一男一女，約莫三十歲左右，那個男的大概有兩三天沒刮鬍子，我猜他一定是經理。如果經理是那個女的，她一定會要他馬上回家把鬍子刮一刮。

我走上前去，對他說我想找經理談一談。
「我是這家店的老闆，你要跟我談嗎？」
我把帶子拿給他看。
「這是你們租出的帶子吧？」我道。
「那是本店的標籤，所以一定是我們的錄影帶沒錯。《衝鋒敢死隊》，這部片一直很受歡迎，怎麼啦，有什麼問題嗎？你確定是錄影帶的問題？還是你很久沒清洗磁頭了？」
「兩天前，你們這兒的一個會員租了這捲錄影帶。」
「你來替他還帶子的？如果是兩天前租的，就要多收過期的罰金。讓我查查看。」
他走到一架電腦前面，輸入標籤上的號碼。
「威爾．哈柏曼，根據電腦上的記錄，他已經租了三天，不是兩天，所以還得付四塊九毛錢。」
我並沒有掏皮夾。
「你對這捲帶子很熟嗎？不是影片，而是帶子本身。」
「我應該很熟嗎？」
「這捲帶子有一半錄了別部影片。」
「讓我瞧瞧。」他接過帶子，指著邊緣說：「你看這裡，通常空白錄影帶這裡都有一小塊，你若想保存你錄的片子，就把護片弄斷，這樣就不會誤錄到其他東西。商業用的錄影帶，會在這裡挖一個槽，以防你不小心誤觸錄影按鍵。一天到晚都有些天才手賤誤觸，還真有本事。但是如果想要重複使用，只消用膠布把溝槽貼起來就行了，你確定你朋友沒這麼做嗎？」

「非常確定。」

他看起來半信半疑，過了半晌，他聳聳肩，說：「那麼，他是想重新租一捲《衝鋒敢死隊》是嗎？沒問題，這部電影很有名，我們還有很多捲，雖然不到一打，但算多了。」

「不是這個問題。」

他正想轉身走開，我拉住他手臂。

「哦？」

「有人在《衝鋒敢死隊》中間錄了色情影片，不是普通的限制級電影，而是非常殘暴的性虐待狂拍的虐童影片。」

「開什麼玩笑。」

我搖搖頭。

「我想知道它是從哪裡來的。」

「老天，怎麼會這樣。」

他伸手去拿那捲帶子，卻好像摸到燙手山芋般把手縮回來。

「我發誓，這跟我一點關係都沒有。本店沒有限制級影片，什麼《深喉嚨》、《瓊絲小姐體內的惡魔》之類的垃圾，我們統統沒有。大部分的錄影帶店都會有一區，或至少放幾捲這種帶子，以供那些不常光顧時代廣場那種污穢場所的夫妻一些視覺上的前戲。但是，在開這家店時我就決定，一點都不要沾那種玩意兒，我不希望有任何一捲進我店裡。」

他看著那捲帶子，碰都不想去碰它。

「那麼，它到底是怎麼來的？那是一個大問題對不對？」他問。

「可能有人想要錄另一捲帶子。」

「剛好那個時候，他的手邊沒有空白錄影帶。所以把它錄在租來的帶子上，然後再還回去？……這根本不合邏輯嘛！」

「也許是弄錯了，上一個租的人是誰？」

「你是說哈柏曼之前的那個人？嗯，讓我瞧瞧。」他查詢著電腦，然後皺起眉頭說：「他是第一個租的人。」

「這捲帶子是全新的嗎？」

「不，當然不是，它看起來像全新的嗎？我也搞不清楚，靠電腦記錄之後，你就沒法像以前那樣清楚了，常常會出這種紕漏。呃，等一下！我知道這些錄影帶是從哪裡來的了。」

他說是有個女的拿了一整袋錄影帶來，裡面大都是一些經典名片。「你相不相信，《馬爾他之鷹》三種版本都齊了！有蓓蒂．戴維斯和華倫．威廉在一九三六年主演的《魔鬼遭遇女郎》。喬伊．卡洛是亞瑟．卻哲演的，而雪妮．葛琳史特的角色，是由一個叫做愛麗森的胖女人演的，信不信由你。

「還有一九三一年的原版，瑞卡多．科泰茲把史貝德演得有夠噁心，和一九四〇年鮑嘉詮釋的英雄形象大相逕庭。這部原本也叫《馬爾他之鷹》，不過休士頓翻拍的版本上映之後，原版就被改名為《危險的女人》了。」

那個女人說她是房東，這些錄影帶是她一個死去的房客所有，她想把這些片子賣了，看看能不能抵一些積欠的房租。

「我買了一大堆，不知道那個人是不是真的欠了房租，還是她想藉此賺幾個錢，不過她肯定不是小偷，帶子不是偷來的，而且它們的品質也都不錯。」他苦笑，「我檢查過的都不錯，只是沒有統統檢查，當然也沒有看到這一捲。」

「這就說得通了，不管帶子是誰的……」

「他想要拷貝一捲帶子，也許當時三更半夜他沒辦法出門買空白帶。對了，這樣就合理了，他不會錄在租來的錄影帶上，在我向那女人買進來之前，它本來就不是出租用的錄影帶。那時候已經錄了別的東西了。」他打量著我，「真的是虐童片？你沒開玩笑？」

我說沒有。然後他便說了一些世風日下之類的話。

我問那女人叫什麼名字。

「就算當時我知道，現在也不可能記得了，何況，我根本就不知道。」

「你有沒有開支票給她？」

「好像沒有，因為她要現金，大家通常都要現金。不過也許有可能，要不要我查查看？」

「麻煩你了。」

他花了一點時間，等一個客人離開後，走進身後房間。一會兒出來說：「沒有，我就知道。不過這是交易記錄，看起來滿驚人的，她賣給我三十一捲錄影帶，我付給她七十五塊錢，錢很少，因為是舊片，你也知道，折舊率非常高。」

「你的交易簿上有沒有她名字？」

「沒有。那天是六月四日，但這也幫不上什麼忙，而且那天之前，或之後，都沒有再見過那女人，她大概就住附近吧，除此之外，我什麼都不知道。」

他再也想不出什麼別的，我也不知道還有什麼可以問的。他說威爾可以免費再租一次完整版的《衝鋒敢死隊》。

回到旅館後，我打了一通電話給威爾——現在知道他姓什麼，聯絡起來就方便多了。告訴他有一捲免費的錄影帶，可以隨時過來拿。

「截至目前，我們毫無插手的餘地，有人用自己的《衝鋒敢死隊》去拷貝其他的片子，又陰錯陽差的流入市面，擁有帶子的人已經死了，到底是誰根本查不出來，更別提還想去追溯原版的來源了。反正，那種玩意兒就是這樣，東拷貝西拷貝，有癖好的人只能藉此互相交流，市面上買不到。」

「還好是這樣。可是，就這樣置之不理嗎？有一個小男孩被殺害了啊。」

「呃，拍攝時間可能是十年前，搞不好還是在巴西拍的。」

根據影片中的美式英語，這點比較不可能，但他聽過就算了。

「這部片子真的很可怕，如果我沒看過，日子會過得舒服得多，可是，又想不出什麼可行的辦法來。在這個城市裡，像這樣的帶子可能有上百捲在流通……呃，也許只有幾打吧。它之所以特殊，只因為碰巧被我們兩個看到。」

「交給警察也沒用嗎？」

「我看沒用，頂多把帶子沒收，然後還不是被塞進貯藏室裡？同時，你還要被叫去問帶子怎麼到你手上之類的一堆問題。」

「我不想那麼麻煩。」

「沒有人會想那樣。」

「那麼，」他說，「我想我們只好算了。」

8

然而，我卻不能。

我所看到的，以及看到它的方式，在我的腦海中留下不可磨滅的印象。我對威爾說的都是實話，我以前從來沒有親眼看過那種東西，只不過時有耳聞，好比他們有一次從中國城抄了一捲，拿到第五分局用投影機放出來，告訴我這件事的警察說，那個說給他聽的另一個警察，在看到片中一個小女孩的手被砍斷的畫面時，受不了當場衝出房間。不過警察說的故事往往因為一傳再傳而加油添醋，就像酒吧裡流傳佩第．費樂里的腦袋。我知道那種片子存在，我知道有人拍，也知道有人看。但是，那個世界和我，向來井水不犯河水。

片中有些畫面在我腦中揮之不去，如影隨形，這是我沒預料到的。那個男孩，一開始還吊兒啷噹——「嘿，那玩意兒有沒有在跑？我是不是該說點話？」然後，當這個死亡盛宴露出它猙獰面容時，男孩的驚愕以及最後他對發生的一切難以置信的表情。

中途，那個男人把手放男孩額頭上，溫柔多情的替他將頭髮向後撫平，接下來的過程中，他不時出現這種動作，直到最後慘無人道的極刑把男孩處決，鏡頭帶到離男孩雙腳幾呎遠的排水孔，排水孔我們都見過，但是，現在的這個特寫鏡頭，強迫我們看著黑白相間的西洋棋盤地板上，那一方網狀的排水孔。

血，艷紅一如皮衣女的嘴唇和她的長指甲，和她擦過胭脂的乳頭，匯注成一條血河，流過黑白相間的方格子，消失在排水孔之中。

這是最後一個鏡頭，鏡頭裡沒有人，只有地磚、排水孔和鮮紅的血液。接著，跳入空白的畫面，幾秒鐘之後，李．馬文再度出現，為了世界的和平安全以及民主自由而奮戰。

接下來幾天，大約有一個禮拜之久，我發現那些畫面始終在腦海打轉，我沒有採取任何行動，因為不知道該做什麼。錄影帶收藏在保險箱裡，沒再看第二遍——看一遍就夠受了——在這當中好像有什麼東西似乎是我可以掌握的，到底是什麼？說穿了，那不過是一捲錄影帶，有兩個身分不明的人發生性關係，之後又和第三個同樣身分不明的人性交，並且違反他的意志虐待他，甚至殺害他，沒有任何法子能夠查出他們是誰或者什麼時候幹的。

一天中午，聚會結束之後，我沿著百老匯大道一直走到四十二街，然後在百老匯大道上的不良場所消磨了幾個小時，在一家又一家的色情商店之間穿梭。一開始還有點尷尬，沒多久就習慣了。我慢慢的在虐待狂與被虐待狂的錄影帶區瀏覽。每一家店都有一些——奴役、監禁、虐待、用刑之類的帶子，封面會用幾句話介紹內容，並附加照片以吸引顧客。

我並不期望會在出租錄影帶中找到我們那部《衝鋒敢死隊》的版本。時代廣場正是電檢審查最鬆的地方，但是虐待與謀殺的內容仍被禁止，而我兩者全看到了。也許，那個男孩的年齡可以通過審查，甚至可以找一個好剪接把最可怕的地方剪掉，但是找到它上市版本的機會，仍然微乎其微。

不過，還有一個可能。

也許穿橡皮衣的男人和皮衣女還拍了別的片子，可能一起也可能分別拍，不知道我還認不認得出來，假若他們穿著同樣服裝，應該有可能認出來。

這就是我要找的東西——如果我真在找什麼的話。

四十二街的街頭，大概是從第八大道向東走的第五家，有一間不起眼的小店，它和別家沒有什麼差別，只不過性虐待的那一區比例比較高，錄影帶的標價從十九塊九毛八飆到一百元不等，還有一些叫《虐待乳房》之類的畫報。

看遍了所有錄影帶，包括日本和德國拍的，以及一些粗製濫造的小電影，貼著用電腦打的簡陋商標，看到一半，我放棄尋找穿橡皮衣男人以及他無心無肺的另一半。我不再找了，只茫然的將自己浸泡在這個倏忽而至的世界中。它一直都在。離我住的地方還不到一哩，我雖然知道它存在，卻從來不曾涉入，因為並沒有涉入的理由。

終於，我走出了那家店。算算我在裡面耗了將近一小時，什麼都看但是什麼都不買，如果站櫃檯後頭的店員因此嫌我煩，那是他家的事。他是一個來自印度半島的年輕人，皮膚黝黑，總是面無表情，一棒子打不出個屁。事實上，店裡的人都不說話，不只是他，就連我和其他的客人都安安靜靜的，小心避免接觸他人的目光，進來出去，瀏覽或購買的時候，都假裝旁若無人，好像大家原本就不存在似的。偶爾，會有開門關門的聲音，偶爾，會有櫃檯一邊數一邊放零錢在客人手掌心的叮噹聲，或是換二毛五硬幣，以便用來看後面小隔間裡的錄影帶。除此之外，四周一片安靜。

8

回到旅館我便沖了個澡，感覺好了一點。可是身上還是帶有時代廣場的氛圍，晚上我去聚會，回來之後又洗了一次澡才上床。翌晨醒來，吃過簡單的早點並翻閱報紙後，我蹙到第八大道，在「丟斯」左轉。

當班的還是同一個人，就算他認得我，也沒表現在臉上。我逕自換了十塊錢的二毛五硬幣，走進小隔間裡把門鎖上。挑選哪一間並不重要，因為每一間的錄影機都連接在一個有十六個頻道的閉路系統上，可以任意轉台，就像坐在家裡看電視，只是節目不同，而且一枚二毛五硬幣只能勉強看個三十秒。

我在裡頭一直待到硬幣用光為止，看那些男人女人用各種方法彼此虐待，有些被虐者好像還頗樂在其中，沒有人看起來真正受苦，他們是演員，或自願演出的人，還有成人秀。

我看的這些片子，沒有一部像在伊蓮家看的那種東西。

從那裡出來之後，我少了十塊錢，感覺上卻老了十歲，外面的空氣燠熱潮溼，連續一個禮拜都是這樣的天氣，我抹去額前的汗水，搞不懂自己為什麼要到四十二街來，這裡並沒有我要的東西。

然而，我卻離不開這個街區。我並無興趣走進一間成人商店，也不需要這裡所提供的任何服務，我不想買毒品或召妓，也不想看功夫電影或買雙籃球鞋，或某個電器用品，或一頂邊寬二吋的草帽。我可以買一把更換刀片式的小刀，它通常放工具箱裡整套出售，否則就算違法，還可以買一張假身分證，黑白的五元、彩色的十元，當場就可以印出來；不然打打電動玩具，像是小精靈、大金剛之類的：甚至於聽個滿頭白髮的黑人大吹牛皮、言之鑿鑿耶穌基督是生在現代非洲加彭的一個有血有肉的黑人。

在街上來來回回四處遊盪，穿過第八大道，到港務局巴士總站一角的午餐吧，站在吧台吃了一份三明治和一杯牛奶——那裡的冷氣真是舒服——吃過午飯，不知怎麼的，我又被拉回那條街。

有家戲院正在放映約翰・韋恩的兩部片子，《戰車》和《繫黃絲帶的女人》，付了大概一塊還是兩塊吧，我進去看了第一部的後半段和第二部的前半段之後便出來。

然後繼續遊盪。

正當我迷惘失神、心不在焉的時候，有一個黑人小孩走前來問我在幹什麼，我完全沒有注意到他靠近，轉頭打量他，發現他的眼神充滿了挑釁，約莫十五六七歲，和影片中被殺害的那個男孩差不多大，不過看起來世故多了。

「就是看看櫥窗而已。」我說。

「每一家的櫥窗都已經被你看遍了，這條街上上下下的，也不知道被你逛了多少回。」

「那又怎麼樣？」

「你到底在找什麼啊？」

「什麼也沒有。」

「你繼續走到轉角，到第八大道的轉角等我。」他說。

「幹嘛？」

「幹嘛？這樣別人才不會注意我們。」

我在第八大道等他。他一定繞過別條路，或是從卡特飯店抄捷徑過來的，以前那邊是迪克斯飯店，這家飯店的接線生接電話的方式很有名，「喂，迪克斯飯店，你想幹嘛？」他們之所以改名，大概是因為吉米・卡特從福特手上搶走了總統的寶座。也許是我亂猜的，如果真是那樣，只能算巧合。

我站在一扇門前，看著他雙手插口袋裡，歪著頭從四十三街，朝南向我走近，他穿著T恤、牛仔褲，外罩一件厚棉夾克。大熱天穿那種厚夾克，一定要被烤焦了，但他看起來好像一點也不在乎。

他開口道：「昨天就看到你，再加上今天一整天，看你在那裡走來走去，走去走來，大哥，你到底在找什麼啊？」

「沒什麼。」

「才怪！每一個人上『丟斯』來都有目的，剛開始我還以為你是條子，結果你不是。」

「你怎麼知道？」

「你就不是！」

後來他又仔細的打量了我一番，「你是嗎？搞不好你真的是哦。」

我笑了。

「你笑什麼啊？唉，大哥，你很詭異，人家問你要不要買大麻、要不要買快克還是古柯鹼，你這麼搖搖頭不甩人家，連正眼都不瞧一瞧，你到底在找哪一種藥呢？」

「沒有。」

「沒有？那你想泡妞？」我搖搖頭。「想吊帥哥？還是俊男美女一起上？你是不是想看秀，還是想『作』秀？告訴我你要什麼？」

「我只是來這裡隨便逛逛，思考一些事情。」

「呿，胡扯，到『丟斯』來思考?!『戴上我的思考帽，上街來幹炮！』你如果不說你到底要什麼東西，又怎麼能搞到手？」

「我什麼都不要。」

「跟我說嘛，我替你搞定。」

「不是跟你說過了嗎？我什麼都不要。」

「操！像我，我就想要很多玩意兒，這樣吧，你給我一塊錢。」

他的語氣中並沒有脅迫或是恐嚇，我問他，「我為什麼要給你一塊錢？」

「『因為我們是朋友嘛，我可以給你一點藥嗑嗑。』怎麼樣？」

「我不嗑藥。」

「你不嗑藥？那你嗑什麼？」

「什麼都不嗑。」

「那不然你給我一塊錢，我就什麼都不給你嗑。」

我忍俊不住，哈哈大笑了起來，看看四周，並沒有引起別人的注意，便從皮夾抽出一張五元紙鈔給他。

「這是幹嘛？」

「我們不是朋友嗎？」

「是沒錯啦，但是你圖個什麼？要我跟你去什麼地方嗎？」

「不用。」

「你就這樣把錢給我？」

「對。沒有任何附帶條件，除非你不想要……」

我伸出手去，作勢要把錢拿回來，他笑著閃開了。「嘿！你媽沒教你起手無回嗎？」說完把錢塞口袋裡，然後他歪著頭看著，「真是搞不懂你吔。」他說。

「沒什麼好傷腦筋的，你叫什麼名字？」

「我叫什麼？你為什麼想知道我的名字？」

「沒為什麼，沒有任何理由。」

「你可以叫我阿傑。」

「很好。」

「那麼你又叫什麼名字？」

「你可以叫我『布克』。」

「你覺得怎麼樣呢？布克？」說完他搖搖頭，「靠，老兄你還真有一套，什麼布克，你才不叫布克。」

「我的名字叫馬修。」

「馬修。」他一邊說一邊點頭，「啊哈，這樣才對嘛，馬修、馬修，叫馬修這名字才屌。」

「這可是如假包換，絕不扯淡的本名。」

他眼睛一亮，「嘿，你迷史派克．李嗎？你看過他片子嗎？」

「當然。」

「我發誓你真的很難搞懂吔。」

「沒什麼要搞懂的。」

「你心裡有事，但我就是猜不出來。」

「也許我心裡根本沒事。」

「來這兒的人會沒心事？」說完，他做了一個吹口哨的嘴形。他有一張圓臉，塌鼻子，眼光很有神，我納悶他會不會拿我給的那五塊錢去買快克。他有點肉，不像是吸快克的，況且他也沒有那種毒蟲的樣子，不過要顯出那種神態也不是一天兩天的事。

「在丟斯，每個人都有所企圖，有人想吸快克、有人想幹架、還有人想幹炮、想錢、想一步登天，或是想放鬆下來，如果有人不存任何企圖，那他上丟斯幹什麼？」

「那你呢？阿傑。」

他笑著說：「我想知道別人想幹什麼。我一天到晚都在挖別人心事，那就是我想要的，所以我才會在這裡打轉，馬修。」

我又和阿傑多混了幾分鐘。

他是五塊錢能買到治療四十二街憂鬱症最好的特效藥了。當我往回程的路上走時，籠罩我一整天的陰霾煙消雲散了，我洗了澡，吃一頓豐盛的晚餐，然後去參加聚會。

第二天早上正在刮鬍子時，電話鈴響。我搭地鐵到布魯克林去見一位名叫德魯・卡普蘭的律師，他的客戶被控駕車謀殺他人後逃逸。

「他發誓自己是無辜的。」卡普蘭說：「不過我個人認為他滿口謊言。可是，萬一他對律師說的全是實話，我們總得給他機會，查查看是否有目擊者證明撞死那位老太太的另有其人。怎麼樣？有沒有興趣？」

那件事花了我一個星期。後來，卡普蘭又跟我說算了，他們給那名被告一個機會，用過失肇事逃逸的罪名起訴他。

「至於殺人的罪名會被撤銷，我個人強烈的建議他接受這個提案，他也終於明白，只有這樣才能免除他的牢獄之災。判刑大概六個月吧，不過我知道法官會同意緩刑，明天我就得去回覆接受提案了。除非，上次我們談過之後，你已經找到某個有力證人。」

「我今天下午找到一個人。」

「是個神父嗎？是個左右視力二・〇，手上捧著國會榮譽勳章的神父嗎？」他說。

「那倒不是，不過是一名有力的目擊者，是這樣的，她很確定的確就是你客戶幹的。」

「我的天哪。對方知不知道這件事？」

「起碼兩個小時前我跟目擊者談話的時候，他們還不知道。」

「這樣吧，看上帝的份上，我們不要告訴他們。」他說：「我明天就去結案。喏，你的支票，按照規矩是應該用寄的，你還是沒執照對不對？報告你也不肯寫。」

「除非你要存檔留底？」

「事實上，」他說，「這件案子最怕的就是留底，所以你不必交報告，我也會忘掉今天的談話。」

「我同意。」

「太好了。對了，馬修，你該去申請一張執照了吧？有好多工作等著你，可是你如果沒有執照，有些案子我就不能交給你。」

「我有在考慮。」

「你的身分若是有所改變，記得告訴我喔。」

8

卡普蘭的支票相當慷慨。我租了一部車，帶伊蓮到柏克許花了一些，回來之後，威利從可靠偵探社打電話來，接下來我花了兩天去和一名保險業者交涉。

那部影片已成為過去，它在我情緒上的糾結也逐漸淡去，之所以會受影響完全是因為看了影片的緣故，對我個人，或是我與片子之間毫無牽連。隨著時間流逝，我的生活習慣慢慢步回常軌，老實說在我的腦海中，它只是為這個無法無天的世界再添上一筆罷了，每天早晨攤開報紙，一定會有新的暴行從舊傷口中忽的冒出來。

偶爾，影片中的一些片段，會忽而飛掠腦際，但已經不似先前那樣令人無力抵抗。我沒有再去四十二街，也沒有再碰過阿傑，甚至於根本很少想到他，他是個有趣的傢伙，然而在紐約，形形色色的人四處充斥，他們無所不在。

歲月持續流轉，大都會隊在季賽中所向披靡，而洋基連邊也沾不上，冠軍賽中，兩支來自加州的隊伍狹路相逢，而最有趣的莫過於舊金山大地震了。十二月舊金山迎接她的第一任黑人市長上台，接下來那個禮拜，阿曼達．得曼在西五十二街一家義大利餐館樓上被姦殺。

然後我看到一個男人的手，把男孩的淺棕色頭髮向後攏順。然後，所有的事情，全都回來了。

7

銀行開門之前，我吃過早餐，又讀了兩份報紙，從銀行保險箱裡取出那捲錄影帶，在街上打電話給伊蓮。

「嗨！拳賽如何？」她說。

「比我預期的還精采。你呢？課上得怎麼樣？」

「課很棒，不過有一大堆書要讀，還有就是班上出了一個笨蛋，每次老師才剛講完一句話，她就舉手發問，如果老師不想點辦法叫她閉上嘴，我大概會親自動手做了她。」

我問她方不方便過去，「我想借用一下你的錄影機，大概不會超過一小時。」

「沒問題。」她說：「如果你馬上就來，如果你真的不會超過一小時，而且這次的錄影帶比上次那捲有意思的話。」

「我馬上就到。」我說。

掛上電話，我踏上石磚地攔了一部計程車。

到了她家，她接過我的外套，開口便問：「昨天晚上怎麼樣？有沒有看到凶手？」我一定是對她瞪大了迷惑的雙眼，她補充道：「就是理察．得曼啊，他不是也該在那兒？這不正是你去馬帕斯的原因嗎？」

「那時候我並沒有想關於他的事。沒錯，他是在那裡，但是他是否真的殺了她這問題，我一點進展也沒有，我想我看到了另一個凶手。」

「喔？」

「那個穿橡膠皮衣的男人，我想我看到的正是他沒錯。」

「難道他還穿著同樣那一套行頭嗎？」

「他昨天穿著一件藍色運動上衣。」我告訴她有關那男人的事，還有跟他在一起的小男孩。「所以這就是上次的那捲錄影帶，你不會想再看一次吧？」我說。

「免談！那麼，我該做什麼好呢？我可以出去買上課用的書，反正遲早都得買，應該不會超過一個小時。你知道怎麼用我的錄影機吧？」

我說我會。

「到時間我就回來，等一下有個約會，我得準備準備，十一點半左右會有人來我這兒。」

「我會在那之前離開。」

等她出了門，我按下錄影機，用快轉跳過片頭《衝鋒敢死隊》的部分。伊蓮在十一點差幾分時到家，那捲帶子已經被我看了兩次，第一次花了半個小時，第二次用快轉，只花了一半的時間就看完，她回來時，我已倒好帶子，站在窗前。

她開口說：「我剛剛花了一百多塊買這些書，可是書單上還有一大半的書找不到。」

「你為什麼不買平裝本？」

「這些就是平裝本啊！不知道什麼時候才會有空讀它們。」

她把整個袋子倒過來，書散在沙發上，她隨手抓了一本又丟回書堆裡去。「至少都是英文，這是件好事，我又不懂西班牙文和葡萄牙文。但是，當你在讀翻譯本時，你以為你真的在讀書嗎？」

「如果是好的譯本的話。」

「大概吧。但總覺得像在看有字幕的電影，而且字幕上寫的並不完全是對話的原意，你看過那捲錄影帶了？」

「嗯。」

「是那個人嗎？」

「我認為是。要不是他那一身該死的行頭，我應該更容易可以認出他來。操，擠在那種密不透風的橡膠緊身衣裡，再戴上橡膠頭套，一定會悶死！」

「說不定他胯下的那個開口有通風冷卻的功效。」

「我覺得那個人就是他，尤其有一個動作，讓我猛然想起來，就是他用手撫摸男孩頭髮那個動作。當然，其他還有一些眼熟的地方，比如說他走路的樣子，移動的方式等等小細節，無論如何都掩飾不了。他的手看起來也很像錄影帶裡面的樣子，尤其是他用手撫順小男孩的頭髮，這動作和我的記憶簡直分毫不差。」我皺皺眉頭，接下去又說：「而且，我認為那個女的也是同一個人。」

「哪個女的？你沒提過還有一個女人啊。你說的是乳房很小的那個？」

「就是舉告示牌的女郎，就是在每一回合之間，舉牌子宣布下一回合的那種女郎，你知道的。」

「她該不會還穿那件皮衣吧？」

我搖搖頭，「她穿得很涼快就是了，一大截腿晾在外面！不過，我並沒有特別注意她。」

「最好是啦。」

「我說真的。對她，我總覺得有一點似曾相識之感，她的長相我倒沒特別留意。」

「是嘛，你正忙著看她的屁股吧。」她一手搭我肩膀，「我真的還想多知道一些……」

「不過等會兒有人要過來，對吧？我馬上就走，你不介意我把帶子留這兒吧，我不想整天拿來拿去，或花腦筋想個特別地點藏起來。」

「沒問題！呃……我實在不想催你，但是……」

我親親她，立刻離開。

∞

走到街上，我突生一種衝動，想躲在門口看看到底誰會出現，她從來不挑明說那是個嫖客，然而也沒說不是。而我，一直很識相的不問，說實在的，我也不想躲在陰暗角落等著窺伺她的午間伴侶，然後再想像他會要求她做些什麼，以賺得那些西班牙與葡萄牙文學翻譯書的報償。

有些時候，這種事我的確會放在心上，但有時又不是那麼在意。有些時候，我覺得根本不應該在乎，或者是，應該多在意一些，反正總有一天，我會把這種感覺搞清楚，這已經不是第一次了。

一邊這麼想著，一邊走到了麥迪遜大道，搭上公車，向著城北方向隔三十個街口的某個地點前進。錢斯的藝品店就在一家賣名牌童裝的樓上，櫥窗裡展示著《風中之柳》中感人的一幕，動物們全都穿著那一家店的名牌小衣服，老鼠身上穿的那件苔綠色運動衣，價值和一櫥櫃的現代拉丁美洲小說差不多。

樓下的銅製招牌上寫著「錢斯．庫爾特非洲藝術」。爬上鋪著地毯的樓梯，門上鍍著帶有金邊的黑字，內容和樓下那塊一模一樣，只不過多加了一行：「敬請預約」。我沒先預約，不過也許我並不需要預約，走上前去按了電鈴，不一會兒有人來應門，是巴斯孔。他穿了一套三件式西裝，看見是我，開心的笑了起來。

「史卡德先生。」他說：「見到你真好。庫爾特先生在等你嗎？」

「我想是沒有，除非他有一個水晶球，我是來碰運氣的，不知道他在不在。」

「他一定很高興見到你，現在他正在講電話，先進來再說。史卡德先生，你先坐一會兒，我去告訴他你來了。」

我在店裡隨意瀏覽擺設的面具和雕像，我對這些東西雖不在行，但即使是一個外行人都能看得出這些藝品價值不菲。巴斯孔回來的時候，我正在欣賞一尊從象牙海岸來的塞奴芬面具。他告訴我錢斯先生馬上就來，「他正和一位從安特衛普打電話來的男士說話，我想，那是在比利時。」

「我想沒錯。我怎麼以前都不知道你在這裡做事？巴斯孔？」

「哦，只是偶爾來幫幫忙，史卡德先生。」

昨天晚上在馬帕斯，我才告訴他叫我馬修就可以了。

「你知道吧？我已經從拳賽場上退休了，我想是我不夠好。」

「誰說，你棒得不得了。」

他微笑道：「唉！我一連遇到三個比我強的對手，他們真的比我好，所以，我就退休啦。之後我試著找些別的工作來做，剛好錢斯先生，哦，我是說庫爾特先生，他問我願不願意替他工作。」換做我，也會搞不清楚。我第一次遇見錢斯時，他只有這個名字，直到開始做藝品買賣之後，才在前頭加了個縮寫，後面加了姓氏。

「你喜歡這個工作？」

「當然喜歡，勝過臉上挨拳頭，我一直都在學東西，而且，沒有一天我不在學新東西。」

「我希望我也能這麼說。」錢斯這時接腔了，「馬修，也該是你來看我的時候了。昨天晚上拳擊結束之後，我以為你跟你的朋友會和我們一起，我們統統都到樓下艾爾頓的休息室去了，我想要介紹你時，一轉身才發現你不見了。」

「我們不想熬太晚。」

「我們最後真的鬧到很晚，對了，你應該還是一個品嚐咖啡的行家吧？」

「你還有哪種特別的口味嗎？」

「有，而且是牙買加藍山，貴翻了，可是你看看四周那些玩意兒。」他指一指那些面具和雕像，「每一件都昂貴得離譜。你喝黑咖啡對不對？亞瑟，麻煩替我們準備兩杯咖啡，然後你去處理那些收據。」

他第一次請我喝藍山咖啡是在他家，那是一棟改建過的消防中心，位於綠角的一條靜謐的街上。他的波蘭裔鄰居以為這間房子的主人是一位名叫勒凡道斯基的退休醫生，而錢斯是醫生的管家兼司機。事實上，錢斯一個人住那裡，全套的健身器材擺得滿屋子都是，還有一個八呎撞球檯，牆上掛著博物館級的非洲藝品。

我問他那棟房子還在不在。

「開玩笑，我怎麼會受得了搬離那個好地方呢？原本以為開這家藝品店，那房子是非賣不可了，好在後來有別的辦法解決了難題。總之，我不需要再進什麼貨，那間屋子裡早就擠滿了好東西。」

「那麼你還保有一批典藏品嗎？」

「當然，而且空前精采。你可以說所有的東西都是我的收藏；也可以說每一件收藏品都是待價而沽的，那些東西全都算是店裡的存貨。你還記不記得那一件班寧王國的青銅器？那個女王頭？」

「就是掛滿項鍊的那個？」

「在拍賣會上，我買得太貴了。所以後來只要她沒被買走，每三個月我就會提高一次價錢，直到最後有人再也抵擋不了她高價的魅力而買下了她，那時我還真捨不得。不過我拿到錢之後，馬上又轉頭去買別的貨。」他拉著我的手臂，「給你瞧瞧新貨色。今年春天我在非洲馬利共和國的度剛整整待了兩個星期，那裡的土人非常和善，他們住的房子讓我聯想到美沙．威第的阿那沙契房屋，喏，那就是從度剛買來的，眼睛挖成方形的洞，線條坦率俐落，沒有受過基督教的影響。」

「你還真是千里尋寶啊。」

「可不是嗎？」

我第一次遇見錢斯的時候，他也有一份很成功的事業，不過，是一種特別的行業——皮條客。但錢斯不是那種開著粉紅凱迪拉克、頭戴邋遢紫色帽子的傳統皮條客。他僱我去調查是誰殺害了他手下的一名妓女。

「這些都得歸功於你。是你讓我脫離那一行的。」

這話倒不假。那時，他委託我的工作還沒了結，他又死了手下的另外一名妓女，而其他女孩也都走得差不多。「反正當時你正面臨中年危機，已經到了該換工作的時候了。」我回道。

「其實以我的年紀投入這行還算年輕，我還年輕得很呢。喂，馬修，你不會是特地跑來跟我亂哈啦的吧。」

「不是。」

「那是為了討一杯咖啡喝囉？」

「也不是。昨天晚上我在拳擊場看到一個人，我想也許你能告訴我他是誰。」

「是我這邊還是羅西德那邊的？」

我搖搖頭，「都不是，他坐中間第一排。」我在空中比畫著當時的地形，「這邊是拳擊場，這裡就是你藍色角落旁的位置，我和巴魯坐那邊，而那個引起我注意的人大概就坐這裡。」

「他長什麼樣？」

「白人，頭髮快禿了，身高大約五呎十一吋，一百九十磅左右。」

「那他可以打羽量級的重量杯，穿著打扮呢？」

「鮮藍運動上衣，灰褲子，還有大圓點領帶。」

「那條領帶就不是一般人會戴的，如果是那樣我應該會注意到，可是怎麼想不起來。」

「他身邊還帶著一個小男孩，大概十來歲而已，頭髮是淡棕色的，可能是他兒子。」

「喔，有有有，我看到一對父子坐前排，至於他們的長相就實在說不出來了。唯一引起我注意的理由是，他可能是體育館裡面唯一的小孩。」

「你知道我說的是誰了？」

「知道，不過我無法告訴你他是什麼人。」他閉上眼睛，「我可以描繪出他的模樣，你懂我的意思嗎？我幾乎可以看到他坐在那兒的樣子，可是如果要我在你剛才的描述之外再補充點什麼，我就沒辦法了。怎麼？他幹了什麼？」

「什麼幹了什麼？」

「是有關你手上的案子是嗎？我還以為你是專程去馬帕斯看拳擊賽的，不過我猜你有正經事要忙對不？」

我是在辦案，只不過是另外一件，沒有必要去詳細解釋整個來龍去脈。「手上是有一點工作。」我說。

「那傢伙和這『一點工作』有關，但你卻不知道他是誰。」

「可能有關聯，要等搞清楚他的來歷之後才知道。」

「我懂了。他坐前頭，一定是個忠實拳迷，也許一天到晚都上那兒報到。我從來沒有在加爾頓街或是其他的拳擊場看過他，老實說，我是直到對羅西德產生興趣之後才開始往拳擊場跑的。」

「你在他身上下了大注啦，錢斯？」

「很小，是那種參加賭局的最低賭注，你滿欣賞他？昨天晚上你是這麼說的。」

「他令人印象深刻，雖然他被右拳打中的次數實在太多了。」

「我知道，巴斯孔也有同感，那個多明格茲出拳可真快，右拳瞬間就捶下來。」

「他瞬間爆發力很棒對不對？」

「的確，可是，也就只有這麼一瞬間，馬上就不行了。」他笑著說：「我愛死拳擊了。」

「我也是。」

「沒錯，它很殘忍、很野蠻，沒什麼好辯解的。但是我不在乎，我就是愛。」

「我懂。你以前去過馬帕斯嗎？錢斯？」

他搖搖頭，「那真是個鳥不拉屎的地方對不對？那裡離綠角並不遠，只是我不一定從綠角去，離開那裡之後也不一定回綠角，因此對我來說，實在沒什麼差別，我去馬帕斯只因為那兒剛好有一場我下了注的拳賽。」

「你還會再去嗎？」

「如果又訂到了場地或手邊沒什麼事要我親自處理的話。下一次的賽程是三星期後的星期二，在亞特蘭大，是唐納．川普的場子，應該比這個『新馬帕斯體育館』豪華。」

他告訴我羅西德的對手是誰，說我該去看看他們比賽，我說我盡量，他還提到他們原先要羅西德每三個禮拜出賽一次，後來決定還是一個月一次比較好。

「抱歉我沒能幫上忙，如果你需要的話我可以替你四處打聽，那些在羅西德身邊的人一天到晚都泡在場子裡，你還住那家旅館嗎？」

「老樣子。」

「我如果打聽到什麼的話——」

「先謝了，錢斯。還有，很高興看到你過得不錯。」

「謝啦。」

到了門口，我轉過身來問他：「對了，我差點忘了，你認得那個舉牌女郎嗎？」

「什麼？」

「你知道，就是那種在場中舉著告示牌報告接下來第幾回合的女郎？」

「那叫做舉牌女郎？」

「我不知道，你也可以叫她馬帕斯小姐吧我想，我只是猜想——」
「我對她的認識是，我可以告訴你她有一雙長腿。」
「這還用問？我自己也會看。」
「還有皮膚，我好像記得她露了好多的肉，恐怕這是我唯一知道的。拜你之賜，馬修，我已經洗手不幹了。」
「不幹什麼？你覺得她看起來像所謂的『上班女郎』？」
「不！」他接道：「我覺得她看起來像個修女。」
「那種濟貧會的修女。」
「我想的是慈善姐妹之家那種，不過可能你是對的。」

8

「五區體育有線電視網」在第六大道上一棟玻璃鋼筋大廈裡租有辦公室。辦公室斜對面有家名叫「赫爾利」的酒吧，國家廣播公司的人是那兒的老主顧，強尼・卡森靠著那一套艾德・麥克喝酒的笑話，使這家酒吧聲名大噪。如今赫爾利依舊在第六大道上僅存的老建築物裡，從事電視這行的人經常到這裡來混上一個鐘頭甚至一下午，理察・得曼就是其一，他會在一天工作結束之後到這裡來喝上一兩杯，然後回家。

這些事情都寫在喬・德肯給我看過的檔案裡，得來全不費工夫。四點半左右，我來到赫爾利，站在吧台前喝蘇打水。本來想向酒保稍微探聽一下，但是那時候酒吧裡生意正興隆，他忙得根本沒時間理我，更何況我們必須互相大聲吼叫才能聽見對方聲音。

坐我旁邊的一個傢伙想跟我談上星期天舉行的超級盃，可是這段對話都是他一個人在講，過不了多久兩個人就講不下去了。他認為基於禮貌應該請我喝一杯，後來他發現我喝的是蘇打水又一直想把話題轉移到拳擊上，便沒再那麼熱中。「那才不叫運動呢！兩個番鬼想要把對方揍死，為什麼不乾脆叫暫停，一人給他們一支槍不就結了？」

五點多，我看見得曼走進來。他和另一個年紀與他相仿的人一起，在離我很遠的吧台盡頭找到位置站定，叫了酒。過了大概十幾分鐘，得曼一個人先行離去。

幾分鐘之後，我也走出了酒吧。

∞

得曼在西五十二街的住處一樓，有一間餐廳叫「瑞狄奇歐」。站在對街向頂樓看，確定沒有燈光。樓下的高夏克家也漆黑一片，因為羅絲和艾佛瑞一整季都待在棕櫚沙灘。

我沒吃午飯，就提早在瑞狄奇歐吃了晚飯。餐廳裡除了我之外只有兩桌客人，都是年輕情侶在細語呢喃。本來想打通電話給伊蓮要她坐計程車來和我一起吃飯，可是這大概不是一個好主意。

我吃了小牛排和半份「法法利」，名字應該是這樣唸沒錯，是一種蝴蝶結形的通心粉，佐餐的沙拉中有大量的苦葉菜，這家餐廳就是靠這個出名的。菜單上有一行字：「沒有紅酒的晚餐，就像沒有陽光的日子。」我喝白開水配通心粉，晚餐後再喝一杯濃咖啡。服務生拿了一瓶我沒有點過的茴香酒走到桌前，我示意他拿開。

「這是免費的，滴一滴在咖啡裡會很好喝。」他跟我保證。

「我不想讓它變得那麼好喝。」

「你確定？」

我再次揮手要他把酒拿走，他聳聳肩，把酒瓶放回吧台。我喝著我的義大利濃縮咖啡，盡量避免想像摻入茴香酒之後的咖啡。真正的渴望並不是那種滋味如何，而是有一種想把整瓶酒拿回來的衝動。如果真的是茴香使咖啡更為香醇，那麼何不乾脆加一匙茴香種子進去呢？然而，不會有人那麼做。

是酒精，是它在召喚我。一整天下來，它一直不停對我低聲輕喚，尤其在這一兩個鐘頭之中，更成了女海妖賽倫的歌聲，聲聲引誘著我。我不會去喝，也不想要喝，可是，刺激啟動了某一種細胞的反應，喚醒了我體內深處永遠都揮之不去的東西。

這幾天內，我如果真要出去帶點喝的回來，我房間裡將會有一夸特的波本，或是米基的一瓶十二年份愛爾蘭陳年威士忌，而不是小咖啡杯裡飄浮在咖啡上幾滴該死的茴香酒。

看看手錶，剛過七點，聖保羅教堂的聚會八點半才開始，不過早一點去也無所謂，我可以幫忙排椅子，並且把講義和餅乾先拿出來。每一個星期五晚上，我們都會討論戒酒小組策畫的「十二階段」。這一週將會回到第一階段——「我們承認自己對於酒精無力抵抗，於是使生活變得失去控制」。

接著，我示意服務生買單。

8

聚會結束時，吉姆．法柏過來跟我確定星期日的晚餐約會。他是我的輔導員，除非有誰因事取消，否則每一個禮拜天我們都會一起吃晚飯。

「我想到火焰餐廳坐坐，還不急著回家。」他說。

「怎麼了？」

「等星期天再說好了。你呢？想不想去喝杯咖啡？」

我婉拒了他。

一個人走到六十一街，再轉到百老匯大道上。那家錄影帶店還開著，看起來和六個月前差不多，只是生意比較好，都是一些不想虛度週末的人。我排在一列人比較少的隊伍裡，我前面的女人租了三捲錄影帶，還買了三包可用微波爐加熱的爆米花。

那老闆仍然需要把鬍子刮一刮。我問：「你一定賣了很多爆米花吧？」

「銷路是不錯，大部分的店也都有賣……我認識你，對不對？」

我遞給他一張名片，上面只有我的名字和電話號碼，吉姆・法柏替我印了一整盒。他看看名片，又看看我，我提醒他，「六個月之前，我的朋友租了一捲《衝鋒敢死隊》，我……」

「哦，我想起來了，現在又有什麼事嗎？可不要告訴我又來了。」

「不是，我只是因為另一件事而必須追查那捲錄影帶的來源。」

「我想我跟你說過，那是一個老女人拿來一大堆錄影帶的其中一捲。」

「沒錯。」

「而且我還告訴過你，在那之前或之後，我都沒有再看見過她。六個月都過去了，還是一樣沒再見過她。我很想幫忙，可是——」

「可是你現在很忙。」

「當然，每個禮拜五晚上都是這樣。」

「那我等你比較空閒再來好了。」

「這樣比較好，可是，我不知道還能告訴你什麼。沒再聽過其他顧客抱怨，所以我想那是唯一一捲被錄進髒玩意兒的帶子。至於它的來源和關於那個老女人的事，我所知道的你都知道了。」

「你知道的可能比你想像中的要多，明天大概什麼時間較好？」

「明天？明天是星期六，我們十點鐘開門，中午之前都沒什麼生意。」

「那麼我十點鐘過來。」

「這樣的話，你九點半來好了。我通常都會早一點來處理一件文件，我讓你進來，開店之前還能多聊半個小時。」

8

翌晨，我一邊吃著蛋和咖啡，一邊看《每日新聞》。一個住在華盛頓高地住宅區的老婦人坐在家裡看電視被公寓外面的流彈掃到，死了。被害者給送進哥倫比亞長老會醫院的急診手術室，還沒有度過危險期。槍手才十六歲。警方相信這是一起因為吸毒引發的槍殺案。

這名婦人是今年第四個被打死的無辜受害者。去年，無辜被槍殺的人有三十四，創下新高，《每日新聞》宣稱，照這個趨勢看，九月中旬這個紀錄確定就會往下走。

離錢斯藝廊不遠的公園大道附近，一名中年婦女正在等紅燈，從一部沒有牌照的白色貨車中探出一名男子來搶奪她的手提袋，為了怕被搶，她還特意把皮包斜掛在脖子上。貨車揚長而去，她遭拖行最後被勒死。這則新聞旁有一小段文章，提供婦女一種背皮包的方法，被搶時它能讓身體上的傷害減到最低。甚至有專家建議：「最好連皮包也不要帶。」

一群青少年穿過皇后區的森林公園，發現一具幾天前在伍德海芬區被綁架的女屍。她在牙買加大道上買東西，一輛淺藍色貨車停到路邊，車後跳出兩個男人把她推上車後跟著也爬進去，然後車子便疾馳而去，沒有人來得及記下車牌號碼。初步檢驗的結果，發現除了有被強暴的痕跡之外，胸膛以及下腹還有幾處刺傷。

不要看電視，不要帶皮包，不要上街去。老天哪！

∞

我九點半抵達錄影帶店，老闆把鬍子刮得乾乾淨淨，還穿了一件清爽的襯衫，領我進去後面的辦公室。他還記得我名字，並且自我介紹說他叫做費爾·菲丁，我們握了手，他說：「雖然在名片上沒有註明，可是你一定是調查員吧？或者是有關那一類的？」

「差不多。」

「就像電影裡的情節一樣，如果有什麼我能做的，我真的很願意幫忙，可是半年前我最後一次見到你的時候，我什麼也不知道。昨天晚上打烊之後，我留下來再查看一下記錄，想說也許會找到那個女人的名字，可是沒有用。除非你還有什麼辦法我沒想到——」

「那個房客。」我說。

「你是說她的房客？就是那個有一堆錄影帶的人？」

「是的。」

「她是說他死了還是沒有繳房租是吧？我的記憶有些模糊了，對我來說這並不是很重要的事。我很確定她賣他的東西來抵房租。」

「你說這是七月的事。」

「所以如果他死了，或是出城去了——」

「我還是想知道他是誰。有很多人會買一大堆錄影帶嗎？印象中，大多數人都是用租的。」我說。

「說了你會嚇一跳，事實上我們賣出的錄影帶很多，尤其是經典兒童電影，像《白雪公主》、《綠野仙蹤》，還有《外星人E.T.》，賣得非常好，現在正在賣《蝙蝠俠》，可是沒預期的那麼受歡迎。很多人都會買自己最喜歡的院線片，當然另外還有運動以及教學錄影帶，不過那是有別於電影的另一個範疇。」

「依你看，會有很多人買到三十捲錄影帶？」

「我猜不會，買半打以上的人就很少了。不過不包括運動或美式足球賽的帶子，和我這裡沒賣的色情片。」

「據我推測，這個房客可能是一個嗜電影成癖的人。」

「那還用說？《馬爾他之鷹》三個版本這傢伙全都有了，包括一九三一年里卡多．柯泰斯演的原版——」

「你說過。」

「是嗎？我想我一定講過，因為實在太神奇了，真不知道他怎麼買到那些玩意兒，我翻遍了目錄都找不到，這傢伙八成是個電影狂沒錯。」

「所以除了那些他自己買來的錄影帶，他一定偶爾也會租錄影帶。」

「哦，我懂你的意思了。是啊，絕對錯不了，人們偶爾會買一些片子，但大部分還是用租的。」

「而且他就住附近。」

「你怎麼知道？」

「如果他的房東太太住附近——」

「哦，對喔。」

「所以他很可能也是你的客人。」

他想了一下。

「當然有這可能，搞不好我們倆還聊過黑色電影呢。可是，我一點印象也沒有。」

「你把所有的會員資料都輸入電腦了吧？」

「是啊，這樣省事多了。」

「你說她是在六月的第一個禮拜把那些錄影帶拿來的，所以過去這七八個月一定沒有他的記錄。」

「那樣的人一大堆。有人搬家，有人死了，還有些人的錄影機被闖空門的小鬼搬走了；有些人則是跑到前面幾家去租；更有些人隔了好久沒來，後來又再冒出來。」

「你覺得大概有多少帳戶是從六月開始就沒在使用的？」

「我完全沒概念，不過我可以查，你何不坐下來或四處逛逛，也許可以找到一部想看的片。」

他把事情處理完已經過了十點鐘，可是仍沒有客人上門。

「我告訴過你早上的生意很清淡。查到的名字一共二十六個，都是在六月四號之後就停止的，而他們在之前的五個月裡至少都來租過一捲帶子。也許如果他病了很久，一直都待在醫院裡面——」

「就從你查到的先開始吧。」

「好，我把姓名和地址抄給你，不過不一定會有電話號碼，很多人，尤其是女客是不留電話的，這一點不能怪她們。另外還有信用卡號碼我得保密，所以沒抄下來。除非那是你追查某個人的唯一方法，我倒可以破例。」

「我想是不用了。」他把名字抄在兩張有格線的筆記本上，我瀏覽一遍，問他這裡頭有沒有讓他會想起什麼的名字。

「沒有，每天看的客人這麼多，記得住的只有常客，而且也不是都認得出他們或記得他們的名字。我把這二十六個人去年租的片子也查了一下，拿他們租的片子比對那人的錄影帶，但我還是看不出誰有可能是那個電影狂。」

「還是值得一試。」

「我也這麼想。不過可以確定的是那個電影狂是男的，因為房東太太提起房客時用的是『他』。這二十六個人裡有一些是女的，不過我統統都抄給你了。」

「太好了。」

我把紙折好，放上衣口袋裡，「很抱歉給你添了這麼多麻煩，真是謝謝你。」

「嘿，當我想到你們這些人在螢幕上帶給了我多少樂趣，怎麼能拒絕你呢？」他笑了，然後正色道：「你是不是要打擊色情集團？是這樣嗎？」我遲疑了一下。他為了使我安心，連忙接口說如果不方便講，他能夠諒解，但至少等事情結束後，能不能哪天順道過來告訴他後續發展。

我說我會的。

8

名單上列著的二十六個名字當中，只有十一個有電話號碼，我先試著打，這樣就不用在城裡跑來跑去了。即使是這樣，還是遇到很多挫折，很多電話打不通，有的就算打通了，也是電話錄音。聽到的三通答錄機中，有一通的電話錄音很可愛，其他兩通只重複了後面的四個號碼，然後請我留話，另外的四通，是由奈拿克斯電信公司的電腦語音系統控制，直截了當告訴我，這通電話已經停用了，只有一通提供了新的電話，我抄下來，再打過去，沒人接。

等電話突然通了，聽到真人的聲音，一時間我差點忘了怎麼反應，匆匆的瞄了眼手上的名單，然後問：「呃……是亞加德先生嗎？約瑟夫·亞加德？」

「我就是。」

「你是不是一家錄影帶俱樂部的會員？——」它叫什麼來著？「——六十一街和百老匯大道交口那家。」

「六十一街和百老匯……？是哪一家？」

「就在馬汀酒吧的隔壁。」

「哦，對了，怎麼啦？有錄影帶沒還嗎？」

「不是的，只不過我注意到你的記錄已經停了好幾個月，亞加德先生，我們想請你到店裡來看看，我們進了不少新片。」

「哦。」他吃驚的說：「是這樣啊？服務真周到。我現在習慣到離辦公室比較近的那家去租，不過這幾天晚上我會過去一趟。」

掛上電話，我把亞加德從名單上畫掉。現在剩下二十五個名字，看來，我好像得親自跑一趟了。

我打了一整天電話，差不多在下午四點半收工，名單上的名字被我畫掉了十個，進展很慢，比預期中還慢。那些地址都是在腳程範圍之內，要四處打轉還不算太難，然而那並不表示在某一個地址那裡還住著同一個人。

我在五點之前回到旅館，洗澡、刮鬍子。看了一會兒電視。七點鐘和伊蓮在格林威治村的葛羅莉亞街上的摩洛哥區碰面。我們點了庫斯庫斯〔譯註：couscous，一種北非傳統的蒸粗麥粉，用蒸鍋蒸粗麥及肉、蔬菜〕，她說：「如果食物的味道像這間屋子聞起來這麼好就太棒了。你猜，世界上吃庫斯庫斯最好的地方是哪裡？」

「不知道，卡薩布蘭加？」

「錯！是瓦拉瓦拉〔譯註：Walla Walla，美國華盛頓州東南部城市〕。」

「哦。」

「你懂了沒？庫斯庫斯，瓦拉瓦拉；或者說如果你在德國想吃庫斯庫斯，就應該到巴登巴登〔譯註：Baden-Baden，德國西南部城市，為一著名礦泉療養之地〕。」

「噢，我想我抓住重點了。」

「我就知道。再試一次，那麼，在薩摩亞要到哪裡吃庫斯庫斯呢？」

「帕哥帕哥〔譯註：Pago Pago，南太平洋美屬東薩摩亞首府〕。失陪一下好嗎？我必須去『噓噓』。」

庫斯庫斯美味極了，分量又多。我邊吃邊告訴她今天的遭遇，「真是挫折，但光靠門牌我沒辦法判斷要找的人是不是住裡面。」

「在紐約行不通。」

「當然行不通，基本上很多人門鈴旁的那塊名牌都是空的，這點我倒是能理解，畢竟我也參加了一個講究匿名的團體，雖然有些人會覺得那有點怪。還有一些人的門上不是自己的名字，因為他們不想讓別人知道自己是非法房客。所以，如果我要找比利．威廉斯——」

「也就是威廉．威廉斯〔譯註：William的膩稱就是比利，而William Williams是知名美國詩人〕。」她接口道：「那他也是瓦拉瓦拉的庫斯庫斯之王。」

「正是。如果他的名字不在門牌上，並不表示他不住那兒，就算門上有他名字，那也不表示他就住那兒。」

「可憐的孩子，那你怎麼辦？打電話給管理員？」

「如果有的話。可是，大部分規模比較小的公寓都沒有管理員，管理員也不比其他人更常待在家裡，更何況他們不一定知道所有房客的名字。最後你只好一家一家敲門，按電鈴，跟隔壁附近的人探聽，大多數人都對他們的鄰居一無所知，就算知道也是小心翼翼的有所保留。」

「吃這行飯可真不容易。」

「有的時候真是如此。」

「還好你很喜歡這份工作。」

「是嗎？大概吧。」

「當然是囉。」

「我想是吧。當事情抽絲剝繭，慢慢整理出頭緒時，那種感覺實在很令人滿足。」

此刻我們正在用飯後甜點，一種甜膩膩的蜂蜜蛋糕，甜得我根本吃不下去，女服務生端來兩杯摩洛哥咖啡，和土耳其咖啡差不多又濃又苦，杯底三分之一沉澱著咖啡渣。

我說：「今天我辛苦了一整天，感覺還不壞，但卻不是調查該辦的案子。」

「你難道不能同時處理兩件案子嗎？」

「也許可以。但沒有人付錢請我調查一捲虐童的變態電影。我應該追究的是理察・得曼有沒有謀殺他太太。」

「你不是正在辦嗎？」

「有嗎？星期四我藉口得曼是有線節目製作人跑去看拳賽。有幾樣收穫，我知道他是那種工作時會把外套和領帶脫掉的人。他很帶勁兒，可以爬上擂台再跳下來，臉不紅，氣不喘。我還看到他在舉告示牌的小妞屁股上拍一記，然後——」

「哎喲，那可不得了。」

「對他來說是不得了。但是我卻不知道那件事對我會有什麼幫助。」

「開什麼玩笑？他太太才死了兩個月，他就開始對一個淫娃毛手毛腳，這當然不對勁。」

「兩個半月。」我說。

「還不一樣。」

「淫娃，嗯？」

「淫娃、蕩婦、騷貨。叫淫娃有什麼不對？」

「沒不對。他並沒真正的捏她屁股，只是拍了一下而已。」

「當著成千上萬人的面。」

「要是真有那麼多觀眾就好了，可惜只有幾百個人而已。」

「還有待在家裡的觀眾呢？」

「哦，他們那時正在收看廣告。不管怎麼說，都不能證明什麼。他是一個冷酷無情的狗雜種，老婆屍骨未寒就開始拈花惹草？或者他根本就是冤枉的，所以不用惺惺作態？怎麼解釋都可以。」

「好吧。」她說。

「星期四，就是昨天，我站在同間酒吧裡和他一起喝酒。就像是在擁擠的地鐵車廂之中我們分別站兩端，同時身在同一個車廂裡面。」

「不賴啊。」

「昨天晚上，我在他公寓樓下的瑞狄奇歐餐廳吃晚飯。」

「餐廳如何？」

「沒什麼特別，通心粉很好吃，下次一起去。」

「他在不在餐廳裡？」

「我想他根本不在那棟樓。在家的話也是摸黑關在屋子裡。你知道嗎？今天早上我打了電話給他，反正有其他的電話得打，乾脆順便打給他。」

「他說了什麼？」

「是電話答錄機，我沒有留言。」

「我希望他跟我一樣，會被不留話的訊號弄得很煩。」

「只好這麼想。你知道我該怎麼做嗎？我該把黎曼·沃里納的錢還他。」

「不要，千萬別這麼做。」

「為什麼？無功不受祿。我現在一籌莫展，這件案子在警察局留的檔案資料我看過了。凡是我想到的他們都做過了，甚至還多。」

「不要把錢還給他，親愛的。他一點都不在乎錢，他妹妹被殺了，要是想讓他死得瞑目，就讓他覺得自己多少替妹妹盡了點心，做了點什麼吧。」

「那要怎麼做？難不成騙他？」

「如果他問起來，你就告訴他這種事得花時間去查。你不會再向他要錢吧？」

「老天，當然不會！」

「那他就不會覺得你在欺騙他。至於錢也不必繳回，如果覺得是白拿，你大可捐出去，捐給愛滋病研究中心，或者是『傳送上帝之愛』之類的機構，很多地方可以捐。」

「我想也是。」

「憑我對你的了解，你一定會想辦法憑真本事賺到這筆錢。」她說。

她想到威佛利去看場電場，但那天是星期六晚上，戲院門口一定大排長龍，我們誰也不想站在那裡排隊。走了一會兒，停在麥克道格街喝了些卡布奇諾咖啡，又到布里克街上一個免費入場的俱樂部聽一個民歌手演唱。

「長長的頭髮配上老祖母的眼鏡加格子棉布長裙，誰說六〇年代已經結束啦？」

「她的歌曲聽起來都一樣。」

「因為她只會三個和弦。」

走出來之後，我問她想不想聽爵士樂。她說：「好哇，去哪裡好呢？甜蜜貝茜，還是范蓋得，挑個地方。」

「我在想，鵝媽媽之家也許不壞。」

「嗯哼！」

「你這什麼意思？」

「沒有哇，我喜歡鵝媽媽之家。」

「那你想不想去？」

「想啊，不過要是丹尼男孩不在，可以繼續待在那裡嗎？」

丹尼男孩不在。不過我們到不久他就來了。鵝媽媽之家在阿姆斯特丹大道和八十一街之間，是一個不分黑白、人人都愛的爵士俱樂部。他們把燈光調得很暗，鼓手總是用鼓刷輕輕敲打，從不獨奏。它和普根酒吧是兩個可以找到丹尼男孩的地方。

不論在哪裡，他總是很醒目。這個得了白化症的黑人，皮膚與眼睛都對陽光敏感，於是他就把自己的生活安排得永不與太陽同時出現，他身材短小，一套亮面的深色西裝和閃閃發光的背心，喝俄羅斯伏特加，而且只喝冰鎮的不加冰塊。通常他的身邊都會跟一個和他身上的背心一般醒目的女人，今天晚上的女人，有一頭草莓色金紅頭髮，和一對巨乳。

侍者將他們帶至緊靠舞台的老位子，我以為他不會注意到我們，不料一名侍者隨即過來對我們說，比爾先生希望我們能過去一道坐。我們走過去，丹尼男孩說：「馬修、伊蓮，看到你們倆真好。這位是莎夏，她真的很迷人，不是嗎？」

莎夏咯咯嬌笑，我們隨便聊了幾分鐘之後，莎夏便閃進了化妝室。「她去給鼻子上點『粉』。」丹尼男孩說：「讓禁藥合法化的最有力論點就是不必再一直跑洗手間，如果他們了解陪客時間所吸的古柯鹼造成美國工業多大的損失時，真的應該把這一趟一趟『廁所之旅』的成本給算進去。」

等莎夏再度到洗手間去嗑藥，我向丹尼提起了理察．得曼。

「據我推測是他殺的沒錯，因為她比他有錢。如果那傢伙是醫生就更不用懷疑了，為什麼總覺得醫生會宰老婆呢？難道他們有娶婊子的傾向？你怎麼解釋？」

接下來我們就這個問題開始討論，我說也許這些醫生習慣了扮演上帝那種決定生死的角色。伊蓮的看法更妙，她說會選擇醫療工作當職業的人，多半是那些想克制自己傷人傾向的傢伙。「為了要證明自己不是殺人狂所以才去當醫生，可是在他們受到壓力時，這些壓力又會使他們想起自己的天性，於是就開始殺人了。」

「這種說法倒挺有趣。」丹尼男孩說：「但為什麼會意識到這種事呢？」

「這是出生時刻的念頭；在生產過程中，母親不是幾乎死去就是經歷著前所未有的痛楚。所以那個孩子的想法是『我傷了女人』或是『我殺了女人』，他用當醫生來補償，但不久之後，內心衝突愈來愈大——」

「他就宰了他老婆。」丹尼接道：「我喜歡你的說法。」

我問她可有什麼根據來支持這項理論，她說什麼都沒有，但確實有很多關於出生思想的研究報告。丹尼說他才不管什麼根據，你可以用數據去證明任何事情，而這是他聽過最有道理的一個理論，所以管他媽的什麼數據資料。莎夏在我們討論到一半時回到座位，我們並沒中斷，而她看起來也毫不在意。

「關於得曼，」丹尼男孩說，「沒聽到什麼特別的消息，因為我並沒有刻意打探，我應該這樣嗎？」

「耳朵放尖點總是好。」

他為自己倒了幾盎司史多利，在普根酒吧和鵝媽媽之家這兩個屬於他的地盤，有人會為他準備好香檳桶冰鎮的俄羅斯伏特加。他望了望杯底，把酒當白開水一口喝下去。

他說：「他在一個有線電台工作，是個新的體育頻道對吧。」

「叫五區電訊。」

「對了，有一些關於他們的謠言。」

「什麼謠言？」

他搖搖頭，「沒什麼啦，就是一些來路不明的錢這類的內幕消息，我會多留意的。」

幾分鐘後，莎夏又起身離桌，等她走遠聽不見我們說話，伊蓮傾過身來說：「我忍不住了，我這輩子從來沒見過奶子這麼大的人。」

「就是說。」

「丹尼男孩，她的胸部簡直比你的頭還大。」

「我知道，她很特別，對吧？但我想我得放棄她了。」

他又給自己倒了一杯酒。

「養不起，要讓她那可愛的小鼻子盡興，花了不知道我多少錢，講出來都不會相信。」

「趁還能享受的時候盡量把握吧。」

「哦，我會的……人生就是這樣。」

∞

回伊蓮的公寓之後，她煮了壺咖啡，我們坐沙發上，她放了鋼琴獨奏曲的唱片，有孟克、蘭迪・溫斯頓、席德・沃頓。她說：「那個莎夏，可真不得了，真不知道丹尼男孩上哪兒找來這些小妞的。」

「K Mart 大賣場。」我提議。

「當你看到那種波霸，就會想到矽膠。不過，也許是幾可亂真的上好貨色，搞不好還是天生麗質。」

「我沒注意。」

「那你最好多多參加戒酒聚會，一定是伏特加讓你流口水的。」她向我湊過來。「如果我胸部再大一點，你會不會更喜歡我？」

「當然會。」

「真的？」

我點點頭說：「腿再長一點也不錯。」

「是這樣嗎，那麼腳踝再細一點呢？」

「也無傷。」

「真的？你再說啊。」

「別這樣，好癢。」

「是嗎？告訴我你還列了哪些對我的期望？小穴再緊一點好不好？」

「那也過於奢求了吧。」

「好哇！」她說，「你還真敢想？」

「我有嗎？」

「我希望你有。」她說，「我真的希望你有。」

∞

完事後，我躺在她床上，她將唱片換面，並且倒了兩杯咖啡。我們坐在床上，沒說什麼。

一會兒，她說：「你昨天生氣啦？」

「我？什麼時候？」

「我有客人要來，所以你得離開的時候。」

「噢。」

「是不是？你生氣了吧？」

「有一點，不過沒事了。」

「我接客的事情讓你不舒服，對不對？」

「有時候會……大部分的時候都不會。」

「我遲早是要收了，你只能投那麼久的球，連百萬金臂湯米·約翰都退休了，他的手臂像超人的。」她側過身來看著我，把一隻手放在我的腿上說：「如果你要我收手，我大概就不會再做了。」

「然後你會回頭來怨我。」

「是嗎？我有那麼神經質嗎？」她想了一下，然後自己說：「嗯，大概有。」

「反正我不會做這種要求。」

「是啊，你寧願自己在那兒生悶氣。」

她翻過身來仰躺著，直直看著天花板片刻，她說：「如果我們結婚的話，我就不幹了。」

室內一片沉寂。接著，音響忽然傳來鋼琴如瀑布般灑瀉下來的降音階，和一陣不成調的旋律。

「你如果假裝沒有聽見，我就假裝沒有說過。我們連那個L開頭的字都沒說過，我不應該直接跳到那個M開頭的字。」

「那幾個字母之間可是個危險地帶。」

「我曉得，我應該學著只說那個F開頭的字，那是屬於我的地方，我才不想結婚呢，真希望什麼事情都不要改變。為什麼事情就不能一直保持原狀呢？」

「當然可以。」

「好傷感哪，簡直是神經，我幹嘛要傷感？還突然變得哭哭啼啼的。」

「沒關係。」

「我不會哭的。不過，你可以抱我一下嗎？你這頭老熊，抱我一下吧。」

9

星期天下午，我找到了那個電影狂。

根據費爾．菲丁的記錄，他叫阿諾．賴凡格，住在離錄影帶店六條街遠的哥倫比亞大道，因為是出租公寓，離高級社區就更遠了。

找到那棟公寓時，我只見兩個男人坐在台階上，喝著牛皮紙袋裡面的罐裝啤酒。其中一個男人的大腿上抱著個小女孩，正在吸她奶瓶裡的柳橙汁。

門鈴上沒有阿諾．賴凡格的名字，我走過去問那兩個坐在台階上的男人阿諾．賴凡格是不是住這裡。他們聳聳肩，搖著頭露出一副不置可否的樣子，再走進去看，連管理員的門牌也找不到，只好按一樓住戶的電鈴，直到有人開門讓我進去。

走廊上散發著老鼠和尿騷味。盡頭的門打開，一個男人探出頭來，我向他走去，他說：「你要幹嘛？不要走這麼近！」

「別緊張。」

「你才給我別緊張！」他說：「我有刀。」

我把手舉起來，讓他看到我的掌心空無一物，我說我要找一個叫阿諾．賴凡格的人。

「哦，是嗎？希望他沒有欠你錢。」

「為什麼？」

「因為他死啦。」說完便哈哈大笑了起來，他是個老頭兒，有著一頭稀疏白髮和深陷的眼眶，看來好像再過不久就要去和賴凡格作伴似的。他的褲子很鬆，用吊帶吊著，法蘭絨襯衫道袍似的掛著。除非他是去二手商店買衣服，否則就是他最近真瘦了很多。

他好像看穿了我的心思，說：「我生病了，不過別擔心，這病不會傳染。」

「我比較怕那把刀。」

「哦，天哪。」

他把刀子拿出來給我看，是一把木柄法國碳鋼菜刀。

「進來吧，看上帝的份上，我不會砍你的。」說著把刀放在靠門的桌上，領我進屋去。

他的房子很小，被隔成兩個狹窄的房間，大的那間天花板上有一盞吊燈，是這房子唯一的照明設備，三個燈座中有兩枚燈泡已經燒掉了，剩下的那枚最多只有四十燭光。房間整理得很乾淨，可是聞起來仍有一股老年人生了病的氣味。

「你是怎麼認識阿諾．賴凡格的？」他問。

「我不認識他。」

「你不認識他？」他拽一條手巾摀住嘴咳嗽。「該死！」他說，「那些混蛋把我渾身上下從屁眼到胃口都切除了，還是一點用都沒有。這病我拖得太久了，因為我怕他們真會查出什麼來。」他忽然尖厲的笑起來，「結果還真被我料中了?!」

我什麼也沒說。

「賴凡格這傢伙嘛，人還不錯，是法裔加拿大人，不過他一定是在這裡土生土長的，因為他沒什麼口音。」

「他在這裡住很久了?」

「多久才算很久?我在這裡住了四十二年啦，你相信嗎?在這種鬼地方一住住了四十二年，今年九月就要滿四十三年了，不過九月之前我就會搬出去——到一個更小的空間。」說完又放聲大笑，笑到咳嗽不停，得再拽出手帕摀住嘴巴。等咳嗽稍微止住了，他又說：「一個更小的地方喔，像個六呎的盒子，懂不懂?」

「我猜把這種事情拿來開玩笑可能會好過一點。」

「沒這回事，沒有什麼會讓我覺得好過。阿諾住這兒大概有十年了，因為沒選擇餘地，你懂嗎?大部分時間他都關在自己屋裡，當然囉，以他那種體型是不可能上街去跳踢踏舞的。」我的臉一定看起來非常茫然。因此他說：「哎呀，我忘了你根本不認識他。他呀，胖得跟豬一樣，我是說阿諾。」

他手往前一比，從上到下畫一個愈來愈寬的弧形。

「就像一顆梨子，走起路來和鴨子一樣搖搖晃晃。他住三樓，不管去哪兒，出門就得爬兩層樓，所以他才不常出來。」

「他年紀多大？」

「不清楚，四十歲吧，一個人胖成那樣，實在很難看得出來到底幾歲。」

「他是做什麼的？」

「你是說以什麼維生嗎？不知道。他以前上過班，後來就不常出門了。」

「據我了解，他很喜歡看電影。」

「哦，那還用說嗎？他有一台那叫什麼玩意兒？那種可以在電視機上看電影的機器。」

「錄放影機。」

「我差點就想到了。」

「那後來他怎麼啦？」

「你說賴凡格嗎？哩，你到底有沒有注意聽？他死啦。」

「怎麼死的？」

「被他們殺啦，不然你以為呢？」

∞

這個「他們」，是一個很籠統的稱呼。阿諾・賴凡格被人從背後刺殺，橫死街頭。照那老頭的說法，吸食快克的人流浪到街頭之後，治安就一年比一年糟糕，他們會為了一張地鐵車票把你殺掉，一點都不覺得有什麼大不了。

我問他這是什麼時候發生的。他說應該是一年前吧，可是在菲丁的資料中，他最後一次交易記錄是四月十九日，我說賴凡格四月時還活著，他回答他的腦袋已沒法把日子記得那麼清楚了。

他告訴我如何才能找到管理員。「她也沒做什麼事，就收收房租罷了。」問他名字，他說叫古斯，再問他姓什麼，一抹狡獪的笑容出現在他臉上。「知道我叫古斯就夠了，你不告訴我你姓什麼，我又為什麼要跟你說？」

我遞給他一張名片，他接過來，伸直手臂舉著那張名片瞇起眼看，並大聲唸出我的名字。

他問我可不可以留著名片，我說當然可以。

「我到上面見到阿諾之後，一定會轉告他說你在找他。」說完他又笑個不停。

∞

古斯姓吉斯坎德，這是我從信箱上發現的，我可不是個偷懶的偵探。管理員的名字叫海達．愛琴，就住同一條街隔兩戶的地下室。她是個身材嬌小的女人，可能連五呎都不到，一張謹慎多疑的小臉，說話時略帶中歐口音，還會一邊伸展手指。因為關節炎，所以手指都變形了，不過活動起來還算靈活就是了。

「警察來過，還把我帶到城裡去看他。」她說。

「他們要你認屍？」

她點點頭。「『是他沒錯，』我說：『是賴凡格。』之後又把我帶回來，要我開門讓他們進去搜查，我跟著後頭進屋，他們卻說：『你現在可以走了，愛琴太太。』『不要緊，我留在這兒吧。』因為這些人，有些還好，有些就會背著死人偷錢，這句俗語是不是這樣說的？」

「沒錯。」

「『背著死人偷銀子』，是銀子才對，不是錢。」

她歎了口氣，「搜查完了之後，我把門鎖好問他們，現在我該怎麼辦？有沒有人會來把他的東西拿走？他們說會與我保持聯絡，然後就沒下文了。」

「他們就沒消息了？」

「沒，沒人告訴我誰會來領走他的遺物或我該怎麼辦，既然他們不聯絡我，我只好打電話給管區，可是他們竟然搞不清我說什麼。大概被謀殺的人太多了，誰都懶得繼續追查下去。」

她聳聳肩，「我呢，我得把那間公寓租出去。除了家具以外，其他東西都被我搬到這裡，沒人領我就把它們丟了。」

「你把錄影帶賣掉了。」

「錄影帶？我把它們拿到百老匯大道，賣幾個錢。那樣不對嗎？」

「沒什麼不對。」

「我又沒偷，如果他有家人的話我早就還他們了。可是賴凡格先生連個親人都沒有，他住這裡已經很多年了，我來上班之前他就住這裡了。」
「你什麼時候來上班的？」
「六年前吧……等等，我說錯了，是七年前。」
「只是個管理員而已？」
「不然呢？難不成是英國女皇？」
「我以前認識一個女人，她告訴房客她是管理員，但實際上她就是房東。」
「喔，當然啦。」她說：「當然這棟房子是我的，所以我才能住地下室嘛！其實我是一個大富婆，一個喜歡像老鼠一樣住在地下的大富婆。」
「那這棟房子到底是誰的？」
「我怎麼知道？」我看著她，然後她說：「你去告我好了，我不知道就是不知道，誰曉得？僱我的是一家管理公司，我收了房租就交給公司，隨他們怎麼辦。至於房東，我從來也沒見過。房東是誰很重要嗎？」
的確不太重要。於是，我又問她賴凡格是什麼時候死的。
「去年春天吧，再後來的事，我就不知道了。」

我回旅館後打開電視，三台都在轉播大學籃球賽，戰況激烈到我根本看不下去。後來找到一台轉播網球比賽，相較之下這個節目就安靜多了。說自己在「看」球賽不知對不對，可是當他們把球在網子上空打來打去時，我的確睜著眼睛坐在電視機前面。

我和吉姆在第九大道上的一家中國餐廳吃飯，那是我們星期天晚餐碰面的老地方。老闆不在乎我們坐多久，也不在意替我們添幾次茶水，因為那裡從來都不會客滿。這裡的食物並不差，真搞不懂它的生意為什麼沒有更好一點。

他問我：「你今天有沒有看《紐約時報》？上面有篇文章訪問一個寫了暢銷小說的天主教神父，我忘了他叫什麼。」

「我知道你在說誰。」

「因為有電話民意測驗的支持，他說這個國家只有百分之十的已婚夫婦有過婚外情，為什麼？因為大家都很誠實。可他要怎麼證明這個說法呢？很簡單，因為那些電話受訪者都這麼說。」

「我們彷彿正處於道德復興的關鍵期。」

「那就是他的重點。」

他掂起筷子，當做鼓棒敲，「不曉得他有沒有打電話到我家來。」

「嗯？」

他避開我的眼光，幽幽的說：「我想貝芙麗有外遇。」

「知不知道是誰？」

「是她在戒酒無名會認識的男人。」
「也許他們只是朋友罷了。」
「不，不是的。」
他替我們倆斟滿了茶。
「你知道，戒酒之前，我曾經胡搞過好一陣子，每到一個酒吧去，我就告訴自己要找尋豔遇。通常到最後只落得個爛醉如泥，可是也有走運的時候，其中有幾次我甚至還記得。」
「有時候你寧願自己忘記是吧？」
「是啊，重點是我剛開始參加戒酒計畫的時候，還沒完全放棄這種生活，酗酒最嚴重時，婚姻也差不多瀕臨破裂。可是後來我爬出了泥沼，漸漸清醒了，也度過了婚姻危機，她開始到戒酒無名會去展開自己的生活，我們繼續維持下去，不過我在外面還是有別人，你知道。」
「我不知道。」
「真的？」他想了一下，「啊，這麼說來一定是在我認識你，而你還沒開始戒酒之前，因為幾年後我就不再拈花惹草了。並不是因為良心發現，只是不再那麼做罷了，也許是基於健康的理由吧，先是疱疹，再來是愛滋病，我不知道。倒也不是被嚇到，是我不再感興趣了。」
他啜了一口茶。
「如今，我是費尼神父口中的那百分之九十，而她卻開始在外面花起來了。」
「輪到她去找樂子了。」

「這已經不是第一次了。」

「喔。」我應道。

「我不知道自己到底有什麼感覺。」

「她知不知道你已經察覺？」

「誰知道她知道些什麼？誰又知道我到底知不知道？我只希望所有的事情都保持原狀。可是你知道嗎？那是不可能的。」

「我知道。」我說：「昨天晚上我和伊蓮一起，她說了那個M開頭的字。」

「什麼M開頭的字？『操你媽的』（motherfucker）？」

「結婚。」

「還不一樣，婚姻就是操你媽的，她想結婚啊？」

「她沒這麼說。她只說如果我們結婚了，她就停止和客戶來往。」

「客戶？」

「嫖客。」

「喔，是這樣啊，跟我結婚我就不做了。」

「沒那回事，假設而已。後來她為此跟我道歉，我們都同意保持現狀就好。」我用凝視威士忌酒杯的眼神看著我的茶杯，「我看不太可能。當兩個人都不希望改變時，就是產生變化的時候了。」

「也只能走一步算一步了。」
「別急，一天一天慢慢來，千萬別喝酒。」
「嗯，我喜歡。」他說：「聽起來很悅耳。」

∞

我們又坐了好一會兒，天南地北聊個沒完。我談到手上正在辦的兩件案子，一件是正式受到委託卻始終掌握不到頭緒，另一件案子根本沒有人委託我，我卻緊咬著不放。還聊到棒球，因為職棒老闆惡性休業，春季訓練可能要延期了。此外就是我們聚會裡的一個小鬼，過去有著驚人的紀錄——嗑藥酗酒什麼都來，他在戒酒四個月之後去世了。

大約八點時，他說：「我今天晚上想做一件事，我要去一個沒有人認識我的聚會，把我和貝芙麗這些餿事全部吐出來，我沒法在這裡的聚會上吐。」

「你可以的。」

「我是可以，但我不想。在這裡我可是洪荒時代就戒酒的老前輩，在那些新來的面前，我可不想破壞我那完美的長老形象。」他笑了，「我要到市區去，任自己說得聽起來徬徨無助，搞不好會有一個戀父情結的年輕小姐正在尋找她心目中的父親形象。」

「真是個好主意，」我說，「順便幫我問問看她有沒有妹妹。」

8

我獨自去參加聚會。

星期天聖保羅沒有聚會，所以我到羅斯福醫院，出席的大部分曾是煙毒勒戒所的病人。演講者一開始染上了海洛因，她參加明尼蘇達一個為期二十八天的住院療程，戒掉之後，在接下來的十五年又染上酒癮，現在她已經戒酒三年了。

等她講完，大家圍成一圈坐著自我介紹，大部分人只講自己名字就繼續往下輪。我決定要多說一點。例如她今天講得很好，很高興她戒酒成功，可是輪到我時我只說：「我叫馬修，我是個酒鬼。今晚我只聽就好。」

聚會結束後，我回到旅館，沒有人留話。我回房看了兩小時書，是一本向人借來的平裝書，書名叫《新門刑案日誌》，內容是十七、十八世紀英國的犯罪記錄，這本書在我手上大概一個多月了，每晚睡覺前都會翻上幾頁。

大部分的案子都很有趣，其中更有幾起案子特別精采。我讀了好幾個晚上，感觸很深。太陽底下，世事如常。以前的人，為了各種理由，或根本不為什麼理由互相殘殺，無所不用其極使盡各種手段。

有時這本書似乎變成翌晨早報的解毒劑。每天報上寫的那些犯罪事件，讓人很容易就下結論說，人性的醜惡正在空前急遽的惡化，世界末日來了，我們都要下地獄去了。當我看到這本書上的記載，幾世紀以前的男男女女也是為了幾個錢或為了情愛自相殘殺，我可以告訴自己，其實我們並沒有變得更糟，我們和以前一樣好。

然而在其他的深夜裡，這個發現帶來的不是放心，而是絕望。我們從古至今都一個樣。沒有變得更好，也不會變得更好。歷史上因我們的罪而犧牲的人，簡直是死得輕如鴻毛，我們回報以更多的罪惡，我們的罪惡之源永不枯竭。

∞

那天晚上讀的案子並沒有給我什麼啟示，而我又還不想睡，午夜時分，我出去走走。天氣又變冷了，寒風颯颯吹在哈德遜街上。我走到葛洛根開放屋，那是米基・巴魯開的愛爾蘭酒吧，不過執照和權狀都不是用他的名字。

酒吧裡幾乎全空了，有兩個獨飲的酒客各自分占在長吧台兩端，一個喝啤酒，另一個則在細細品味一杯健力士黑啤酒。兩個老頭穿著舊貨店買的外套，在靠牆的桌前共飲，柏克站在吧台後面，不等我開口，他便告訴我米基整晚都沒來過。

「他可能隨時會出現，但我想他是不會來了。」他說。

我叫了杯可樂，坐在吧台前，有線電視在播《少年凱撒》的黑白老片，中間沒有廣告，是由愛德華・羅賓森主演。

我看了大約半小時，米基還是沒來，也沒有其他的客人再進來。
喝完可樂，我便起身回家。

10

第二十分局的人對於我當過警察並沒什麼過度反應。他們都很樂意幫助我了解賴凡格的死，可惜問題只有一個，他們完全不曉得這人是誰。

「確實日期我不知道，大概是在四月十九日和七月四日之間。如果你要我猜的話，那麼應該是在五月初吧。」我說。

「是去年的五月。」

「是的。」

「就是那個阿諾．賴凡格？麻煩你再拼一次他的姓，免得我搞錯了。」

我拼了賴凡格的姓，又把哥倫比亞大道的住址也給了他。

「就在這附近嘛！」他說：「我去問問大家，看有沒有人聽過這個人？」結果還是沒用，我們研究了幾分鐘，他又走開，回來時帶著一臉困惑。

「阿諾．賴凡格。」他說：「男性，白人，死於五月九日，身上有多處刀傷，他不在我們的檔案裡，因為不是我們的案子。他是在五十九街的另一邊被殺的，所以你應該到位於西五十四街的……」

我告訴他我知道怎麼去。

8

我這才明白為什麼海達・愛琴被她那一個管區的警員搪塞了一堆理由——他們根本不知道她在說什麼。吃過早餐，我便往二十街走，等走到中城北區分局時差不多花掉大半個上午了，德肯不在，可是就這件案子來說，我倒不需要他幫我，任何人都應該可以提供我所要的線索。

有一個叫安德烈的警察我認識，過去一兩年間我們見過幾次面，他正坐在桌前忙著趕公文，並不介意被我打擾。

「阿諾・賴凡格。」他說道，皺著眉頭邊用另一隻手滑過一撮粗黑的頭髮。「我想，我和貝拉搭檔的時候曾經逮過他。他是個胖子對不對？」

「他們是這麼說。」

「如果你每一個禮拜都有這麼多死人得看，真的沒辦法全部記清楚。他是被謀殺的。有些比較普通的案子，你連死者的名字都記不住。」

「這倒不假。」

「除非真的有令人難忘的名字，比如說兩三個禮拜前，有一個女人叫做汪達・佩赫絲（Wanda Plainhouse），我在心裡頭想，喲，我可不介意『在房子裡跟你玩一玩』（譯註：前述這女人的名字與

Playin' house的發音近似）。」他滿臉微笑敘述著這一小段回憶，然後又說：「當然啦，這個女人還活著，我只不過是舉個例子而已，有些名字真的讓人印象深刻。」

他翻出了賴凡格的檔案。那個電影狂是在西第十大道與四十九街上兩棟住宅間的窄巷裡被發現，一個不具名的人打電話報警，報案時間根據一一九的記錄是五月九日早晨六點五十六分，法醫研判死亡時間可能是前晚的十一點，死者身上被一種窄長的刀重戳了七次，傷在胸部和腹部，每一處傷口都是致命要害。

「是在第十大道與第十一大道間的四十九街？」

「比較靠近第十一大道，兩邊的建築都準備要拆了。窗戶上都是封條，根本沒有人住那裡。我想現在可能已經被拆掉了。」

「我在想，他在那個地方到底搞什麼名堂？」

安德烈聳聳肩，「也許他在那裡找點什麼，可是不幸被他找到了。也許他想買一些毒品，或是找女人還是男人，每一個去那裡的人都是有目的的。」

我想起阿傑。如他所說，每個人都各有意圖，不然他們上丟斯幹什麼？

我問他賴凡格有沒有吸毒，他說從外表看不出來，不過誰也不知道有沒有。「也許他那一天喝得爛醉，」他提供一些別的可能性，「醉得東倒西歪，壓根都不知道自己到底在什麼地方。喔不！這也不太可能，血液中的酒精濃度低得測不出來。唉！反正不管他在找些什麼，他是去錯地方了。」

「會不會是被搶。」
「他的口袋裡根本沒錢，沒手錶，也沒皮夾，看來這個殺手是那種隨身帶著彈簧刀的吸毒犯。」
「怎麼查出他的身分？」
「他房東太太指認的。說起她呀，可真不好惹！大概只有這麼高吧，可是天不怕地不怕，一點虧都不肯吃。她讓我們進死者的屋裡後，就一直禿鷹般站那兒盯著我們，好像她一轉身我們就會把屋子搬空一樣，你會以為那些東西都是她的財產。不過反正後來也都會變成她的，因為賴凡格連一個親人都沒有。」
他翻了幾頁報告，「是啊，連遠房的親戚都沒半個。反正是她出面指認的，她一開始還不肯去，『我幹嘛要去看一具死人屍體？相信我，這輩子我可是看的夠多了。』不過她最後還是去了，而且還很仔細的看，確定就是他沒錯。」
「那你又怎麼知道要去問這女人？你哪裡找來的名字和地址？」
「哦，我懂你的意思了，問得好，我們是如何得知的呢……」
他皺著眉翻動檔案。
「是指紋！他的指紋在電腦裡，就是從那兒找到他姓名、地址的。」
「他指紋怎麼會在電腦檔案裡？」
「不知道，也許他曾經擔任過公職，或是在政府機關服務過。你知道電腦檔案裡有多少人的指紋嗎？」

「不是紐約市警局的電腦吧？」

「你說對了。」他皺起眉頭，「我們到底是已經有這一份資料了呢？還是從華盛頓的主機調過來的？我已經不太記得了，那時候大概是由別人負責處理的，為什麼這麼問？」

「他有沒前科？」

「如果有，大概也是違反交通規則之類的吧，檔案上並沒有註明。」

「能不能再幫我查一查？」

他有些不樂意的嘀咕了一陣，不過到底還是幫我查了。

「有了。有過一筆記錄，大約在四五年前被逮捕過一次。自簽擔保之後就釋放了，案子也撤銷。」他說。

「什麼罪名？」

他瞇起眼睛看著電腦螢幕，「他違反了第二百三十五條罪犯條例，那是什麼鬼名堂？我怎麼沒聽說過？」他抓起一本黑色的活頁書夾翻了起來，「找到了！是猥褻罪，大概是對誰說了粗話吧。案子後來撤銷了，四年後他被不知名的人用刀捅死，這讓我們學會不可口出穢言是不是？」

8

如果安德烈願意再多玩玩電腦，我本來可以得到更多有關賴凡格的資料，不過他也有自己的事得忙。之後我便到四十二街的圖書館查閱《紐約時報》的索引，說不定會查到賴凡格被捕或被殺的消息。巧的是，不管發生了什麼事情，賴凡格總是可以避開大眾媒體。

後來再搭地鐵到錢伯斯街走訪幾個市立或州立的政府機關。我發現略施小惠能讓許多辦事員更樂意幫我的忙。他們替我查到了一些記錄，我私下塞了一點錢以示回報。

資料中查出賴凡格三十八年前出生於麻省的羅威爾。二十三歲來到紐約，住西三十四街的基督教青年會史露安之家，並且在教科書出版社的收發室工作，一年之後，他離開了出版社，到一家叫「R&J商行」的公司上班，在第五大道和四十街附近，他在那裡當售貨員。不知道賣的是什麼樣的商品，那一家公司現也不存在了。在第五大道上，有許多不起眼的小型店號，零星的摻雜在合法的店家之間，無休止的舉行結束營業大拍賣，同時拚命搜尋來路不明的象牙、玉器、照相機和電器用品，R&J很可能就是其中之一。

那時他仍然住旅館，就我所知，他一直住到七九年秋天搬到哥倫比亞大道為止。再次換工作很可能是他搬家的主因，因為搬家前一個月，他開始在哥倫比亞廣播公司上班，哥倫比亞廣播公司離我住的五十七街旅館很近，只要再往西走一條街就到了。從他新家走路就可以到工作地點。

我無法得知他在哥倫比亞廣播公司的職務，不過照年薪一萬六千元推測，絕對不會是什麼總裁之類的職位。他在那裡待了三年多，八二年十月離開。那時的年薪已經調到一萬八千五了。

就我所知，從那時起，他就沒再工作過。

8

回旅館，有我一封郵件。上面說我有資格加入國際退休警員協會，也可以參加在羅德代堡舉行的年會，會員享受的權益有：會員卡一張、很酷的翻領徽章一枚，以及每個月出刊的《時事通訊》。《時事通訊》會有什麼大事好登？訃聞嗎？

另外有一個留言，要我打電話給喬・德肯，我打去，剛好他在辦公室。他說：「我知道，光是得曼一個人還是不夠你忙，你是不是想把我們所有的懸案都查清楚啊。」

「只是想幫點忙。」

「阿諾・賴凡格怎麼會扯上得曼的案子？」

「很可能一點關係都扯不上。」

「那可不見得哦，他在五月被殺，她則在十一月，兩件案子相隔整整半年，在我看來簡直是預謀好的！」

「時間有些不同。」

「嗯！她是被歹徒先強姦而後勒死，他則是被刀子捅死在暗巷裡，我看那是凶手用來混淆視聽的手法吧。說真的，你發現了任何有關賴凡格的線索了嗎？」

「很難說。我希望能夠知道他最後活著的七年之間到底在搞些什麼。」

「那還用說，不就在低級住宅區鬼混嗎？不然還能幹什麼？」

「據我所知，他既沒上班，又沒領救濟金，我看過他住的地方，房租要不了多少錢，可是，他總得有經濟來源。」

「也許他剛好得到一筆錢，就像阿曼達．得曼。」

「嘿，這倒是讓他們倆有了一些共同點，我喜歡你的論點。」

「我的腦袋從來都沒停過，甚至連睡覺時都不休息。」

「特別是在睡覺的時候吧。」

「沒錯。你說他在生前的最後七年都沒有再工作過是什麼意思？他被捕的時候明明還在上班。」

「州政府的檔案記錄上可不是這麼回事。」

「唉呀，去他的州政府檔案，警察以猥褻罪名進去逮他的時候，他還是那家店的店員。賴凡格是個法國人，我猜警察可能是為了一些海報或相片之類的抓他，你不覺得是這樣嗎？」

「他販賣色情刊物？」

「安德烈沒告訴你？」

「他只告訴我犯罪條款。」

「唉，如果他肯再挖深一點，還可以發現更多細節。我記得很清楚，八五年的十月，時代廣場有一個很大的掃黃行動。那是選舉前夕，市長希望一切都看起來安和樂利。我在想，不知道新選出來的市長是什麼樣的人。」

「那種差事我可是敬謝不敏。」

「哦！耶穌基督啊，要是讓我選擇當市長或把自己勒死，我一定會說：『快把繩子給我吧！』好了，言歸正傳，在那波行動中，他們清查所有店面，逮捕所有店員，搬走所有的色情雜誌，甚至還為此召開聯合記者會，少數幾個人在牢裡蹲了一夜，那件事就算結束，所有案子也都撤銷了。」

「而且連色情雜誌都物歸原主了。」

他大笑，「還有一大堆放在哪個不知名的倉庫裡呢！我看哪，就算到二十三世紀也沒人會發現它們。當然啦，其中有一些被選回去增加警員們的閨房樂趣了。」

「喝，真嚇死人了。」

「對，對，嚇死你了吧。不，我不認為他們會歸還被查抄的物品。前幾天我們局裡抓到一個街頭毒販，把他關起來，但是最後因為程序問題得放了他，臨走前他老兄居然還問我們可不可以把毒品還給他。」

「少鬼扯了，喬。」

「我發誓是真的。後來尼克森跟他說：『聽好，莫里，如果我把「東西」還給你，那我就要用持有毒品來抓你噢。』你知道的，尼克森只是嚇他。結果那個混蛋竟然說：『不，老兄，你不能這樣做，你用什麼名義抓我呢？』尼克森說你說的『名義』是什麼意思？告訴你我的名義就是我親手把他媽的『東西』交到你手上，又親眼看你放進口袋裡。莫里說不，這種罪狀不會成立，沒有人可以因為那樣而關我，我溜得掉！你知道嗎？我想他是對的。」

8

喬把那家在時代廣場上，賴凡格曾經工作、被捕的店址給了我，在第八大道百老匯那一帶，正好就在丟斯，光看門牌號碼就已經知道是哪兒了，所以我也沒必要親自跑一趟，不知道他在那裡工作過一天還是一年，要查是不可能的，就算有人願意幫忙，我看誰也說不出個確切答案來。

我重新翻閱一遍我的筆記，蹺起雙腿，往後靠了一會兒。當我闔上雙眼，腦海中又閃過了在馬帕斯看到的那個男人的影像，一個慈父，溫柔的撫著他孩子的頭髮。

我一定過分注意這個小動作且誇大了，影片裡穿黑色橡膠衣的男人到底什麼長相，我一無所知。也許，那個小男孩看起來酷似影片中的少年，而我的記憶就因此被喚醒了。

即便是同一個人，難道憑著追查一個死掉的倒楣蛋身後快要褪色的蛛絲馬跡，就能把他找到？碰到他們是上星期四在拳擊場中，今天都已經星期一了，如果男孩真是他兒子，整件事都是清白的，那麼就算我在瞎掰。但如果不是，那一切也已經太遲了。

假使他決計要取那男孩的命，並讓他的血滲流進地上的排水孔，現在很可能已經下手了。

可是為什麼又要帶他去看拳賽？也許他想和那個男孩共同創作一個小小的心理劇，又或者他想延長時間，慢慢等他的獵物進入情況，可能這就是為什麼電影裡的少年看起來毫無畏懼，即使是被綁上了刑台也不在乎的原因吧。

如果那個男孩已經死了，那麼我是一點忙也幫不上，就算他仍然活著，我也一樣不能為他做些什麼，因為距離足以指認那個穿橡膠衣的男人還有好幾光年那麼遠，而我進展的速度卻和蝸牛一樣慢。

截至目前為止，我所有的線索只是死人一個，而這個死人又告訴了我什麼？他叫做賴凡格，死後留下一捲錄影帶，內容關於一個穿橡膠衣的男子虐殺了一個少年。賴凡格死得很慘，很可能但未必一定是劫財殺人案的受害者，畢竟這種事在那一區多得是。賴凡格在色情刊物店工作過。這在檔案中查不到，他很可能做了好幾年。可是古斯說他大部分的時間都待在家裡，不像是個有正常工作的人。

我從電話簿找到一個號碼，接通之後，在對方的答錄機裡留話，然後抄起外套直奔阿姆斯壯酒吧。

8

我進去時，他已經坐在吧台邊了。他是個身材修長的男人，蓄山羊鬍，戴玳瑁框眼鏡，棕色燈芯絨外套，手肘處綴有兩塊皮製補綻，正吸著一支菸管彎彎曲曲的菸斗。他打扮得像是巴黎左岸咖啡館裡那些啜著餐前酒的當地人；只不過他現在是在四十七街上的酒吧，喝著加拿大麥酒。不過，就算這樣他也不會顯得太突兀。

「曼尼！」我說，「我剛才在你答錄機裡留話。」

「我知道。」他說，「剛進家門時答錄機還在錄音，你說會到這裡來等我，我就直接轉身出門，連外套都不用穿，因為根本還來不及脫掉。而且我住的地方離這邊比較近——」

「所以你先到了。」

「正是，找個桌子坐下好嗎？看到你真高興，馬修，總覺得見你見得不夠。」

以前我把第九大道上吉米的酒吧當成我第二個家的時候，我們兩個幾乎天天碰面。曼尼・克雷舒是那裡常客，通常一待就一個多小時，有時一整晚都泡在裡面，他曾在哥倫比亞廣播公司（CBS）做技術人員，就住在街角。他從來不多喝，來阿姆斯壯是為了要解決三餐或是喝杯啤酒什麼的，更重要的是，來這裡找人聊天。

坐定之後，我叫了咖啡和漢堡，然後便開始互相問候近況，他告訴我他退休了，我說我聽說了這個消息。

「工作量還是和退休前一樣多，都是自由接案，有時幫以前的雇主做，有時替任何願意雇用我的人，要接多少工作都行，同時又可以按月領退休金。」

「說到CBS——」我說。

「我們有說到CBS嗎？」

「呃，我們現在就說，我跟你打聽一個人，幾年前你可能認識，他在那裡工作過三年，八二年秋天離職的。」

他從嘴裡取下菸斗，向我點點頭，說：「阿諾・賴凡格。他終於還是跟你聯絡上了，我還懷疑他會不會打那通電話呢。你幹嘛一副丈二金剛摸不著頭腦的模樣？」

「他為什麼要打電話給我？」

「你的意思是他沒有打電話給你，但為什麼——」

「你先說他為什麼要打電話給我？」

「因為那時他需要一個私家偵探，我是在一次拍攝工作中遇到他，呃，這已經是六個月前的事了。」

我心想，應該還要再久一些。

「我也不知道是怎麼提起來的，他問我能不能推薦一個私家偵探給他，我不確定他是不是這麼說。我告訴他，我認識一個人以前是幹警察的，就住附近。然後我報出你的大名，又說一時沒有你的電話號碼，只知道你住西北旅館，你現在還住那兒嗎？」

「是的。」

「你還做那一行吧，我把你的名字給了別人沒問題吧？」

「當然沒問題。」我說：「感謝還來不及，不過他始終沒給我電話。」

「是嗎？那次之後我就再也沒見過他了。馬修，我確定幾乎已經過了六個月，如果到現在他都還沒有給你什麼消息，我看你也別指望了。」

「放心，我不會。」我說：「而且，我肯定一定超過六個月了，因為去年五月他就死掉了。」

「你說什麼？他死了？」他說：「他還年輕，雖然太胖了一點，也不至於如此啊。」他吸了一口啤酒，「到底發生了什麼事？」

「他被殺了。」

「天哪。他怎麼被殺的？」

「看起來，是被人襲擊致死的。」

「『看起來』。意思是事情不單純？」

「搶劫殺人本來就不算單純，可是警方並沒有懷疑其他原因，賴凡格的死跟我在手上辦的案子有所關聯，或至少有一點可能性。你知不知道他為什麼要找私家偵探？」

「他沒有說。」他皺皺眉頭，「我跟他並不是很熟，剛進CBS時，他既年輕又熱誠，職位是技術助理，屬於攝影小組的一員，他在CBS並沒待太久。」

「三年嗎？」

「按我說還不到三年。」

「他為什麼不做了？」

他扯著他的山羊鬍子，「依我判斷是公司要他走路的。」

「你記不記得是什麼原因？」

「一開始我是不知道，不過照英國人的講法是，他已經留下了污點。這個年輕人實在不怎麼樣，他長得像個發育過剩的呆子，這種字眼我很少用，但他就是那個樣子，而且好像還有一些個人衛生方面的毛病。比如說隔很久才刮一次鬍子，或是兩三天也不換套乾淨衣服，長得又肥，有些人也跟他一樣胖，卻胖得很討喜，至於阿諾，可就不是那麼回事了。」

「後來他就一直打零工？」

「嗯，至少最後一次遇到他時他還是，我自己也有好些年都到處兼差，可是我們只一起工作過一次。我想他大概混得還不錯，起碼外表看起來他可沒少吃一餐。」

「他在時代廣場的色情刊物店做過店員。」

「你知道嗎？」他說，「這一點我相信，那種工作滿適合他的。我總覺得他這人有一點邪門，老是緊張兮兮，講話上氣不接下氣的。我可以想像，某個人偷偷摸摸進了那家店，和站在櫃檯後面的阿諾搭訕，一邊搓著手，一邊給你一個狡猾的眼神——」他突然打住。「老天，那個人都死了，看看我還這麼缺德講人家。」他劃了一根火柴，再度點燃手上的菸斗。「我把他說得活像是在邪惡的實驗室裡幫忙創造科學怪人的助手一樣。嘿，其實他還真適合。正如我聖潔的母親給我的忠告，等人死了之後再批評，因為他們沒辦法回嘴。」

二

「嘿，這件事情有一點邪門。」伊蓮說：「他在與你取得聯絡之前便死於非命，然後又死不瞑目的從墳墓裡爬出來向你告狀。」

「你怎麼會這樣想？」

「不然怎麼解釋呢？他死的時候房裡留一捲錄影帶，被房東太太連同其他的一起拿去賣掉——」

「她只是個管理員而已。」

「——她把帶子賣給錄影帶店，又有人從店裡租走那捲，接著找上了你，這和我剛才那個邪門的說法又有什麼差別？」

「我、曼尼、賴凡格、威爾・哈柏曼還有錄影帶店，全都住這附近，這就像把針丟進一小堆乾草堆裡，範圍縮小了很多。」

「嗯。你怎麼解釋這種巧合？上帝冥冥中安排了一切？」

「是有人這麼說。」

在阿姆斯壯跟曼尼道別之後，我打了一通電話給伊蓮。她說好像要感冒了，一整天全身痠痛、暴躁，還直打噴嚏，「只差『害羞鬼』就湊齊七矮人了（譯註：白雪公主的故事裡，七矮人的名字分別是萬事通、愛生氣、開心鬼、瞌睡蟲、噴嚏精、糊塗蛋以及害羞鬼）。」她說。不過她已經吃了大量的維他命C和喝熱檸檬水。

「你想，賴凡格到底發生了什麼事？整件事情中他到底扮演什麼樣的角色？」

「我想他應該是攝影師，拍那種影片，一定還得有第四個人。它不像那種家庭錄影帶，只要把攝影機固定好走到前面表演就行了。影片中的攝影機是移動的，此外，焦距還拉近拉遠，還有很多時候他們兩人都同時出現在鏡頭內，攝影機卻同時四處移動以便拍到所有動作。」

「我倒沒注意，當時我被發生的慘劇嚇呆了。」

「你只看過一遍，我後來又多看了兩遍。」

「所以精采的部分你都沒錯過。」

「賴凡格本身擁有攝影背景。他曾經在廣播公司做了三年小職員，後來獨立接些案子，又到時代廣場的一間色情刊物店當店員，還在柯奇競選市長期間的一次掃黃行動中被捕，如果你要找人拍色情電影的話，他應該是合理的人選。」

「可是你會讓他把你殺人的過程拍下來？」

「也許他們付費很高，不需要顧慮這一點。或者說，這並不是預謀的。一開始他們只想讓那個孩子受點罪，但是沒料到後來他們幹紅了眼。這並不重要，反正那個孩子是死了，片子也拍了。」

「而且他還把它錄在另一捲錄影帶裡。」

「應該說是把它『藏』在一捲帶子裡。根據海達・愛琴的說法，公寓裡的錄影帶全部都賣給了費爾・菲丁。但是這話說不通，從事這種工作的人，手邊一定會有一些有別於出租電影的錄影帶。他是一個對老片特別著迷的電影狂，所以一定常常從電視上錄東西下來，還有他自己的一些作品或色情電影應該也有備份，此外，他手上應該還有許多空白錄影帶，以備不時之需。」

「你認為她說謊？」

「不，沒有。我在想當他曝屍在西四十九街的小巷中體溫逐漸冷卻時，有人曾到他哥倫比亞大道的住處去過。他的手錶、皮夾都不見了，看起來像是遭人搶劫，可是他的鑰匙也不見了。我想殺他的人一定把鑰匙拿走，到他公寓裡把不是出租電影的錄影帶拿走了。」

「他們為什麼不乾脆全都搬走呢？」

「也許他們不想看《馬爾他之鷹》的三個版本，那些沒貼標籤的和自製錄影帶大概已經多到搬不動了吧，明明不是你想要的東西，幹嘛花力氣去搬？」

「他們要找的東西就是被我們看到的那一捲囉。」

「嗯，也許他還替穿橡膠衣的男人拍過其他東西，而且都有拷貝。可是這一捲他卻特別慎重藏起來，不僅錄在出租電影帶子上，他還讓原來的電影先演十五分鐘才開始錄。如果有人快速檢查這些錄影帶，那麼他只會看到《衝鋒敢死隊》，然後把它扔一邊去。」

「你那倒楣的朋友一定嚇壞了，他和太太正在看李・馬文與其他的敢死隊員衝鋒陷陣，忽然間——」

「正是。」我說。

「為什麼他要這麼小心把那部色情電影藏起來呢？」

「因為他很怕，這也極可能是他問曼尼打聽私家偵探的原因。」

「但在他打電話給你之前——」

「我不知道他到底打了沒。跟你通電話前我和曼尼談過，他回去翻了去年的日曆，可以確定他和賴凡格的對話是在四月的第三週，因為他記得他們一起做的工作。但是賴凡格一直到五月九日才被殺。可能他還問過別人意見，或打電話給別的偵探，也可能最後他決定自己來處理這件事。」

「他要怎麼處理？寄黑函威脅人家嗎？」

「當然這是一種可能。也許他拍過的色情電影不只這一部，而他要威脅的也不是那個穿橡膠衣的，殺害他的或許另有其人，可能他想打電話給我卻沒有打。反正他又不是我的客戶，這件凶殺案也不該我去調查。」

對街的大樓裡有燈光閃爍。

我說：「穿橡膠衣的男人是誰更與我無關，我真正的工作是調查得曼那傢伙，可是我什麼正事也沒幹。」

「如果這些事情彼此有關聯就好了。」

「我也這麼想過。」我承認道。

「所以呢？」

「我可不能光指望這種巧合。」

她又說了一些話，然後開始打噴嚏，「希望不是流行性感冒。」

我說我明天會過去看她，要她繼續吃維他命C喝熱檸檬汁，她說她會，雖然實際上她一點也不相信那些東西會有什麼用。

我坐在那兒，對著窗外發怔。那天晚上天氣逐漸變冷，有下雪的可能，我拿起《新門刑案日誌》來讀，有一個叫狄克·平特的人，專幹攔路搶劫的勾當，令人費解的是，在那時代他居然是個傳奇人物。

八點差一刻，我打了幾通電話試著聯絡蓋林戴斯，他是個年輕畫家，專為警方畫人像。我和伊蓮曾去找他，試圖描繪出那個恐嚇要殺掉我們的人。我告訴他有點事想請他花個一兩個鐘頭幫忙，他說上午比較有空，於是我們便約好上午十點在西北旅館大廳見。

八點半我到聖保羅參加聚會，結束後便直接回家。我以為今晚可以早點上床睡覺，可是卻一坐坐了幾個鐘頭，我讀了幾則割喉殺人事件，凶嫌都被處以吊刑以正國法，然後我便把書放下，直愣愣的瞪著窗外。

三點鐘。我終於睡了。那天晚上沒有下雪。

8

雷·蓋林戴斯準時出現在旅館大廳，我們一起到樓上我房裡坐下。他把公事包擱在床上，拿出素描簿、軟心鉛筆和軟橡皮擦。

「昨天晚上跟你聊過後，我能想像出上次你要我素描那個人的樣子，你抓到他了嗎？」

「沒有。不過也不需要再找，他自殺了。」

「這樣啊？那你就沒機會拿他和素描比比看了。」

其實我有，不過我不想說出來。

「那張素描畫得真的非常像，很多人看了之後才認出他來的。」

他面露得意之色，「你還跟那位女士有聯絡嗎？我還記得，她的住處，整個色調只有黑色和白色，可以眺望到河水的窗景，是個美麗的地方。」

「我不但跟她有聯絡，還常常來往。」

「哦，是嗎？她真是個親切的小姐，應該還住在原來的地方吧？要是瘋了才會搬出那裡。」

我說她仍住那裡，「而且你上次畫的素描她還留著。」

「我上次畫的素描？就是那男人的畫像？」

「是啊，被裱起來掛牆上，她說全世界都忽略了這類的藝術——嫌犯素描。所以在我影印之後，她就把原版裱起來掛牆上。」

「別開玩笑了。」

「真的，我發誓。原本是掛客廳，後來我要她移到廁所去，要不然每次坐在客廳裡都會覺得他在盯著你看，不蓋你，雷，她找了一個精緻的鋁製畫框，還配上不反光的玻璃。」

「哇，這種事我從沒聽過。」

「呃……她是個不尋常的女人。」

「我想也是，不過，聽你這樣說我很高興，因為她是個很有品味的女人，我還記得她牆上的那一幅畫。」說著他便開始描述掛在窗旁那幅巨幅抽象油畫。我說他的記憶力真好得驚人。

「唉！藝術嘛，你曉得，是我老本行啊。」他有點羞赧的轉過頭去。「好了，你今天要我畫誰？一個真正的大壞蛋是嗎？」

「一個壞透了的壞蛋和兩個孩子。」

事情進行得比我想像中順利。雖然我只在錄影帶上看過那個少年，又從來沒近距離端詳那個男人和小男孩，我卻對他們三個都有鮮明的印象。因為我曾經這麼專注的觀察他們並且在腦海中急切的思索著。當然雷所提供的圖像練習也幫了大忙。可是就算沒有那些練習我也照樣描述得出來，不需要很費力才能勾勒出他們的臉，我要做的只是閉上雙眼，那些臉孔就會清晰的浮現在腦海中。

不到一小時，他就把我腦中所見的影像畫成三張八點五乘十一吋的素描畫像，就是我在拳賽觀眾席看到的男人，坐在他身邊的那個小男孩，和另一個被虐殺而死的少年。

雷和我配合得很好。有時他的畫筆似乎能夠洞悉我的思維，攫取住一些言語無法形容的印象。而那三張素描多少也反映出那三個人感性上的特質。男人看起來面露凶光，小男孩看起來很脆弱，而那個已經死去的少年則一副在劫難逃的樣子。

素描告一段落，他放下鉛筆，歎了一口氣說：「你累壞了吧。不知道為什麼，不過只是坐下來畫幾張素描，這種工作我做了一輩子了，但這次我卻像是跟著你一起在絞盡腦汁、回想他們的長相。」

「伊蓮會說我們是心靈相通。」

「是這樣嗎？我隱約有個感覺，好像自己跟他們三個也有類似的聯結，滿沉重的。」

我說這些素描正是我想要的，該付多少錢？

「哦，我不知道。上次你給我多少？一百塊？我想這就夠了。」

「上次才一張素描，這次你可是一口氣畫了三張。」

「唉呀，一張和三張還不都一樣？都是一次就畫完了，而且才花了我多少時間？一個小時罷了。一百塊錢已經綽綽有餘。」

我付了兩張百元大鈔給他，一開始他跟我推拒，我說多出來的錢是為了他的親筆簽名。

「原作是要送給伊蓮的。」我解釋，「我會把它們裱起來送給她，當做情人節禮物。」

「老天哪，情人節就快到了，不是嗎？情人節……」他害羞的指著無名指上的金戒指說：「這個戒指是上次見過你們之後才套上的。」

「恭喜你。」

「謝謝。你真要我簽名嗎？其實你根本不用為了要我簽名而多付錢，我已經感到很榮幸了。」

「把錢拿著。買些好東西送給你太太。」

他笑了。在每一張素描上簽下了名。

8

我陪他一起走下樓，他要到第八大道趕地鐵，走到半路我便和他分手，轉進街角的影印店去。趁他們把三張素描影印成幾十份的同時，我到隔壁去喝咖啡配貝果，原畫拿到百老匯大道上的一家小畫廊去裱框。然後我回旅館，用橡皮章在影印本背後蓋上我的姓名地址，將它們折好塞進夾克口袋，出門朝時代廣場走去。

上次來丟斯時，正好碰上熱浪來襲；這一次上丟斯來，則是刺骨的寒冬，我把雙手插口袋，又把釦子扣到脖子，早知道應該戴圍巾和手套。天空灰濛濛的一片，氣象預報所說的風雪大概遲早要來臨了。

除此之外，整條街看起來並沒什麼不同，站在人行道上的那群小鬼雖然穿得厚多了，但那種衣服不見得能抵擋這個季節的寒冷。他們試著藉增加身體活動來保暖，但看起來都還是老樣子。

我繞著那塊街區走，一個黑人小鬼低聲問：「抽菸？」我沒有很快的搖頭要他走開，反而勾勾手指，走到一扇門前，他即刻跟上來問我要什麼。他說話的時候不太掀動嘴唇。

「我找阿傑。」

「阿傑。」他說：「唉！如果我有的話一定會賣給你的，而且很便宜。」

「你認識他？」

「你說的阿傑是個人啊？我還以為那是什麼貨呢。」

「算了。」

我轉身要走，他攔住我的手臂說：「嘿，慢著，我們話還沒說完，阿傑是誰啊？他是個DJ嗎？做DJ的阿傑嗎？還是什麼？講清楚點嘛。」

「如果你不認識他——」

「聽到阿傑，我就想起那個退休的洋基隊投手湯米．約翰。嘿，老大，你想從阿傑那裡搞到什麼，我都可以給你更好的。」

我把名片遞給他說：「叫他打電話給我。」

「他媽的，我看起來像他媽的呼叫器嗎？」

接下來，我在這區的其他地方又分別跟半打這類人打了交道，有些人說他們認識阿傑，有些說不認識。可是這些人的話我一個也無法相信。沒人能百分之百肯定我到底是何方神聖，只能說我要不是個惦惦吃三碗公的金光黨，就是個荷包滿滿的待宰肥羊；反正我要不是想找他們麻煩，就是等著被揩油。

想想其實也不一定非聯絡到阿傑不可，說穿了，他也不過是在丟斯混的街頭騙子之一，不過這個阿傑很能幹，他不費吹灰之力就成功的從我這個老街頭浪子身上搾出五塊錢來。如果我想花掉一張五元鈔票，這街上到處都是樂於接受的流浪孩子。

況且他們都比阿傑要好找多了。這個阿傑現在大概沒辦法聯絡到吧？我有半年都沒再見過他了，半年對這種人來說算是相當長的一段時間，也許他已經轉移到城市的另一個角落去活動，也許找到了一份工作，也許淪落到瑞克島上去，或因為犯下更重的罪而在上州重刑監獄服刑。

又也許，他已經死了。我根據這個可能性檢視著丟斯，此時此刻，在這條街上有多少年輕人能活到三十五歲？一些人會被毒品葬送掉，另一些人死於疾病，剩餘的其他人呢？自相殘殺吧。這種殘酷的想法我可不願意思考太久，現下待在這四十二街已經叫人夠受的，如果你再往長遠去想，簡直令人不能忍受。

∞

聖約之家的成立，最早是一位聖公會教派的牧師好心收留蹺家兒，並讓他們在他徹爾西的公寓打地鋪開始的。後來他說動了一個財主把一間離賓州車站不遠的老房子捐出來，又因為其他捐贈者的幫助，使他能夠將兩邊的房子也都買下來。兩年前，一位贊助人買下一棟六層樓的工業建築並把它捐給這個機構。我從四十二街離開之後，便逕往那裡走去。一位灰頭髮、有著犀利藍眼珠的女人向我介紹這個機構的歷史。

「他們把這棟樓房叫新約聖經之家，最初那棟當然就叫舊約聖經之家。喬尼爾神父正在東村處理另一項捐贈，不知道孩子們又會怎麼叫它。剩下來的名字只有『新約外傳』了，不過我覺得對他們來說好像不太好記。」

我們站在這棟樓房的門口，門上標示著此地的規矩：歡迎二十一歲以下的青少年來住，大前提是不准攜帶酒、毒品或是武器，門禁時間從凌晨一點到早上八點。
赫爾斯壯太太很親切也很謹慎，這方面我可以諒解，因為她不知道我到底會是一個捐贈者還是個惹麻煩的人，不管是哪一種，我都不想未經同意就擅自進去，雖然我既不帶槍又不吸毒，可是很明顯的我已經超過年限。
我把那兩個男孩的素描畫像拿給她看，不料她連看都不看便回答我：「這兒規定我們不能透露誰在誰不在。」
「而且，也沒有什麼好透露的，」她看著我，「這兩個孩子並不住這裡。」
此時她終於看了素描，「這兩張是畫像啊，嗯，這倒是不太尋常。」
「我想至少有一個在這裡待過，搞不好兩個都有，他們應該是蹺家兒吧。」
「失蹤少年，」她把兩張畫像輪流交換著看，「也許甚至是兩兄弟，他們是誰？」
「這正是我想知道的；他們叫什麼名字，從哪裡來的我都不知道。」
「他們怎麼啦？」
「大的已經死了，小的現在處境非常危險。」我想了一下，「甚至比危險還糟糕。」
「比危險還糟？你是說他有可能也已經死了？」
「大概是吧。」
她檢視著我的目光，搖搖頭說：「還有別的事情你沒告訴我。為什麼你只有畫像而沒有照片？不知道他們是誰你又能怎麼找呢？」

「有些事你大概不會想知道。」

「是啊，可是大部分的事我都已經知道了。史卡德先生，我是領薪水的雇員，可不是什麼義工。我一天工作十二小時，一週工作六天，而且通常我是不休假的，有一間自己的房間和三頓飯以及十塊錢週薪，連菸都抽不起，所以我只好戒了，我通常把一半薪水捐出來。史卡德先生，我在這裡待了十個月，辭職就辭了三次。剛開始受訓時，我跟他們說好要做一年，所以第一次辭職時我很怕會被臭罵一頓。我告訴喬尼爾神父說我再也做不下去了，他卻說：『麥姬，我真羨慕你，我常向上帝祈禱說真希望我也能辭職不幹。』然後我說我改變主意了，『我會繼續做下去的。』『歡迎你回來。』他說。

「再來有一次，我咆哮著要辭職，然後又有一次，我哭著要辭職，因為那時候我真的很氣、很難過；但這並不是說我現在都不咆哮、不哭了。每一次冷靜下來，我又會決定要留下來。每天每天目睹的一些事情都會讓我想衝上街去抓住每一個人然後搖醒他們，告訴他們發生了什麼事。每天每天我都會知道一些你所謂的『我不想知道的事情』。你知道嗎？舊約聖經之家三棟中的其中一棟房子，已經變成愛滋病專區了。在那裡的每一個男孩經病毒檢驗都呈陽性反應。原本規定滿二十一歲就得離開這裡，但他們絕大部分的人都無需離開這裡，因為他們撐不到二十一歲就會死去。你想還有什麼是你不能對我說的？還有什麼會比那更糟糕？」

我說：「我之所以會認為那個少年已經死了，是因為在一捲錄影帶上看到他和一男一女一起，影片最後，他們殺了他。至於那個小男孩，我看到他和影片中的那個男人在一起，所以現在他要不是死了，就是陷入了絕境。」
「所以你就畫了這些素描？」
「不是我，我連水彩都不會畫，是請警方的畫家畫的。」
「我懂了。」她別過頭去，「這種片子很多嗎？拍那樣的片子是不是真的很賺錢？」
「我不知道這類的小電影有多少，它們並不特別賺錢。拍這種片子的人完全是為了他們自己娛樂。」
「為了他們自己娛樂！」她搖搖頭說：「希臘神話裡有一個人物把他自己的子嗣給吞食了，叫做克羅納斯，我忘了是為什麼，不過肯定有他自己的理由。」她的眼睛灼灼發亮，「我們正在吞食自己的孩子啊，這一整代的孩子們被白白的浪費、被糟蹋、被棄置不管。有一些案子甚至就是名副其實的『吞食』。因為他們被那些邪教徒當成祭物獻給惡魔，煮熟之後吃到肚子裡去。有些男人到街上把小男孩買回家，跟他們發生性關係之後再把他們殺掉。你說你看過這個男人，你看到他和那個小男孩在一起，你確實看到他了？」
「我想就是同一個沒錯。」
「他看起來正不正常？像不像個人樣？」我拿素描給她看。「看起來就和一般人一樣。我最恨的就是那種相貌普通的人做出這麼可怕的事來。我希望他們長得像怪物，為什麼不呢？他們的行為簡直禽獸不如，本來就該生得一副醜惡的模樣。你知不知道他們為什麼要這樣做？」
「不知道。」

「喬尼爾神父說：『我真羨慕你，我常向上帝禱告說真希望我也能辭職不幹。』後來我想想，這句話其實很詐，他算準了這麼說我會留下來。可是我覺得他說的是真心話，因為最後說來這是事實，我也希望上帝能允許我放棄這個工作。」

「我懂你的意思。」

「是嗎？」她又看了看畫像，「這兩個男孩我有可能見過，我認不出來，但有這可能。」

「那個少年你應該沒見過，錄影帶十個月前就已經拍好了，那時你還沒有來這裡上班。」

她要我等一會兒，然後便走進樓房中。我站在門口，一群孩子從外面進來，另一群孩子從裡面出去。他們看起來都是正常孩子，不像四十二街上那些小鬼那麼落魄悲慘。我不懂為什麼這些看似平常的孩子會離家出走，跑到這個瀕臨毀滅的城市中閒逛。麥姬．赫爾斯壯大概可以告訴我原因，可是我不太想聽。經常施暴的父親，疏忽怠職的母親，酒後暴力，亂倫。不用問我自己統統都想得到，沒有人會從《脫線家族》那種幸福家庭跑來這裡流浪。

她回來時我正在重看一遍聖約之家的條規。沒有人認識他們。她答應把畫像留下來以便日後慢慢詢問，我說那樣很好，就又給她幾張畫像影本。

「背後有我的電話號碼，請隨時聯絡。另我再給你幾張那個男人的畫像，這樣你就可以警告孩子們不要跟這個人到任何地方去。」

「我們教這些孩子別跟任何人走，但他們就是不聽！」

12

「麥可．喬尼爾神父。」高迪．凱特納說：「我經常接到他的郵件，我看自由世界都收過他的郵件，他永遠會寄給我新訊息，因為我寄過一次錢給他。『只要二十五元，你就可以救一個小男孩。』募款的標題是這麼寫著，於是我就寫啦『這裡是五十元，幫我救兩個吧。』然後跟我的五十元支票一起寄過去，你見過那個好心的神父嗎？」

「從來沒有。」

「我也沒有，可是我在電視上看過他演說。他在菲爾、傑拉杜還是歐普拉的脫口秀中，談論拐騙迷失少年的成年男子有多危險，還有色情行業如何扮演著推波助瀾的淫穢角色，促進了剝削青少年的工業，也許這些都是事實，但是我想，唉，麥可呀，你是不是太沉重了點兒？因為我敢說那個好神父自己就是同性戀。」

「真的？」

「你知道知名女星塔露拉．班海德是怎麼說的嗎？『親愛的，我只知道他沒替我口交過。』我不曾聽過什麼傳言，也不曾在同性戀酒吧見過他，說不定他還是個標準的獨身主義者咧，雖說聖公會不禁嫁娶，對吧？但他長得就像個同性戀，而且他那股勁兒也像。哇，要他成天都在美少年裡面打轉，還得保證把褲子拉鏈拉緊，一定像人間地獄一樣痛苦吧，難怪他對我們這些不再俊美的老男人說話都沒好氣兒。」

我第一次遇到高迪是幾年前我還在格林威治村查理街上的第六分局當警探時，距我搬來第十大道已經是好久以前的事了。那時高迪在「辛西亞酒吧」兼差。辛西亞現在已經不存在了，老闆肯恩．班克斯把它賣了，搬到佛羅里達南端的西嶼去了。在那之前，高迪和他合夥人搬到我住的這一區，頂下史吉普．戴佛和約翰．卡沙賓在第九大道上開的「小貓小姐」，開了一家「小山羊皮手套」的同性戀酒吧。「小山羊皮手套」並沒有維持多久。現在高迪在一間地下酒吧工作，很早以前，在我還掛著金質警徽的時候，那裡本來是個五金行，位於格林威治村西南角，介於克萊森和格林威治交界。多年前剛剛開張大吉的時候，他們管它叫「比利叔叔」，不久之後又改頭換面，叫做「克萊密．傑克」酒吧，有點西部風味。

接近傍晚的午後，高迪很閒，有一堆時間可以跟我閒扯淡，店裡只有三個客人，我就是其中之一。一個是穿西裝的老男人，坐吧台盡頭，一邊看報紙一邊喝愛爾蘭咖啡；另一個是個子矮壯的男人，著牛仔褲和方頭黑皮靴，正在打撞球。如同我在這市區裡其他酒吧做過的事情，我把那幾張素描拿給高迪看，他看了搖搖頭。

「很可愛，不過我一向對小公雞沒什麼興趣，雖然剛剛我那樣評論麥可神父。」他說。

「肯恩不是很喜歡那種嫩嫩的小夥子？」

「肯恩根本就無可救藥了。想當年我替他工作的時候不也鮮嫩可口？可是對他來說，我已經老得不值一看了，不過啊，這年頭在酒吧裡你也看不到小公雞。馬修，自從法定的飲酒年限從十八歲升高到二十一歲，情況便與你所知的過去大不相同啦，一個十四歲的孩子如果身高夠高，又拿得出什麼假身分證，在昏暗的燈光下也許可以謊稱自己十八歲矇混過去。可是如果要假裝二十一歲的話，就非得到十七歲不可，而十七歲，已經過了那種『全盛時期』。」

「真是殘酷的世界。」

「就是，不過很多年前我就決定不予置評了。我知道大部分孩子都很積極展現自己的魅力，有時甚至主動送上門去。可是我不管，我已經快變成上了年紀的老古板，反正跟一個小鬼搞性關係就是很缺德，不管那個小鬼是不是自願的，反正就是不對。」

「我已經分不清楚什麼是錯什麼是對了。」

「我還以為警察總是能夠明辨是非。」

「是啊，這大概就是我不幹警察的原因吧。」

「希望這不代表我失去當同性戀的資格，我可只懂這個。」他抓起一張素描，一邊看，一邊扯自己的下唇。「據我所知，這年頭那些往老男人身上貼的小鬼大都在街上混，像是五十街底的萊辛頓大道啦、時代廣場一定有，還有就是往摩頓街一直上去的橋墩，那些小鬼都在西街的河邊晃盪，等著上那些嫖客的車。」

「來這邊之前，我已經去過不少西街的酒吧了。」

他又搖了搖頭，「那種地方是不准小鬼進去的，而且那些老色狼也不聚在那裡，他們是那種

『橋墩』和『隧道』型的人，坐在車子裡四處搜尋，爽完之後就回家找老婆孩子。」他又倒了一點塞爾茲汽水在我的玻璃杯裡，「有一間酒吧你應該去看看。不過要去就要揀很晚的時候，可不要在九點半或十點之前去。在那裡不會發現年輕小夥子，但是你可能會碰到那些對他們很有興趣的下流老頭，就在第十大道靠近格林威治附近的第八廣場。」

「那地方我知道，剛剛還經過，不過我不知道那是個同性戀酒吧。」

「外表當然不一定看得出來啊。那個地方是那些最熱中獵雞的禿鷹們喝酒的地方，你不覺得店名就已經說得明明白白了嗎？」我看起來一定是一頭霧水。「店名叫『西洋棋』！」他解釋，「在第八廣場，那是一個能讓小卒變成皇后的地方（譯註：西洋棋中，當兵卒成功走到第八行的時候，可以將位階升為皇后。皇后在此也暗喻變裝皇后）。」

8

稍早時，我打了一通電話給伊蓮邀她一塊吃晚餐，可是她婉拒了，不知是得了流行性感冒還是嚴重的傷風，把她整得無精打采毫無食慾，連看書的理解力都沒了，她所能做的只剩下躺在電視機前打盹兒。我只好留在市區，在雪瑞丹廣場的咖啡店裡吃一點菠菜派和烤馬鈴薯。然後到派瑞街上一家前門看起來像俱樂部的地方去參加聚會，在那裡碰到一個以前在聖保羅教堂聚會認識的女人，她戒酒成功之後，便隨著她男友搬到布里克街。現在她已結婚，而且看得出來有身孕了。

聚會結束之後，我步行到第八廣場，酒保穿著一件有德國老鷹的上衣，看起來好像常去健身房。我告訴他克萊密．傑克酒吧的高迪建議我來這裡請他幫忙，並且把那些小男孩的素描拿給他看。

「你四周看一看，」他說，「有看到你要找的那種人嗎？看不到吧。難道你沒看見那個標示嗎？『未滿二十一歲請離開』，那可不是光用來裝飾的，是真的依法行事。」

「『朱利亞斯』酒吧也有那種牌子，上面說：『如果你是同性戀，麻煩請離遠一點。』」我說。

「我記得。」他說，人這才開始熱絡起來，「好像只要誰稍微奇怪一點就會使他們的招牌蒙塵似的，但你又能指望這些名校出身的娘炮什麼呢？」他撐著一隻手肘，「而且你要找的，可是必須追溯到很久以前，甚至是在『同志大遊行』和『石牆事件』這些風潮之前哩。」

「這倒沒錯。」

「好吧，讓我看看，他們是兄弟嗎？不，長得不像，但那股調調兒倒很像，我說得對吧。看到他們，總會令人想起一些有益身心的事情，比如說童子軍健行啦、晚上裸泳啦、送報紙啦、跟爸爸在後院草地上玩球啦。嘿，我說話是不是像電視上的《唐娜．瑞得脫口秀》？」

他並不認識那些男孩，店裡零星坐著的客人也都不認識，「我們真的不會讓這些小鬼進來這裡混，我們是到這裡來抱怨這些小鬼多沒良心，為了討他們高興得花多少錢。呃？等等，這個人是誰？」當他看到第三張橡膠衣男人的素描時，「我想我見過他，雖然沒辦法發誓，可是我想我見過這個男人。」

其他幾個男人聽到他這麼嚷嚷，便湊近身子打量那張素描。

「你當然看過他啦。」其中一個人說，「你是在電影裡看過，他就是金・哈克曼嘛。」

「看起來是滿像的。」另一個說。

「那一定是他這輩子最糟糕的一天。我知道你的意思，但這絕對不是他，是吧？」酒保說。我說不是。「幹嘛要用素描，照片不是好認多了嗎？真是的。」

「照片太老套了啦，我喜歡素描，這點子很新鮮！」另一個人說。

「拜託！約翰，我們又不是在搞裝潢，現在是在指認人犯，又不是在布置早餐的餐桌。」

另外一個男人，整張臉已經被愛滋毀了，說道：「我看過這個男人。在這家店裡看過，在西街上也看過，過去兩年中，大概見過他五六次吧。其中一兩次他是跟一個女人一起。」

「她長什麼樣子？」

「像一隻杜賓狗，從腳趾以上全身都穿黑皮革，高跟長筒靴，好像手腕上還套著釘有尖刺的皮銬哩。」

有人說：「搞不好那是他老媽。」

「他們一定是在找尋獵物。」那個有愛滋的人說：「他們在找『玩物』。他殺了這些男孩嗎？這是不是你找他的原因？」

這個問題叫我吃了一驚，不由得脫口說道：「其中一個被殺了。」我說，「可是你怎麼知道？」

「他們看起來就像凶手嘛，」他簡單的答道，「第一次看到他們倆，我就有那種感覺了。她是狩獵女神黛安娜，至於那個男的，我就不知道是哪號人物了。」

「克羅納斯。」我接口說。

「克羅納斯？嘿，滿適合他的，是吧？只是跟我想的不太一樣。我記得他那時穿著拖地皮外套，看起來像個蓋世太保，那種半夜三點鐘來敲你家門的那種人，你知道我在說什麼嗎？你看過那種電影吧？」

「嗯。」

「我那時在想，他們兩個一定是殺人狂，四處找尋獵物，然後帶回家去把他們宰掉，『你少神經了！』我還這麼罵自己。但現在證明我是對的是不是？」

「是啊，」我說，「你是對的。」

8

我搭地鐵到哥倫布圓環，回家路上順便買了本上一期的《時代週刊》。櫃檯沒有我的留言，也沒有什麼信件。打開電視看CNN新聞，趁廣告時間看報紙，看著看著，有一則關於洛杉磯毒梟的長篇報導引起了我興趣，便伸手把電視關了。

過了午夜時分，電話鈴響，一個很小的聲音說著：「馬修，我是巴黎綠的蓋瑞，這件事不知道你是不是還放心上。你要找的人剛剛進來，就坐吧台座位上。他也可能在我掛上電話之後喝完酒就走人，可是我猜他還會再待上一陣子。」

我已經把鞋子脫掉了，除此之外，隨時可以出門。我也很累，昨晚又睡得很晚，可是，管他去死。

我說我馬上過去。

8

搭計程車到那裡大概總共花不到五分鐘，可是才在半路上，我便開始懷疑自己到底在搞什麼名堂，即便是去了又如何？難道就盯著那個男人喝酒然後再思考他到底是不是兇手？

當我開門進去時，這整件事就更荒謬了。整個酒吧裡只坐了兩個人：一個是站在吧台後面的蓋瑞，一個是坐在吧台前的理察·得曼。廚房已經收工了，侍者們在離開之前也把椅子都搬到桌子上。巴黎綠並不是那種開到很晚的酒吧，蓋瑞通常都在侍者離開之後便打烊回家。感覺得到他今天晚上是特別為了我才開這麼晚，但願今天晚上真的有所斬獲。

得曼在我走近時轉過身來。有些人很少露出醉態，像米基·巴魯就是，他可以痛飲一大缸烈酒，而外表上除了那一對碧綠眸子的眼光稍稍緊了些，完全看不出異樣。理察·得曼剛好相反，只要看他一眼，你就知道他喝得差不多了。那雙嚴厲的藍眼珠散了神，臉孔的下半部好像有些腫脹，那張翹嘴的周圍也鬆垮垮的。

他向我點點頭，便回去繼續喝他的酒。看不見他喝什麼，既不是他常喝的淡啤酒，也不是馬丁尼，我挑了離他大約八到十呎的吧台邊坐下，蓋瑞沒問便替我倒了一杯蘇打水。

「雙份伏特加通寧。」他說，「要記在你的帳上嗎？馬修？」

他給我的根本就不是伏特加，我在這裡也根本沒掛什麼帳，在這個區域內，蓋瑞是少數既不想當演員也不想當作家的酒保，但他可是很富「戲」胞的。「也好。」我接腔，然後喝了一大口蘇打水。

「伏特加是夏天的飲料吧。」得曼說。

「大概是。反正習慣了，我一年到頭都在喝。」我附和著。

「通寧是英國佬發明的，自從他們到熱帶殖民以後，就開始喝這玩意兒了。你知道為什麼嗎？」

「清涼消暑？」

「錯，是用來預防瘧疾的，你知不知道這個通寧是什麼？它還有另一個名稱。」

「奎寧水？」

「非常好。你喝了奎寧水後就可以預防瘧疾了，你在擔心會得瘧疾啊？你有看到蚊子在飛嗎？」

「沒有。」

「所以說，你根本就喝錯酒了嘛。」他舉起了杯子，「『男孩喝波爾多紅酒，男人喝波特酒，只有白蘭地才配得上英雄！』知道這句話是誰說的嗎？」

「聽起來像是某個酒鬼說的。」

「是山繆・強生哪！不過你可能以為他在大都會隊當右外野手。」

「你說的是戴爾・史卓貝瑞吧，他也愛喝白蘭地？」

「老天！」得曼說道，「我在這裡幹嘛？我到底是怎麼搞的？」

他把頭埋在掌心。我說：「嘿，高興點，你喝的是白蘭地嗎？」

「白蘭地和薄荷奶油，是一種雞尾酒。」

難怪他都茫了，「是英雄喝的酒。」我說：「蓋瑞，再給我們這位老爹一杯英雄喝的酒吧。」

「我不曉得耶……」得曼猶豫著。

「沒問題，你絕對可以再來一杯的。」

蓋瑞又給了他一杯酒，然後也再給我一杯蘇打水，很快的把剛才那杯我幾乎沒碰過的蘇打水給撤掉。我和得曼雙雙舉杯，我說：「敬那些缺席的朋友。」

「天哪！」他叫道，「別那麼說。」

「那這麼說吧，敬犯罪。」

他的雙肩萎頓，注視著我，嘴唇微微張開，他看起來欲言又止。可是後來他改變了心意，大大的吞了一口酒，烈酒下肚時他把臉擠一起，身體還抖了一下。

他說：「你認得我，對吧？」

「嘿，我們不已經算是老朋友了嗎？」

「我是說正經的，你難道不知道我是誰？」

我看著他，「等一下。」我說。

他在等我能否從他登報上的照片認出他來，我讓他再等了一會兒，然後說：「馬帕斯體育館，星期四的拳擊賽，對不對？」

「不會吧。」

「你就是攝影師，哦，不，不對，你是在場裡指揮攝影師的人。」

「我是電視轉播的製作人。」

「是有線電視。」

「對，五區有線電視網，我真不敢相信。我們免費請人家來看，結果卻找不到人來填空位，甚至沒有人知道馬帕斯在哪裡，離那裡最近的地鐵線是M線，住在曼哈頓的人卻不知道去哪裡搭，如果你是在那裡見到我的，也難怪你會認得我，因為我們可能是在場唯一的觀眾。」

「這工作滿好的。」我說。

「你真這麼認為，嗯？」

「有拳擊賽可以看，又有漂亮妹妹的屁股可摸。」

「誰？雀爾喜嗎？她只是個婊子罷了，朋友，這點你一定得相信我。」他呷了一大口酒，「那你到那裡又是為什麼？你是個不肯錯過任何一場比賽的拳迷吧？」

「我那天去是為了工作。」

「嗯？你也是啊？你幹哪一行的？記者嗎？我以為所有報社的人我都認識。」

我給了他一張名片，他說上面怎麼只有我的名字和住址，於是我把我還在替威利可靠偵探社工作時的名片遞給他，上面有可靠偵探社的地址電話和我的名字。他指著名片說道：「你是偵探？」

「沒錯。」

「你那天到馬帕斯是為了查案子吧？」我點點頭。「那你現在在幹嘛？也是辦案？」

「喝酒、閒扯淡？哦，不，他們才不會付錢讓我來幹這種事，我才想咧，我告訴你。」

我把那張可靠偵探社的名片收起來，把他正在看的那張留給他。他大聲唸出我的名字然後看著我，問我知不知道他的名字。

「不知道，我怎麼知道你叫什麼？」我說。

「我叫理察・得曼，有沒有一點耳熟啊？」

「當然有，得曼・孟森。」

「很多人都跟我提過。」

「自從那次空難事件之後，洋基隊就大不如前了。」

「啊，是啊，我自己也大不如前了，自從那次災難之後。」

「我不懂。」

「算了，沒什麼大不了的。」他沉默了一會兒，然後問我，「你剛剛不是要告訴我，那天你去馬帕斯做什麼嗎？」

「嘿，你知道啦。」

「不，我不知道，所以才問你。」

「你不會有興趣的。」

「開什麼玩笑，私家偵探吔！大家夢寐以求的刺激工作，我當然有興趣聽。」他友善的把手搭在我的肩膀上，「酒保叫什麼名字？」

「蓋瑞。」

「好！蓋瑞，再給我一杯白蘭地，還有雙份伏特加。我說馬修，那天你到底去馬帕斯幹什麼？」

「你知道嗎，」我說，「有意思的是，你可能幫得上忙。」

「這話怎麼說？」

「是這樣的，那天晚上你也在場，也許你有看到他，他就坐場邊。」

「你在說什麼？」

「那個我要跟蹤的人。」我拿出素描來，小心不拿錯張。「就是這傢伙，他就坐在前面，還帶著他兒子。本來明明跟得好好的，後來就跟丟了，你剛好認識這個人嗎？」

他看著素描，我看著他。

「這是畫的嘛。」過了一會兒他說，我附和著說是。「是你畫的嗎？雷．蓋林戴斯，不是你。」

「不是。」

「這素描你哪兒弄來的？」

「他們給我的，這樣我才認得出他來。」我說。

「你必須跟蹤他？」

「對啊，我只是去小便一下，回來就不見他人影了，他和那個男孩子都走了，好像我才一轉身就消失了似的。」

「你為什麼要跟蹤他？」

「他們不會什麼事情都透露給我的。你認得他嗎？知不知道他是誰？他就坐在最前排，你一定看過他。」

「你的客戶是誰？是誰叫你跟蹤他的？」

「就算我曉得也不能告訴你，幹這一行最重要的就是保密，你也知道。」

「嘿，少來了。」他打趣道，「這裡就只有我們兩人，我能跟誰說？」

「客戶是誰連我自己也不知道，為什麼要跟蹤他也完全沒概念，相信我，跟丟了這個婊子養的還害我被臭罵一頓。」

「可以想像。」

「那你到底認不認得他，知不知道他是誰？」

「不，我不認識，我從來沒見過這個人。」他說。

∞

他說完後，不一會兒就離開了。我偷偷跟了出去，在十字路口過馬路到靠近市中心的那一邊，這樣我就可以看著他往第八大道方向走。等到距離適當，我便直接尾隨在後，不讓他離開我的視線，他走進了他住的大樓，幾分鐘之後，四樓的燈亮了。

後來我又回到巴黎綠，蓋瑞已經鎖門了，不過又特地為我開了門。

「幹得真不賴，伏特加通寧水。」我說。

「而且是『雙份』伏特加調酒。」

「還有『掛在我的帳上』。」

「嘿，我總不能一杯蘇打水就收你六塊錢吧？那樣比較省事。還剩下一點咖啡，在我打烊之前要不要來一杯？」

我要了一杯，蓋瑞給自己開了一罐杜斯艾奎茲牌啤酒。我想付錢給他，可是他不理我。「我情願這樣偶爾客串一下第九大道的職業痞子，如果我拿了錢，那麼就不及剛剛一半過癮了，就像那些女明星跟主教說的一樣。嘿，你有沒有發現什麼線索？是不是他幹的？」

「我確定他有罪，可是這一點我之前就很肯定，但目前沒有找出比以前更充分的證據。」

「我偷聽到一點你們談話，看你忽然變成另一個人的樣子實在很神奇，轉眼之間你就成了一個混酒吧的人，而且還裝得醉醺醺的，我還以為我真的錯把伏特加倒進你的杯子裡了。」

「以前混酒吧混久了，記得那些動作並不難！」而且只要加點酒精攪一攪，從前那個上酒館去買醉的人很快又會回來。我說：「就差這麼一點，他就要把事情抖出來了，不知今天晚上是什麼讓他動搖了，反正他有東西想吐就是了。也許根本就不該給他看那張素描。」
「原來你遞給他的那張紙是素描，他把它拿走了。」
「真的嗎？我看到他把我的名片留下了。」這時我才想起來，「對喔，我的名字和電話號碼就在那張素描背面。他根本就認出來了，很明顯。他的否認不具什麼說服力，他認識那個男的。」
「搞不好我也認得。」
「我應該還有另一張影本。」我掏了掏口袋，攤開摺起來的素描，找到我要的那張遞給蓋瑞，他把素描掂起就著燈光看。
他說：「長得一副壞相，不是嗎？有點像金．哈克曼。」
「你不是第一個這麼說的人。」
「真的嗎？我以前都沒發現耶。」我瞪著他。「當他在這裡時，我不是告訴過你，得曼和他太太曾經和另一對夫婦在這吃過晚餐嗎？這就是那對夫婦中那個男的。」
「你確定？」
「我確定這傢伙帶著一個女人與得曼夫婦至少吃過一次飯，可能還不只一次。如果他說不認識這個人，那他就是說謊。」
「你還說過，在他太太死後，你看到他和別的男人在這裡出現，是不是同一個人？」
「不是。是一個年紀和他相仿的金髮男人，這個男人——」他用指尖敲敲那張素描，「——年紀和你差不多。」

「而他和得曼夫婦來過這裡。」

「這一點我很肯定。」

「那麼另外一個女人呢？她長得什麼樣子你記不記得？」

「完全忘了。要不是有這張素描，我也沒辦法說出那個男人長什麼樣。嘿，可是你如果有她的畫像的話——」

這我倒沒有，我曾想過讓雷・蓋林戴斯畫一張拳擊場中那個舉牌女郎的素描，但是記憶中她輪廓實在太模糊了，況且，我也不確定她就是影片裡的女人。

我又讓他看了兩個男孩的畫像，可惜他一個都沒看過。「可惡！剛剛我不是還挺行的嗎？現在可漏氣了，三個才中一個。要不要再來一點咖啡，我可以再燒一壺。」

那是個退場的好暗示，我馬上說我也該回家了。「再次感謝你，我欠你一個大人情，任何時間，任何事，只要我幫得上忙，儘管開口。」

「少來！」他有點難為情，然後操起考克尼口音說：「大人，小的只是盡力辦事唄，要是放過一個宰掉老婆的人，那他下次還有啥事做不出？」

∞

我對天發誓我是真的想回家，但是我那一雙腿卻偏偏有自己主意。本來該往北，「他們」卻帶我向南走，又拐到西五十街的第十大道去。

葛洛根酒吧暗暗的，前面的鐵門只拉上一半，裡面有一盞燈亮著，我到門口，透過玻璃窗望去，還沒敲門米基就看見我了，他過來替我開門，我進去之後再把鐵門鎖上。

「好傢伙！」他說道，「我就知道你會來。」

「連我自己都不知道，你怎麼會知道？」

「我就是知道。我還讓柏克煮了一壺濃咖啡，就算準了你會來把它喝掉，所以一個小時前我就叫他走了。接著我把其他的人也趕回家，然後就坐在這邊等你。怎麼樣？來杯咖啡，可樂，還是蘇打水？」

「咖啡好了。我自己來吧。」

「少來，你給我乖乖坐著。」他薄薄的嘴唇泛起淡淡的笑容。「啊！感謝主。」他說，「真高興你來了！」

13

我們揀了個靠邊的位子坐下來，我要了一杯濃濃的純咖啡，米基則喝他常喝的十二年份詹森牌愛爾蘭陳年威士忌。這瓶酒的瓶蓋是軟木塞做的，近年來很少見了，如果把商標撕掉，會是只高雅的玻璃瓶。米基正用一只雕花玻璃平底杯喝威士忌，那個杯子好像是沃特福製的，和一般酒吧裡的玻璃杯不同，是米基專用的威士忌杯。

「我前天晚上來過這兒。」我說。

「柏克有跟我說。」

「我一邊等你，一邊看一部老片，《少年凱撒》，是愛德華．羅賓森演的，『啊，慈悲的聖母啊，難道這就是理哥的末日嗎？』」

「你一定等了很久吧？那天晚上，我有活兒得幹。」他舉起玻璃杯子，讓杯子聚集光線，「喂，老弟，告訴我一件事，你會不會老是需要錢用？」

「沒有它我能做的事就很有限，我必須花錢，這意味著我得去賺錢。」

「可是你會不會他媽的老是在為錢奔忙呢？」

這個問題我得想想。終於我答道：「不會，我賺得不多，但我需要的也不多，房租很便宜，沒有車，也不必付任何保險費。而且除了自己之外不必負擔任何人，不工作的話可能支持不了多久，然而好像每次在錢快要花光之前，都會有生意上門。」

「我一天到晚缺錢用，所以我就出去賺，可是賺了老半天，一轉眼錢又光光，我自己也不曉得它到底跑哪兒去了。」

「每一個人都這麼說。」

「我發誓它就像太陽下的雪塊一樣融化掉了。安迪．巴克利你一定認識吧？」

「他是我見過最會射飛鏢的人。」

「這小子確實是把好手，人也不錯。」

「我喜歡安迪。」

「誰不喜歡他？你知不知道他到現在還跟他老娘住家裡，上帝保佑愛爾蘭人，我們真他媽的是一個奇怪的民族。」他喝了一口酒說：「安迪他並不靠射飛鏢吃飯，這你曉得吧？」

「我想他的能力不僅止於此。」

「有時他會替我做事，安迪是個很棒的駕駛，他什麼都會開，汽車、卡車……你要他開什麼，他都能開。就算是架飛機，只要你有鑰匙，搞不好他也能開。」說完，臉上閃過一抹笑容，「然而如果沒有鑰匙，或是鑰匙忘了放在哪裡，又無論如何得有人去開，找安迪準沒錯。」

「哦，我懂了。」

「於是有一次，他就去替我開卡車。那輛車裝滿了上好的波特尼男裝，司機很清楚該怎麼做，只要讓自己被反綁起來再好整以暇的掙脫，之後宣稱那兩個黑人是怎麼跳上車來襲擊他就行。你可以很確定的是，惹這種麻煩可以讓他賺飽荷包。」

「後來怎樣？」

他嫌惡的說：「哼！搞錯司機了！那位仁兄一早醒來就鬧頭疼，並且請了病假，把當天他要假裝被襲的那檔事忘得乾乾淨淨，安迪綁錯了人！為了把事情辦好還打了他的頭。那傢伙當然盡快的掙脫綁縛然後跑去報警，結果警方盯上了卡車開始跟蹤。感謝上帝，安迪在發現自己被跟蹤之後並沒有把車開進倉庫裡，否則除了他之外還有很多人都要被捕了。後來他把卡車停街上跳下車來往旁邊走，希望警察以為他還會再回來，不過警察早就料到他這招，當場上前把他逮了。那個該死的司機還去警察局裡把他從一排嫌犯中指認出來。」

「安迪現在人呢？」

「一定在家躺著。他前一陣子還來過，說染了重感冒。」

「我想跟伊蓮得的一樣。」

「她也感冒啦？這真的很要命，我送安迪回家，告訴他，喝杯熱熱的威士忌然後上床睡覺，包準他明天一早又是好漢一條。」

「他被保釋出來了？」

「我手下的律師一個小時之內就把他保了出來，不過現在他已經無罪開釋了。你認不認識一個叫馬克·羅森斯坦的律師？一個講話很輕柔的猶太人，我老是叫他講話大聲一點。你千萬別問我給他多少錢。」

「好，我不問。」

「反正我也會告訴你。五萬塊！不知道都花到哪裡去，反正我把錢交到他手上，讓他去處理。其中一些錢分給了那個司機，這老兄馬上改口說他發誓那絕不是安迪，而是一個比較高、比較瘦、比較黑，說話帶點俄國腔的人，我一點也不懷疑。啊，他真是優秀！我是說羅森斯坦，他在法庭上並不起眼，因為你不太聽得見他說話，可是一走出法庭就好多了，不是嗎？」他再倒了一杯酒，「不知道那個小猶太人拿了多少錢？你猜呢？一半嗎？」

「聽起來差不多。」

「啊，那是他應得的，不是嗎？總不能讓你的手下爛在大牢裡吧？」他歎道：「哎，不過當你花錢像那麼花法，你就得出去再賺更多回來。」

「你是說他們不准安迪留著那些高級男裝嗎？」我接著便告訴他之前德肯跟我說的那件案子，就是那個叫莫里的毒販想要回被沒收的古柯鹼。米基笑得東倒西歪。

「哈，真了不起。我應該把這事告訴羅森斯坦，『如果你真的那麼能幹，你就應該處理得讓我們能夠把西裝留下。』」他搖搖頭：「真他媽的毒販。你試過那種鬼東西嗎？馬修，我是說，古柯鹼。」

「從來沒有。」

「我試過一次。」

「你不喜歡？」

他瞪著我，「見你的大頭鬼！奉上帝之名，那滋味美極了。當時我和一個妞兒在一塊兒，她一定要我來一點點否則便不肯休息。讓我告訴你，後來是輪到她不得休息。我這輩子從來沒有感覺這麼好過，彷彿自己是全世界最勇猛最棒的男人，君臨天下，所有的問題到我手上都能迎刃而解。不過在那之前如果再多嗑一點古柯鹼就更棒了，不是嗎？接下來你意識到的第一件事，便是第二天下午，古柯鹼的藥性消退，我與那妞兒已經搞得腦漿都快流出來了，而她還像貓兒似的在我身上磨蹭，說她知道哪裡還能弄到更多古柯鹼。」

「『穿上你的衣服，』我告訴她，『要的話你自己再去買，不過別再帶到這裡來，我不想再看到它，也不想再看到你，』她不曉得哪裡出錯了，不過她曉得不該留下來把原因給問清楚。錢嘛倒是拿了，她們是不會不拿錢的。」

我想起了曾給德肯的那幾百塊。「我不該拿的。」他這麼說，只不過也不見他把錢退還給我。

「從此之後我就再也沒有碰過古柯鹼，」米基道，「知道為什麼嗎？因為它實在是太棒了，我再也不想要有那麼棒的感覺。」他揮著瓶子，「這玩意就讓我感覺很爽了，任何比它還爽的感覺都是不正常的，而且糟糕的是，這實在是太危險了，我恨這玩意兒，我恨那些拿著玉鼻煙壺、金湯匙和銀吸管的混帳有錢人，我恨那些縮在街角吸毒的傢伙。老天，看看毒品把這個城市搞成了什麼樣子。今天晚上的電視裡有個警察呼籲，坐計程車時應該隨時把門鎖好，因為有人會趁停紅燈的時候闖進車裡搶劫，你能想像嗎？」

「外面的治安真是愈來愈糟了。」

「是啊。」說著他喝了一口酒，我看他在吞下去之前先把威士忌在嘴裡品一品，十二年份的詹森牌愛爾蘭威士忌的滋味我清楚，過去比利還在吉米的酒吧當酒保時我常和他一道喝，現在的我當然也可以嚐嚐看，但不知怎的，對於它的感官記憶並沒有讓我有喝酒的衝動，也不會令我害怕那蟄伏於體內對酒精的飢渴。

這樣的夜晚，我最不願意做的就是喝酒，曾經試著向吉姆．法柏解釋，我時常到酒吧裡花長長的夜晚去看別人喝酒這件事情到底明不明智，這讓他有所懷疑也是可以理解的。我能給的最好解釋是，巴魯在替我們倆喝酒，滑下他喉嚨的威士忌同時解除了我和他的渴望，而在過程中還讓我能夠保持清醒。

∞

他說：「星期天晚上，我又到皇后區了。」

「不是馬帕斯？」

「不，不是去馬帕斯，完全是另一頭，牙買加莊園豪宅區你知不知道？」

「有點模糊的印象。」

「從大中央公園道一直走到烏托邦路，我們要找的房子就在離葛羅登路不遠的一條小街上，至於附近的建築什麼個樣子，我就沒辦法告訴你了。那天晚上黑漆抹烏的，我們一行三人，安迪開車，我有沒有跟你說過安迪是個很棒的司機？」

「有。」

「他們知道我們要去，可是沒有料到我們手裡有槍。這家毒販是來自南美的西班牙人，有一個男人、他太太和太太的老母，他們販賣古柯鹼都是論公斤賣的。我們問他錢放哪裡，『沒有錢。』他說，他們只負責賣貨，不經手任何現金。但我早就知道前一天他們做了一宗大買賣，有一部分錢還留在屋裡。」

「你怎麼知道？」

「那個給我地址告訴我怎麼進去的小子說的，嗯，我把他拉到臥室，試著跟他講道理，你可以說，用我的手跟他聊天，可是這個小滑頭硬是不肯招。後來，我們其中一個人抱著一個嬰兒進來，『你給我說！錢到底在哪裡？不然我就把這個小混球的喉管割了。』小嬰孩不停的哭叫，沒有人傷害他，可是不知是餓了還是吵著要媽媽，嬰兒嘛，你知道，都是那樣。」

「後來呢？」

「你相不相信？那個老子竟然要我們下地獄去，『你不費這麼做的。』他說著直盯著我眼睛，『你說對了，我不殺嬰兒，』然後叫我手下把小孩交給他娘，看是該換尿布還是餵奶，反正讓他別再哭了。」他坐直身體，「後來我把那個老子丟一張椅子上，然後走出房間，回來把我老爸的圍裙穿身上，湯姆，你知道湯姆吧？常常下午站吧台那個？」

「我知道。」

「湯姆拿槍指著他的頭，我手上是我老爸那把大屠刀，只這麼用力一剁，旁邊那張桌子轉眼間就變成一堆破柴。然後我抓起他的手腕按在桌上，另一隻手高高舉起屠刀。『喏，你這個混帳王八蛋，』我說：『錢在哪裡？信不信我費他媽的把你的手剁掉？』」他的臉因著這段回憶露出滿足的微笑。「錢藏在烘衣機的排氣管裡，就算把整個房子都翻過來也包你找不到。錢到手後我們馬上閃人。安迪把我們一個一個平安送回家，要是我的話包準迷路，可是安迪哪裡轉，哪裡彎一清二楚。」

我起身走到吧台後面，替自己再倒一杯咖啡，回來時，米基兀自出神，我坐下來等咖啡涼，兩個人靜靜坐著，讓時間輕輕流過。

然後他開口，「我們沒有殺他們，留了一家子活口，不知道，好像不是個好主意。」

「他們不會報警的。」

「不錯，而且他們的消息也不夠靈通，不會找上門來的。那另外的十公斤古柯鹼，形狀像小足球似的，我們也沒動它。『你的「可可」我留下了，你的狗命我也留著，可是如果你膽敢上門尋仇，』我說，『那我就會回來，穿上這個——指指圍裙，然後再抄起這個——大屠刀——把你的手、腳，還有其他我所能想到的玩意兒統統剁掉。』當然啦，這種事我是不會幹的，要嘛乾乾淨淨一次殺完了事。不過警告一個毒販說你要把他宰掉是嚇不了他的，因為他們知道自己遲早會被人殺了。你若說要讓他們斷手缺腳的活著，這種印象便會刻在他們的腦袋上。」

他把酒杯斟滿，咂了一口說：「我不想殺他，因為如此一來我得把他老婆、他老婆的媽都殺了，那個嬰孩不會指認我，沒必要把他殺了，可是他以後會過什麼樣的日子呢？有那樣的老子已經是夠苦命的了，你看看他是怎麼囂張的對我說：『哼，你不費那樣做的。』那個混球根本不在乎，去啊，把孩子宰了，我要生還怕沒有？可是當他自己的手要滾到地板上的時候，嘿嘿，他可就沒這麼神了。」

過了片刻他又說：「有的時候確實必須開殺戒，像是有個人往門口跑，你得殺他，然後其他的人也得一起做了，或者是你知道那些人不會善罷甘休，不宰了他們就一輩子都得提心吊膽。你只要把毒品散得到處都是，再把毒磚打成粉末撒在屍體上和地毯裡，讓現場看來像是毒販們自相殘殺，警察才不會為那種凶殺案扭斷了脖子去查。」

「你難道沒有拿過毒品？」

「沒有，我讓白花花的銀子就這麼從眼前溜掉，但是我不在乎。雖然它們很值錢，而且你可以一次脫手，用不著自己去找一堆下線來消化這些貨。這玩意兒要找買主一點也不難。」

「是啊，容易得很。」

「可是我卻不想參一腳，而且我也不會跟任何吸毒或販毒的人一起工作。那天晚上留下來的古柯鹼可值錢了，比我們在烘乾機排氣管找到的八萬塊美金還多得多。」他舉起杯子、又放回桌上。「我知道還有更多錢藏在房子裡的某個地方，但是，要拿的話必須把他的手剁掉，這意味著事成之後得把他全家老小都做了，然後再打電話報警，說什麼什麼街上的一棟房子裡傳來嬰兒的哭聲。」

「還不如就拿那八萬塊。」

「我也是這麼想，可是其中的四千塊要付給那個告訴我這椿買賣的人，你可以叫它是佣金，百分之五，他一定覺得我們得手的錢不只這些，四千塊是在占他便宜，除此之外，湯姆、安迪，和另一個你不認識的傢伙，也得付他們一晚上的辛苦錢。最後我自己剩下的，比把安迪保出來花的錢還少，」他搖搖頭說，「唉，我總是缺錢用，真不懂為什麼。」

∞

我說了一些理察．得曼和他死去老婆的事，還有我們一起在馬帕斯拳賽中看到的那個男人。我拿素描給他看，他說：「畫得很像。畫這張像的人從來沒看過他吧？想想真不可思議。」

我把素描收起來，他問我：「你相不相信地獄？」

「不相信。」

「啊，那麼你很幸運，我相信，我相信在地獄裡已經替我留了一個位子，而且那張椅子就擺在烈火旁邊。」

「你真的信那個？米基？」

「有沒有赤焰，或拿著三叉戟的小惡魔我是不清楚，不過我相信死後的報應，如果你一輩子都在做壞事，死了之後也會有一堆壞事等著你，而我過的日子並不像個聖人。」

「是不像。」

「我殺人，但那是出於必要，因為我過的日子要我非殺人不可。」他吃力的看著我說：「我也不介意殺人這檔事，有時候，甚至還滿對我胃口的，你能不能了解？」

「可以。」

「可是為了保險金而殺掉老婆，或為了一時興起而殺掉嬰兒，或是強暴一個女人。會強暴女人的男人比你想像的要多多了，你以為只有那些人格扭曲的人才幹這檔子事嗎？其實我看有一半的人類，至少一半的男性都做得出來。」

「我知道。」我說：「以前在警官學校的時候，他們教我們說，強暴是一種對女性憤怒而導致的犯罪，和性一點關係都沒有。可是這幾年來我再也不相信了，現在有一半的強暴案是一種機會犯罪，一種不用先帶那個女人去吃晚餐就可以發生性行為的方法。你正在搶劫，或是偷竊，那兒剛好有一個你看得順眼的女人，不上白不上。」

他點點頭，「還有一次，」他說，「就像是昨天晚上，我們到河對岸的澤西城去，準備把一家住豪宅裡的毒販統統殺光。在我們進屋之前就知道要這麼做了。」他喝了一口威士忌，然後歎道：「我一定會下地獄，呃，他們自己也殺人，可是那不是藉口對不對？」

「也許是，我不知道。」我說。

「不是的。」他放下酒杯、用手將酒瓶包住，但沒有拿起來，「我才剛槍殺了那個男的，」他說，「另一個同伴在找更多的現金，然後我聽到從別個房間裡傳來哭叫聲，走進去一看，其中一個小子正趴在那女人身上，女人裙子被掀起來，衣服也被撕得破破爛爛，她一面反抗一面尖叫。

「『給我滾開！』我對他吼道，他看著我就好像正在看一個瘋子一樣，她是個貨色沒錯，他說反正我們要殺了她，為什麼不在她完全沒有利用價值之前先用用她？」

「那你怎麼做？」

「我踹他。」他說：「一踹踹斷了他三根肋骨，緊接著射穿了那女人眉心，因為我想她已經受夠了，應該讓她死得痛快些。然後我把那小子抓起來丟牆上，他試著爬起來的時候，我又一拳打他臉上，我真想殺了他，可是有人知道他替我做事，殺了他等於給自己留了一張名片，於是我把他帶離現場，分給他應得的錢，要一個守口如瓶的醫生替他接上斷骨，然後讓他捲鋪蓋走路。他是從費城來的，我叫他滾回去，不用再到紐約來混了，我確定他一定不曉得自己做錯了什麼，反正她橫豎要死，幹嘛不先物盡其用一下？那為什麼不把她的肝臟烤來吃，幹嘛要浪費那個肉體？」

「這種想法倒不錯。」

「奉主耶穌之名，我們最後不都得死嗎？那為什麼不互相殘殺，想怎麼血腥都可以？難道這就是世界運行的方式嗎？」

「我不曉得世界到底怎麼運行的。」

「是啊，我也不曉得，另外我也不曉得你是怎麼光靠他媽的咖啡就能過活的，我是絕對辦不到的。如果我沒有這玩意兒——」

說著他又替自己斟滿了酒。

∞

後來我們又聊起黑人，他很少用黑人手下，我要他告訴我為什麼，「我承認現在有些黑人是不錯，那個我們在馬帕斯見過的黑人，他叫什麼名字來著？」

「錢斯。」

「我喜歡他。」他說：「可是你必須承認他和一般黑人比起來完全是另一種類型，他是個受過良好教育的紳士，還是位專業人士。」

「你知不知道我是怎麼認識他的？」

「我想是在他辦公的地方吧？咦，你不是說過，你們是在拳擊賽中認識的？」

「正是，不過是為了辦正事，那是在錢斯還沒搞藝品買賣之前，當時他是個皮條客，手下有個妓女被一個瘋子用把大彎刀宰了，他雇我去調查那件事。」

「那麼他是個皮條客了。」

「不再是了，他現在是藝品商。」

「而且還是你的朋友。」

「而且還是我的朋友。」

「你對朋友的品味真是奇怪。有什麼好笑的？」
「對朋友的品味很奇怪，我認識的一個條子也這麼說過。」
「那又怎麼樣？」
「他是指你。」
「是嗎？」他笑著說：「啊，這點很難爭辯對不對？」

∞

這樣的晚上，一堆故事很容易就從我們的口中娓娓道出，在故事與故事之間也常常沒有說話。他聊著他早已故世的父母，還有他死於越戰的弟弟丹尼斯，還有另外兩個哥哥，一個是律師兼房地產經紀人，住在懷特平原，另一個則在奧勒岡州的麥德福賣汽車。
「至少最後一次聽到他的消息時他是在賣汽車，」他說，「他曾一度想去當牧師，可是還不到一年就撐不下去了，『我終於清楚自己有多麼喜歡女人和啤酒了。』哼！還不是有很多牧師兩樣都愛？他總是不停換工作，兩年前他在奧勒岡賣普利茅斯車，『這兒簡直太正點了，米基，過來看看我吧。』我連一次也沒去過，現在他好像又搬到別處去了，我想這可憐的渾蛋到現在都還希望自己是個牧師，雖然早在多年前他就失去信仰了。你能了解嗎？」
「我了解。」

「你是不是在天主教家庭長大的？不是吧？」

「不是。我們家有人信天主教，有人信新教，可是沒有誰真正信得很虔誠，我從小就不上教堂，況且也不知道該上哪個教堂，我的祖父母中還有人有猶太血統！」

「真的？那說不定你本來會成為一個像羅森斯坦那樣的律師。」

接著米基繼續星期四開了頭的那故事，關於一個在馬帕斯開釘書針拔除器裝配廠的人，他欠了一屁股賭債，要米基放火燒了他的工廠好讓他能領保險金。米基用的那個縱火者搞錯了房子，錯燒了工廠對面的房子，當米基告訴他鑄下的大錯時，那個縱火者堅稱沒有，只要第二天晚上再回去把該燒的房子燒掉就得了，而且還包括額外贈送的服務──燒第二間房子的費用由他支付。

這讓我想起了一個已經遺忘多年的故事，「那時我是剛從警校畢業的菜鳥，被分配和一個叫文森．馬哈菲的老鳥同組，他在這一行已經幹了少說有三十年，但從來沒得過什麼勳章，他也不想得。我從他那兒學到許多東西，甚至包括一些不該學的事情，比如說乾淨的貪錢和貪贓枉法的差別，前者你應該想盡辦法，能搞多少就搞多少。他像隻魚似的喝酒、豬也似的大吃，抽義大利小雪茄，他叫它們『幾內亞的臭味兒』。我以為只有黑手黨的五大家族才有資格抽那玩意兒，文森簡直是我心目中的偶像。」我說。

「有天晚上，我們接獲一個家庭滋擾的檢舉，是鄰居打的電話，地點在布魯克林的公園坡地區，那地方現在是一片高級住宅，但那時候還是一般的白人勞工階級住宅區。

「公寓在五樓，所以我們得爬樓梯。馬哈菲中途停了好幾次。最後我們倆終於站在那間公寓門口，然而門內卻靜悄悄的沒任何動靜。『可惡！』文森說：『他可能已經把她給宰了，現在他一定又哭又叫，拽著自己頭髮，而我們得逮捕他歸案。』

「可是我們按了門鈴之後，那一男一女都來開門了。男的長得很高大，三十五歲，是個建築工人，女的看起來像是年輕時很漂亮，從而放縱墮落的類型。他們聽說鄰居打電話抱怨都很吃驚，啊，他們太吵了嗎？大概是電視機開太大聲了，可是當時電視根本沒開，整個房子靜得像墳墓。馬哈菲進一步問道，我們接獲報案，有人聽到大聲爭吵和打鬥的聲音，他們看看彼此然後說，他們本來在討論一件事，後來演變成小口角，也許互相吼了幾句，也許他在廚房的桌上搥了幾拳，不過他們以後會注意，因為他們不想打擾任何人。

「那男人喝了點酒，但是不能說他喝醉了，他們兩個人看起來都很鎮定，也相當合作，我已經準備向他們道晚安以繼續下一個任務，但是文森對這種家庭滋擾事件相當有經驗，他察覺情況不對勁。如果我沒那麼菜鳥的話，應該也可以感覺出異狀。因為如果他們不是有所隱瞞，一開始他們就會說哪有吵架、哪有問題，然後叫你去死。」

「於是文森開始東拉西扯拖延時間，我則一頭霧水，暗想文森這傢伙到底怎麼了，難道他在等男主人開瓶酒請我們喝嗎？接下來，我們聽見了一絲微弱的聲音，像貓叫又不太像，『呃，那沒什麼。』他們囁嚅道，文森一把推開他們，大步踏進屋裡推開其中一扇房門，有個小女孩蹚縮在那兒。七歲的孩子，個頭比實際年齡還小，現在我們知道為什麼他太太毫髮無傷，這些家庭暴力的傷痕，統統落在小女孩身上。

「那個小女孩被她父親打得遍體鱗傷，滿身瘀青不說，一隻眼睛睜不開，手臂上也有菸烙的痕跡。『是她自己摔的，』她媽媽一口咬定，『他連碰都沒碰她，是她自己摔傷的。』

「我們把一家三口帶回警局，那一對父母被關在臨時拘留所，緊接著再把小孩送去醫院，送醫之前，馬哈菲借了一台照相機，帶小女孩進一間空辦公室裡，把她內褲之外的衣物除去，照了十幾張相片。『我是個很爛的攝影師，如果拍得夠多的話，也許會有幾張洗得出來。』

「我們得把那對父母放了，醫院裡的醫生證實了我們早已知道的情況，那孩子身上傷痕主要是由於毆打造成，可是丈夫信誓旦旦說不是他打的，太太也在旁替他圓謊，而你又無法要一個七歲的孩子作證，那年頭虐待兒童很少會被起訴，現在是好一點了，至少我這麼認為，所以說，除了把那對父母放了之外，我們別無選擇。」

「你一定很想宰了那個混帳王八蛋是吧！」米基說。

「我很想把他關起來。我簡直不敢相信一個人在做了那種事之後還能逍遙法外，馬哈菲說常常都是這樣，像這種案子很難訴諸法庭，除非那個孩子死了。可是有時候甚至這樣都還無人聞問，我問他，那你幹嘛還要拍相片存證？他拍拍我的肩膀說，那些相片可是勝過了千言萬語。我根本聽不懂他在說什麼。

「接下來的那禮拜過了一半，有一天，我們坐在車裡，他說：『今天天氣不錯，咱們去兜兜風吧，到曼哈頓去。』我不知道他要帶我去哪兒，車子來到十八街附近的第三大道，有一片建築工地，原來的小房子被拆掉然後重新蓋大樓。『我找到他喝酒的地方了。』馬哈菲說。我們走進一家餐飲店，忘了是叫康妮還康蒂，反正早已不存在了。裡頭坐滿了腳穿工作靴、頭帶硬頭盔的建築工人。有的在休息，有的已經收工了，正輕鬆的打撞球喝啤酒。

「我們兩人都穿著制服，一走進去，店裡忽然變得鴉雀無聲，那個毆打女童的父親正跟他一群哥兒們坐在吧台前，好笑的是，我忘了他叫什麼名字。」

「你為什麼要記得他名字？都過了那麼久了。」

「這種印象深刻的事應該要記得的，馬哈菲就大搖大擺的走過去，來到一幫大漢面前，問他們認不認識那傢伙。『你們認為他這個人怎麼樣？還算是個不錯的人嗎？』那些大漢都答道那當然囉，他是個好人，不然他們還會說什麼？

「接著馬哈菲從藍襯衫裡摸出了一個牛皮紙袋，裡面裝了他為那孩子拍的相片，相片放大到八乘十吋，照得還不錯。『喏！這就可看出他是怎麼對待自己的骨肉，好好看仔細，這個混帳傢伙是怎麼對付一個毫無自衛能力的小孩。』他傳閱相片，等大家全看過之後，他說：『我們是警察，卻沒有辦法把這個混蛋送進監牢，我們連一根手指都碰不了他，可是呢，』他說，他們不是條子，我們走出這扇門之後，他們覺得該怎麼做我們都管不了。『而我知道，你們是美國的好公民、好工人，應該會採取適當行動。』」

「他們採取了什麼行動？」

「不知道，我們沒有留下來看好戲，開車回布魯克林的路上，馬哈菲告訴我，『那，馬修，給你上一課：永遠不要去做那些別人可以代勞的工作。』因為他早就知道他們不會放過他，後來我們聽說，那個狗娘養的差點被他們扁死，啊，對了，朗迪，他叫吉姆．朗迪，還是約翰．朗迪？

「他在醫院躺了整整一星期，死也不說被誰打的，只說他發誓是自己太愚蠢才會跌成那個樣子。

「出院之後，他沒辦法回到原來的地方上班，因為沒有人願意和他共事，不過我猜他另外又找到了一份類似的工作，因為幾年之後我聽說他『進洞』了，這是術語，指在鷹架上工作的人從高樓上摔下來，他們叫做『進洞』。」

「有沒有人推他？」

「不知道，也許他喝醉酒一個不平衡摔了下去，或是清醒的時候不慎失足，也許他給了某人把他扔下去的理由，我不知道，後來那個小女孩和她媽媽怎麼了，我也不清楚，大概也沒什麼好下場吧，不過這點至少和世界上大部分的人都一樣。」

「那馬哈菲呢？我想他現在應該不在了吧？」

我點點頭，「那時，他還在警界任職。他們一直要他退休，他說什麼也不肯，有一天——那時我因為一次完美的緝捕行動升了警探，其實百分之九十八都是運氣，反正我們已經不是搭檔了——有一天他到一間出租公寓，爬樓梯爬到一半心臟突然停了，被送到醫院時就死了。在他的葬禮上，大家都說他是死得其所，可是他們都錯了，只有我知道他要的是什麼，他希望自己能長生不死！」

黎明前夕，米基問我：「馬修，你會認為我是個酒鬼嗎？」

「哦，老天，你知道我花了幾年的時間才承認自己是個酒鬼嗎？我可不急著去操心別人的問題。」

我起身上廁所，回來後他告訴我，「天曉得我愛死酒了，這個世界如果沒了酒，一定會變得很糟。」

「不管有沒有，這個世界都一個樣。」

「呃……可是有時候這玩意兒可以讓你視線朦朧一陣子，至少，它柔化了焦距。」他舉起酒杯、深深的凝視著，「聽人家說，不能用肉眼去觀察日蝕，一定要透過一片燻黑的玻璃才能保護自己眼睛，直視人生不也挺危險的嗎，難道不需要靠這朦朧的玩意兒才能使你在看它的時候更安全一點？」

「挺不錯的說法。」

「哈，唬爛跟作詩，這就是愛爾蘭人的專長。知不知道關於喝酒最棒的是什麼？」

「像現在這樣的晚上。」

「像現在這樣的晚上，不，不，讓今晚這麼正點的並不光是痛快的大喝而已，實際上的原因是，我們兩人之中只有一個人在喝酒，還有一些我無法明白的事情。」他傾著身子，手肘支在桌子上。「不，關於喝酒最棒的事情是，在某一種偶爾才發生的時刻，我也不知道是不是每個人都有過。

「有一天晚上，我一個人坐在那兒抱著酒瓶和杯子，靜靜的喝。當時我已經有一點醉意了，但不是太醉，你了解我意思吧，我凝視著遠方，腦中似乎思索著一些事情但又像是一片空白，你明白我說的是什麼嗎？」

「明白。」

「然後會有那麼一刻，我感到一陣清明，好像在那一刻，我能夠洞悉所有的事物，我的思想越過腦際，在那些事物之中翻滾纏繞，一瞬間，我感到它已經與我接近到幾乎可以觸摸的距離，然後——」他彈了一下手指，「啪，就不見了，你懂我意思嗎？」

「懂。」

「當你喝酒的時候，會不會——」

「會。」我答道：「偶爾會有這種情況發生，可是你還想不想知道些別的？我清醒的時候，也曾達到過這種境界。」

「真的假的！」

「是的，不過不常就是了。戒酒的頭兩年連一次也沒發生過。如今，我經常坐在旅館裡，看幾頁書，望望窗外，想想剛剛在書中讀到的東西，想想別的事情，或甚至什麼都不想。」

「啊。」

「然後我就會感受到像你剛才描述的那種經驗，那是某種程度的醒覺吧。」

「是啊。」

「那是什麼樣醒覺，我也說不上來，以前我總以為那當然是因為喝酒所致，後來戒酒之後，竟然也發生在我清醒的狀態下，我才覺悟到，並不是喝酒使然。」

「現在你可讓我認真的想想這件事了，我從來沒想過清醒的時候也可以這樣。」

「真的可以，而且跟你描述的一模一樣。我告訴你，米基，當它發生在你清醒的時候，在你不用那片燻黑的玻璃也能正視它時——」

「啊。」

「你就抓住它了，可是當你快要掌握住它時，它又消失得無影無蹤。」我凝視著他的眼睛，「那會令你心碎。」

「總是如此，」他說。「不管是清醒還是酒醉，它總是教人心碎。」

∞

外面曙光已露，他看看手錶，站起身來走進辦公室裡，再回來的時候已穿著他的屠夫圍裙。白色的棉質布料，已經因為經年累月的洗燙而多有磨損，把他上從頸項、下至膝蓋覆蓋起來，其上的血跡呈現銹鐵的褐色，整個看起來，像一幅抽象畫布，有些已經褪得幾乎看不見了，有些則還很明顯。

「走吧。」他說：「是時候了。」

整個晚上我們都沒有討論過要到哪裡去，可是我知道目的地而且完全沒有異議，我們走到他停車的地方，經第九大道向十四街開去左轉之後，他把他那輛大車子停在塔美葬儀社前的非停車區。因為經營者塔美認得米基也認得他的車子，所以不會被拖吊，不會有罰單。

聖本納德教堂就在塔美葬儀社東邊，我隨米基上樓，從左手邊的走道走下，除了週末之外的每天早上七點，正殿內都會舉行彌撒，我們是趕不上了，不過一個小時後，在聖壇左邊的偏殿裡會舉行另一個小型彌撒，參加的通常是一些修女和準備要去上班的人，米基的爸爸以前幾乎每天都來，而且每天參加的人當中一定會有屠夫，不知道有沒有人把這個彌撒稱為「屠夫彌撒」。

米基完全是心血來潮，想去就去，有時候連著一兩個禮拜天天報到，然後一整個月都不再出現。自從認識他後，我也去了很多次，我不太了解米基望彌撒的理由，當然更不明白為什麼有時候自己也會跟他一起去。

這個場合和其他教堂的彌撒沒什麼不一樣，我拿起《聖經》跟著別人唸，別人站我就站，別人跪我也跪，回應著適當的話語，然後大家走向聖壇從年輕牧師的手中領聖餐時，我和米基都待在原地不動，除了我們之外，每一個人都去了。

到了外頭，米基說：「你看看。」

下雪了。大片大片的雪花，輕柔的從天空飄下，一定是在我們走進教堂之後不久開始下的。教堂的台階上已有薄薄的一層積雪，路邊的人行道也白絨絨的。

「走吧，」他說，「我送你回家。」

14

下午兩點，我從一場不安、多夢的睡眠中醒來。五個小時一直似睡非醒，像被懸吊在意識平面以下一兩度的地方似的游離恍惚，這大概和晚上喝了太多咖啡有關，而且從前一晚在蒂芬妮吃了一個菠菜派之後，就一直空著胃。

我打電話下樓給櫃檯，告訴他可以把電話接上來了。我正淋浴時電話鈴響，打電話問櫃檯是誰打的，他說沒有留話，「一早上有好幾通你的電話，」他說，「可是都沒有留話。」

刮好鬍子之後，我換上衣服出去吃早點。雪已經停了，在人車沒有踐踏過的地方還保有一片潔白純淨。買了一份報紙帶回旅館，坐在窗口，一面看報、一面瞧著屋頂窗台上的積雪，大概有三吋厚吧，足夠掩蓋一點都市的喧囂了。等電話的時候，也不失為一種賞心悅目的景象。

首先打來的是伊蓮，問她早先有沒有打過電話來，她說沒有，我問她覺得怎麼樣。

「不是很好，有一點點發燒，還在拉肚子，這個現象是身體正在排除它不需要的東西，可是差點沒把骨頭和血管都給瀉出來。」

「你是不是該去看醫生啊？」

「看醫生有什麼用？他會告訴我，我染上了一種流行性感冒，這我早就知道啦，『保持暖和，多喝點流質的東西。』廢話，這誰不知道？呃，我要說的是，我正在看一本波赫士寫的書，他是個失明的阿根廷作家。人也已經去世了，可是——」

「可是他寫書的時候還沒死對不對？」

「對，他的作品滿超現實，又有點虛無飄渺，讀著讀著，都不曉得是我腦子燒壞了還是怎樣，如果你懂我意思的話。有時我覺得是不是要等身體狀況好一點再來讀這本書，可是有時候又覺得如果不是現在這種狀況我根本看不下去。」

我也說了些從我們上次聊天之後發生的事情，包括在巴黎綠和理察．得曼的談話，以及一整夜都和米基．巴魯耗在一起。

「嗯，哥兒們還是哥兒們嘛。」

然後我繼續回去讀報紙，其中兩則新聞讓我很震撼；其中一則是：涉嫌教唆他人攻擊一名工會幹部的黑道大哥獲判無罪。這是大家所預期的事，尤其是因為那個兩腿被射了好幾槍的被害者竟出庭為被告作證。報上還有精明的被告在一群支持者和崇拜者簇擁下步出法庭的照片。過去這四年來，這已經是他第三次受審，也是第三次被他溜掉。他是那種——記者說——人民英雄。

另一則報導是說一名工人帶著他四歲的小女兒正走出地鐵車站，一個瘋了的流浪漢向他們吐口水，還攻擊他們。父親基於自衛扯著瘋子的頭往地上砸，事情結束後，那瘋漢也死了。後來地檢處發言人宣布將以殺人罪起訴那名父親。照片上的他看起來一臉驚慌失措，他一點也不精明，看起來也不像什麼人民英雄。

放下報紙，電話鈴又響了，我接起話筒，傳來對方的聲音，「喂，這裡是不是那個什麼鬼地方啊？」

我愣了一會兒後才答道：「是阿傑嗎？」

「正是小弟在下我，馬修。每個人都想知道那個在丟斯四處亂逛，逢人就問阿傑在哪裡的觀光客是誰。我當時正在看電影啊，大哥，看功夫片那玩意兒，喂，你會不會那玩意兒啊？」

「不會。」

「那玩意兒可真帶勁，哪天我也要來學學。」

我把旅館的地址告訴他，問他能不能過來一趟，「這個嘛不知道吔，什麼樣的旅館？是不是那種豪華大飯店？」

「沒那回事，樓下櫃檯不會為難你的，如果他為難你的話，要他打個電話上來給我就好了。」

「那應該就沒問題了。」

電話才掛上，鈴聲隨又響起，是聖約之家的麥姬．赫爾斯壯打來的，她把我留下來的畫像拿給新舊約聖經之家的職員和孩子們看，沒有人認得小男孩和那個男人，不過有些孩子說他們兩個看起來很眼熟。

「可是我不知道那到底有多少可信度。」她說：「有所斬獲的是，有人認出了年紀較大的那個男孩。不過，他並沒有真的住在這裡，只是偶爾來過夜而已。」

「有沒有人知道他叫什麼名字？」

「快樂，那是他給自己取的名字，有一種寒傖的諷刺，對不對？不知道這是他的綽號還是在這條街上用的諢名，只大約確定他是從南方或西南部來的，有一位職員想起來他曾說過自己來自德州，而另一個認識他的男孩則說他肯定他來自北卡羅萊納。當然他也有可能跟每一個人講的都不一樣。」

她說他是個男妓，有錢的時候就買藥嗑。過去一年之中，沒有人記得再見過他。

「他們總是來無影去無蹤。幾天不見那些男孩，這很正常，但等你某天突然驚覺好一陣子沒見到某人的時候，已經過了一兩個禮拜，甚至個把月了。有時候，他們會再回來，有時不會，你永遠也不會知道他們要去的下一個地方是更好還更壞。」她幽幽歎道：「一個男孩告訴我，『快樂』十之八九是回家了。我想，他大概也是所謂的『回家』了吧。」

∞

下一通電話是櫃檯打來的，告訴我阿傑到了，我要他讓阿傑上來，然後我就去電梯門口等他。我把阿傑帶進房裡，他活蹦亂跳的像個舞者似的四下打轉，東張西望。「嘿！好酷。」他說：「從這裡可以看到世界貿易中心大廈對吧？哇，還有自己的洗澡間，一定很讚。」

就我看來，阿傑的穿著和我上次見到他時沒什麼兩樣，還是那件夏天嫌太厚冬天又嫌薄的厚棉外套。高筒球鞋看起來新新的，頭上加了頂藍色棒球帽。

我把素描遞給他，他看了最上面那兩張，謹慎的看著我，「你要給我畫肖像畫啊？你笑什麼？」

「你一定會是個好模特兒，可惜我對藝術一竅不通。」

「這些不是你畫的？」他一張張看，檢視著畫像上的簽名，「雷蒙什麼的，是不是叫『雷』啊？有什麼事嗎？」

「這幾個人當中，有沒有你認識的？」

他說沒有。我繼續說：「那個大男孩名字叫『快樂』。」我說：「我想他已經死了。」

「你是在想他們兩個人都死了，對不對？」

「恐怕是。」

「你想要知道他們什麼事？」

「我想知道他們叫什麼名字，打哪兒來。」

「你不是已經知道他名字了嗎？『快樂』不是？剛剛你自己才說過的。」

「他叫做『快樂』就像是你叫『阿傑』一樣，並不是真名。」

他白了我一眼，「你只要說阿傑，道上每一個人都知道你指的是誰，哦，這麼說來『快樂』是他的街頭諢名囉！」

「正是。」

「如果那是他唯一用過的名號，這誰告訴你的？聖約之家對不對？」

我點點頭，「他們說他只在那裡睡了幾晚，並沒住下來。」

「沒錯啦，他們人是滿好的，不過不是每一個人都受得了那些狗屁規矩，你懂我意思吧？」

「你在那裡住過？阿傑。」

「放屁！我去住那裡幹嘛？那種鬼地方我才看不上眼！我自己有個窩，大哥。」

「在哪兒？」

「管它在哪裡，只要我找得到就好了。」他邊翻著素描邊說。過了一會兒，他不經意的說：「我看過這個男人。」

「在哪裡？」

「不知道，反正在丟斯，可別再問我什麼時候在哪裡。」他坐到床沿，脫下帽子掂手上，「你到底要我幹嘛？大哥。」

我從皮夾裡抽出一張二十元鈔票送到他面前，他仍然一動也不動的坐著，用眼光對我提出同樣的問題——我到底想要他幹嘛？

我說：「丟斯的一街一弄、巴士站、蹺家兒，你都摸得一清二楚，你可以去我去不了的地方，也能跟不想跟我說話的人交談。」

「二十元做這麼多事？」他笑著露出了牙齒，「上次我什麼也沒幹你就給我五塊錢。」

「這次你還不是一樣什麼都還沒做？」我回道。

「這會很花時間吔，要跟人打屁，還要東跑西跑的。」我作勢要把錢塞回皮夾，他猛一伸手就把二十元鈔票抓走了，「嘿，別這樣子嘛，」他說，「我又沒說不幹，只是討價還價一下而已嘛。」他看看四周，「我看你也不是什麼有錢人，嗯？」

我忍不住笑了，「是啊，是沒什麼錢。」

∞

錢斯來電，他問了幾個星期四去看拳賽的人，有些人記得靠拳擊場邊的位子上坐了一對很顯眼的父子，以前沒有人在馬帕斯或其他地方看過他們。我說也許在其他場合那個男人並沒有把小男孩帶身邊，他說人們記得的是他們爺兒倆。「所以我問的那些人中，沒有誰認得那個男的，」他說，「你明天晚上還去嗎？」

「我不知道。」

「其實你看電視也可以，如果他又坐在第一排，你一定看得到他。」

我並沒有跟他在電話上聊很久，因為還要等別的電話。再下來的那通電話是丹尼男孩打來的，「我要去普根吃晚飯，要不要一起來？你知道我有多討厭一個人吃飯。」

「有什麼要緊事嗎？」

「沒什麼大不了的事，可是你總得吃晚餐吧？八點，怎麼樣？」

掛上電話，我看了看時間，五點了。打開電視，正播著新聞片頭，可是我發現自己完全沒在看，只好又關上。我拿起聽筒來撥了理察．得曼的電話號碼，是電話答錄機，靜靜的，我默不作聲，卻也不掛斷，過了三十秒才把電話放回去。
就在我正要拿起《新門刑案日誌》來讀，電話鈴又響，我趕忙接起電話，是吉姆．法柏。
「哦，嗨。」我說。
「你聽起來好像很失望。」
「我整個下午都在等一通電話。」我說。
「這樣啊，那我就長話短說好了，沒什麼重要的事，今天晚上你會不會去聖保羅聚會？」
「大概不會，因為晚上八點我和人約了在七十二街見面，不知道會花多少時間，況且我昨晚也去過了。」
「那就怪了，昨天晚上我也去了，但找不到你。」
「我是到城中的派瑞街。」
「哦，是嗎？星期天晚上我也在那裡。那真是個好地方，愛說什麼就說什麼，根本沒人管你。我說了好多貝芙麗的壞話之後，覺得百分之一百的好過多了。海倫昨晚有去嗎？她有沒有跟你說搶劫那檔子事？」
「什麼搶劫？」
「派瑞街的搶劫啊，呃，你在等電話，我就不多說了。」
「沒關係，有人跑去搶派瑞街？那裡有什麼好搶的，現在連咖啡都沒有了。」
「呃，也不算什麼表現傑出的犯案。大約一兩個禮拜前他們一起參加戒酒聚會，一個叫布魯斯的傢伙正在演講，不知道你認不認識他，不過這不重要。大概在他講了二十分鐘之後，有個歪哥忽然站起來說，一年前他曾到這裡來過，還丟了四十塊在籃子裡，他的口袋有槍，他說，如果今天拿不回這四十塊，就要把大家都轟掉。」

「老天哪。」

「等一等，精采的還在後頭，布魯斯告訴他說：『抱歉，你太亂來了，聚會不能因為這種事被打斷，你得等到九點一刻休息時間再說。』說完用槌子往講台重重一敲並叫他坐下，然後請別人接著講，聚會繼續下去。」

「那個瘋子就乖乖坐那兒啊？」

「我猜他大概覺悟到自己別無選擇吧？規矩就是規矩，對不對？後來另一個叫哈利的人過去問他要不要喝點咖啡還是抽菸什麼的，他說有咖啡喝就太好了。『那我溜出去替你買一杯回來好了。』哈利悄悄的說，然後跑出去報警，有一個警察局離那裡很近——」

「第六分局就在不遠的第十八大道上。」

「那他八成去了那裡，回來帶了一批紐約刑警，把那個瘋子押了出去，『等一下，我的四十塊呢？我的咖啡呢？』只有在派瑞街才會發生這種事。」

「哦，那種事情在哪裡都會發生，你不認為？」

「我看不見得。我猜要是這種事發生在上東城那邊的聚會，他們說不定會一邊替他募款，一邊幫他找間公寓住咧。好，不說那麼多，我知道你在等電話，只不過這件事我真的非說不可。」

「謝謝你告訴我。」我說。

8

光在那裡枯坐著乾焦急真會把人逼瘋，可是我哪裡都不想去，我知道他會打電話來，我不想錯過。

六點半，電話鈴聲響起。我一把抓起電話，「喂。」沒有聲音，我再喂了一聲，等了一會兒，電話還是通的，我知道，等我喂了第三聲後，電話便斷了。

我拾起書本，馬上又放下，翻開筆記本，撥電話給在劍橋的黎曼．沃里納。「我知道我說過在過程中我不會向你報告任何進展，可是我想讓你知道，事情有點眉目了。現在我已經大致了解發生什麼事了。」我說。

「是他幹的，對不對？」

「關於那點，無論是對我還是對他來說都是毋庸置疑的。」

「是嗎？」

「不知道是因為罪惡感還是恐懼，他有些動作了。一分鐘前他才打過電話來，但什麼話都沒說，他因為害怕所以說不出口，但也同樣是因為害怕而不敢不說，所以才打電話給我。我猜他八成會再打來。」

「聽來你似乎在等他自己懺悔？」

「他自己也很想吧，可是他又不敢這樣做，黎曼，也許我該等到事情水落石出再打電話給你。」

「不，我很高興你打給我。」

「我有一個預感，只要事情開始有點眉目了，就會進展神速。」我遲疑了一下，「你妹妹的謀殺案，只是其中一部分而已。」

「真的？」

「目前看來是這樣，等事情有更明確的發展時，我會讓你知道，不過同時我也想讓你了解整個狀況。」

∞

七點，又來了一通電話，我接起來說了一聲喂，電話又咔一聲切斷，我馬上撥他公寓的電話號碼，鈴響四聲後是電話答錄機，我便掛上電話。

七點半他又打來，我喂了一聲但沒回應，我便接口說：「我知道你是誰，你可以放心的講出來沒關係。」

靜默無言。

「現在我得出去了，」我說，「十點我會回來，那時再打電話給我。」

我可以聽見他的呼吸聲。

「十點。」我說，掛斷電話。我又等了十分鐘，看他會不會馬上再撥過來準備好一吐實情。可是他沒打來。那就暫時到此為止吧。拎起大衣，我得去赴丹尼男孩的晚餐約會。

15

「五區有線電視網。」丹尼男孩說：「基本上是以紐約人為訴求，期望本地的運動節目會比名人釣魚大賽或澳大利亞式足球賽更引起他們興趣。可是他們起步嫌慢了點，也犯了一個通病，資金不足。

「一年前，他們把公司大部分股份轉手賣給別人來解決資金問題，買主的姓我不會唸，總之是對伊朗兄弟，知道他們住在洛杉磯，並且在那裡有個律師。除此之外，大家對他們兄弟的了解真的不多。

「對五區來說，就像一般的公司營運一樣，雖然不賺錢，但也不至於倒閉。它的投資者倒很樂意賠上幾年錢，事實上就算永遠賠錢他們也願意。」

「我懂了。」

「你真懂了？有趣的在後頭，投資者似乎心甘情願扮演一個被動角色，本來以為他們會改變公司的經營管理，可是內部卻完全沒有人事異動，舊人仍然留在原位上，也不見他們引進新血。只有一個例外，有個傢伙既不是公司職員又不領薪水，卻一天到晚在公司裡轉來轉去，如果你到那裡去，他包準會出現在你眼角的餘光裡。」

「這人是誰？」

「啊哈，這是個有趣的問題。他叫柏根．史特能，聽起有點像德國人，或是條頓族的名字，不過我想那不是他的真名，他和他太太住在南中央公園附近、那間川普的飯店，是一間樓層很高的公寓。他在萊辛頓的格雷柏大廈裡有一間辦公室，做外幣買賣，有時也做一些貴金屬的交易，怎麼樣，聯想到什麼？」

「他大概是個洗衣工人吧（譯註：這裡是以洗衣暗喻洗錢）。」

「五區有線電視網的功能，也有點像個『洗』衣店，至於怎麼洗、為誰洗，或洗給誰這些問題，我就無法回答了。」他為自己倒了一點伏特加，「我不知道這對你到底有沒有什麼幫助，馬修。至於那個理察．得曼，我半點消息都沒有，如果他請了兩個人渣來把自己反綁起來再姦殺了他老婆，那麼他不是請了兩個口風超緊的傢伙，就是他付的酬勞中包含了去紐西蘭避風頭的費用，因為街上聽不見半點風聲。」

「這說得通。」

「是嗎？」他將手上那杯蘇托力伏特加一飲而盡，「希望我查到五區電視的消息對你不是全然沒用，我不想在電話上談，我從來都不做那種事，何況你的電話得經過櫃檯轉接，你不嫌煩？」

「我可以直接打出去，」我說，「他們還會替我留話。」

「這一點我可以確定，不過可能的話，我是盡量不留話。本來我可以多提供一些有關史特能的背景資料，但有點困難，他這人很低調。你手上拿了什麼？」

「我想是他的畫像吧，」我邊說著，邊攤開素描像，丹尼男孩瞄了一眼然後看著我說：「你對他已經有所了解了嘛。」

「一點也不了解。」

「那這幅鉛筆肖像是神不知鬼不覺塞進你口袋中囉。老天，還簽了名。說真的，這位雷．蓋林戴斯是誰啊？」

「他是下一位諾曼．洛威爾。這是不是史特能？」

「不曉得，馬修，我從來沒有見過那個人。」

「那麼這一點我知道的就比你多了。我仔仔細細看過他，只不過當時我不知道自己看的到底是誰罷了。」我把畫像折起來，收好。「這件事先別聲張，如果事情發展順利的話，他會有好長好長一段時間都不會出現了。」

「就因為開了家洗衣店？」

「不是，那是他維持生計的事業。真正讓他銷聲匿跡的，是他的嗜好。」

∞

回家路上經過聖保羅教堂，時間是九點半，來得及參加最後半小時的聚會。我倒了一杯咖啡，走到最後一排的椅子坐下。遠遠看見威爾．哈柏曼坐我前面幾排，我開始想像該怎麼告知他進展的最新消息。威爾，上次你借我的《衝鋒敢死隊》裡那個穿橡皮衣的男人，我們已經查出他的名字叫柏根・史特能，另外那個飾演天真少男的是一個沒有演戲經驗、藝名「快樂」的小男孩，至於穿皮衣的女人，我們還無法確定，不過她名字有可能叫雀爾喜。

這名字是昨晚得曼提到的，「誰？雀爾喜？她只是個婊子。朋友，相信我。」我當然很願意相信他的話，可是那個挺胸翹臀走在擂台周圍舉告示牌的女孩會是穿皮衣的女人？我愈來愈懷疑了。

聚會中，我完全無法集中注意力；大家都討論得很熱烈，只有我的心思早不知飛哪裡去了。但我來這間教堂的地下室，不是為了聽大家分享戒酒故事，我是想找個安靜的地方待一會兒。

我提早溜出教堂，回房間時，還差兩分鐘十點，正好讓自己喘口氣。十點五分電話鈴響，我一把抓起它，「史卡德。」我說。

「你知道我是誰嗎？」

「知道。」

「別在電話上說我的名字，只要告訴我，你是在哪裡認識我的？」

「巴黎綠。」我說，「還有其他地方。」

「是嗎？我不知道昨晚你喝了多少，你記得的事情又有多少。」

「我的記性非常好。」

「我也是。告訴你，有時候我倒希望自己沒有那麼好的記性。你是偵探對不對？」

「沒錯。」

「你沒騙我？我在登記的名冊上查不到你名字。」

「我沒登記。」

「那麼你是替一個仲介公司工作囉，你給我看過名片，可是名字我忘了。」

「我和他們並沒有簽約，大部分時間我都是獨立作業。」

「這樣的話，我就可以直接雇用你了，對不對？」

「對。」我說，「是可以沒錯。」

他在考慮這件事情，停頓了半晌，「事情是這樣的，」他說，「我想我有麻煩了。」

「我能了解你為什麼這樣想。」

「史卡德，你對我到底知道多少？」

「跟大家知道的差不多。」

「昨天晚上你卻叫不出我名字。」

「昨天晚上是昨天晚上。」

「那麼現在是現在，嗯？嘿！我想我們應該談一談。」

「我也這麼覺得。」

「問題是到哪裡好呢？別再去巴黎綠了吧。」

「去你那兒怎麼樣？」

「不、不，這主意不好，找個沒人認得我的公共場合，我現在腦子裡想的地方全都不行，因為那些都是我一天到晚去的地方。」

「我知道去哪裡。」我說。

∞

他說：「這個地方真是不錯，我永遠也不會想到這種地方；這就是你所說典型的愛爾蘭酒吧，對不對？」

「是的。」

「離我住的地方只幾條街，我卻從來不知它存在，我可以一天經過門前幾回卻視而不見，你知道嗎？這裡跟我平常所處的地方簡直是兩個完全不同的世界。來這裡的大多是勞工階級，個個都忠厚老實，是社會的中堅分子。瞧，這兒甚至還有天花板上的錫片、地板上的磁磚和牆上的鏢靶呢！真是太棒了。」

我們到葛洛根去了。不知以前有沒有人把老闆形容成什麼社會的中堅分子還是忠厚老實之類的，不過這地方倒很符合我們要求。靜悄悄，空盪盪，得曼的熟人應該不會在這兒出現。

我問他想喝點什麼，他說啤酒就好了，我便到吧台去要了一瓶豎琴牌啤酒和一杯可樂，「那個大塊頭才走沒多久，一個小時前他還在這裡，說你讓他一夜都沒闔眼。」柏克告訴我。

走回桌子，得曼注意到我手上的可樂，「昨天晚上你喝的不是這個。」他說。

「你喝的是白蘭地雞尾酒。」

「別提醒我，通常我是不會那樣喝酒的。充其量飯前一杯馬丁尼，偶爾幾杯啤酒，如此而已。昨天晚上我是去買醉的。事實上，我不確定自己到底對你說了多少，而你知道的又有多少。」

「比昨天晚上要多。」

「而且那個時候，你所知道的已經比你透露的還多是吧。」

「也許你應該乾脆一點告訴我，到底你在煩惱些什麼。」

他想了一會兒，輕輕的點點頭，從口袋裡掏出昨晚我給他的畫像。他把它攤開來，眼光從畫像轉到我身上，問我知不知道他是誰。

「你為什麼不告訴我。」

「他叫柏根・史特能。」

好極了。

「我怕他會殺了我。」

「為什麼？他以前殺過人？」

「天哪！」他說，「真不知道該從何說起。」

8

他說：「我以前從來沒見過像柏根那樣的人。公司轉賣之後，他就開始經常來公司轉。我們真是相見恨晚。對我來說，他簡直太奇妙了，強勢而且自信十足。跟他在一起時很容易就會相信俗套是行不通的。我們第一次見面他就帶我回他公寓。我們在陽台上喝香檳，整個中央公園盡收眼底，就像是我們自家後院似的。

「第二次到他家我遇到他太太奧加，她是個非常美麗的女人，散發出來的性魅力簡直令人神魂顛倒。後來他到洗手間，她便坐到我的身邊，手放在我大腿上，隔著褲子開始撫摸我，『我想要吸吮你的陰莖，我想你從屁眼幹我，我還想要坐在你的臉上。』我不敢相信發生了什麼事，我很確定他回來的時候會被當場抓到，可是他回來時，她已經跑到客廳另一頭的椅子坐好，談論著牆上的一張畫。

「第二天他一直講奧加有多麼喜歡我，她說他們應該多和我聚聚。幾天之後，我和我太太跟他們出去吃晚飯。情況很不自然，因為我和奧加之間有種微妙的東西在發展。分手時，柏根很歐式的吻了阿曼達的手，而奧加也把她的手伸出來讓我親，她的手，聞起來像，嗯，聞起來像陰道。她一定是摸過了自己下體，我抬頭看她，她臉上的表情就像她手上的味道一樣，讓我不知所措。

「當然整件事情他都瞭若指掌，因為一切全都是他們事先計畫好的，現在我知道了。接下來的那一次，我又到他公寓去，他說有東西要給我看，是電視上看不到的，不過他想我可能會很有興趣。說完他放了一捲自製的色情錄影帶，是兩個男人共享一個女人。看到一半，奧加走進來坐我旁邊，我竟然不知道她也在房裡，我還以為只有我和柏根在家。

「看完一捲，柏根又再換上另一捲，這次是兩個女人，一黑一白，黑女人是奴隸。一會兒我才發現白種女人原來就是奧加，我簡直是目不轉睛的盯著螢幕看。

「影片結束，我看看四周，柏根已經不在了。奧加和我脫光衣服就跳上沙發，過程中某些時刻我清楚柏根還在屋裡某處看著我們，接著我們三個都起身進了臥室。」

∞

整個雜交的過程中，史特能灌輸得曼一套哲學：規則是訂給那些缺乏想像力以致無法打破規則的人遵守的，優秀的男女自己訂定他們的規則，或是活在完全沒有規則的世界當中。他常常引用尼采的話，奧加則把這位德國佬奉為新世紀的光輝。當你言明自身的權力時，實際上是沒有什麼受害人，因為他們的命運只是為了顯示自己征服別人的慾望，他們就像每一個人一樣創造自己的命運。

有一天史特能打電話到他辦公室，「放下你手邊的工作，下樓在街角等我，十五分鐘內我會去接你。」他帶他開了好長一段路，只說有一樣禮物要送他。車子在一個陌生的地方停了下來，他領著得曼走下階梯，來到一個地下室裡。有一個女人裸著身子被銬在鐵架上，嘴巴被塞住。「她是你的。」史特能告訴他，「你愛對她怎麼樣就怎麼樣。」

他和那個女人性交。如果拒絕的話會很失禮，就像拒絕一杯酒或一頓飯的款待一樣。除此之外，那女人的全然無助使他強烈的興奮。事畢，史特能問他還有沒有想對這個女人做什麼，他說沒有。

於是他們便走出地下室，回到車裡，史特能告訴他有件事忘了辦，要他稍等一下。過了一會兒他就回來了。開動車子後，他問得曼是否曾是哪個女人的第一個愛人，得曼答有。

「但不是你老婆吧？」

沒錯，得曼承認，他們相遇時阿曼達就已經不是處女了。

「那麼我可送了一份大禮了。」史特能說：「你曾經是某個女人的第一次，但你剛剛成了這女人的最後一次。你才上過的那個女孩，從今以後，除了蛆蟲不會再有人碰她了。你知道我回去幹什麼嗎？我為你殺了她，我把她的口塞取出，對她說：『再見了，親愛的。』接著割斷她的喉嚨。」

得曼不知道該說什麼。

「你不曉得該不該相信我是吧？也許我只是回去小便，或者把她放了，要不要回去親自查證一下？」

「不要。」

「很好，因為你知道我從不說謊，你很惶惑，不曉得該怎麼辦。放輕鬆點，你什麼都沒有做，一切都是我幹的。反正她遲早會死。沒有人長生不老。」他伸過去執起得曼的手說：「現在，我們可比親近還要更親近了，我和你，是精血交融的好兄弟。」

8

要他倒滿一杯酒得花上老半天工夫，要他真正喝下去就得更久了。他往往舉起杯子，還沒送到嘴邊就又放回桌上，然後繼續說話。他哪在乎什麼啤酒，他只想說話。

他說：「我不知道他到底有沒有殺了那個女人，她有可能是他雇來的妓女，他回去只是為了要付錢並把她放了，然而也有可能真像他說的那樣，他割斷她喉管。到底發生了什麼，我根本無從知道。」

從那時起他便開始過著兩種生活。表面上，他是個步步高陞的年輕製作人，有一間豪華公寓和一位有錢的妻子，前途無量。同時他又和柏根及奧加．史特能過著祕密生活。

「我學會了何時扭動開關，就像是你把工作完全留在辦公室裡，而我把自己的『那一面』完全留在我與他們在一起的時候。我們大約一個禮拜見個一兩次面，並不是每次都有活動，有時候只是坐下來聊聊天。可是在我們之間，總有一種危險的氣氛流動著，然後我會把這一部分關掉，回家做一個丈夫。」

在他認識這兩人的幾個月之後，史特能需要他的幫忙。

「他因為一捲錄影帶遭人恐嚇。那是他們自己拍的帶子，不知道內容是什麼，不過一定不是什麼好東西，那名攝影師留了一份拷貝，向他勒索五萬元。」

「是阿諾．賴凡格吧。」我說。

他睜大眼睛，「你怎麼知道？你到底知道多少？」

「我知道賴凡格出了什麼事，你有幫著殺他嗎？」

這次他喝了一大口酒，並用手背抹抹嘴，「我發誓當初不知道他們要那樣對付他。他說他會付五萬元，可是不能見賴凡格的面，因為賴凡格很怕他，原因當然不難猜到。他還說花錢消災，只要付了錢就沒事了，沒有人會笨到一種把戲要兩次。

「在第十大道和四十九街交口有一家泰國餐廳，我就是在那兒與賴凡格碰頭的，他是個走起路來活像個報銷玩具似的胖子，搖搖晃晃，樣子很滑稽。他不斷對我說，他實在很抱歉這樣做，可是他又實在需要用錢，他愈這麼說，看起來就愈討厭。

「我把裝滿了錢的皮箱遞給他，讓他打開來看。他一看到那些錢就顯得更害怕了。我假裝成律師，穿布魯克斯的細紋西裝，說話時夾雜著專業術語，簡直跟真的一樣。

「我們完成了交易，我說還沒確定那捲帶子是不是我客戶要的之前，他還不能走，『我的車就停附近，離我辦公室只有十二分鐘車程。我只要看五分鐘錄影帶，你就可以把錢帶走了。』我說。」

他搖搖頭，「其實他可以拿了錢就走的，我又能怎麼辦？不過他大概很信任我，我們朝第十一大道走到一半，柏根等在路口，他本來應該把賴凡格敲昏，然後我們拿了錢和錄影帶就走人。」

「可是，事情並沒有按照計畫進行。」

「沒錯。」他說：「賴凡格還沒來得及反應，柏根就開始揍他，至少看起來是那樣，可是後來我看到柏根手上拿了一把刀，他就這麼當街拿刀去捅賴凡格，然後再把他拖進巷子裡去。他叫我去拿皮箱，我拿著皮箱走進巷子裡，看到柏根把賴凡格抵在磚牆上不斷捅他。從頭到尾，賴凡格只是瞪大了眼睛看著，也許那時他已經斷氣了，我不知道，他沒有出一點聲音。」

∞

事後，他們拿了鑰匙去搜賴凡格公寓，帶走兩大袋的自製錄影帶。史特能以為除了用來勒索的那捲之外，賴凡格應該還有一捲備份，可是卻沒有。

「錄影帶大都是他從電視上錄下來的節目，黑白老片最多，也有一些色情片和老電視秀。」史特能親自檢查每捲帶子，最後把所有的帶子都扔掉了，得曼從來就沒看過那捲要了賴凡格老命的帶子。

「我看過，」我說，「他們兩人謀殺了一個小男孩。」

「我就知道，否則他們才不會付這麼多錢，可是你又是怎麼看到的？」

「那是一捲你們漏掉的拷貝，賴凡格把它錄在出租錄影帶裡。」

「他那兒有一整堆的出租錄影帶。我們懶得一一去查，就全留那裡了。嘿，他還滿精的。」他舉起杯子，碰也沒碰又放了下來，「不過再聰明也沒用。」

小男孩是史特能生活的一部分，也是得曼沒興趣涉入的部分。「我不喜歡同性戀，」他很坦白的說：「從來也沒有感興趣過。阿曼達的哥哥就是同性戀，我不喜歡他而他也很討厭我，我們倆打從一見面就不對頭，史特能也是這樣。他說這些人都是弱者，而愛滋病是這個地球消滅這種人的方法。他會說：『搞這些小男孩並不是同性戀，搞他們就跟搞女人沒什麼兩樣。況且到處都是這種容易上鉤的小男孩，他們還求你把他們帶走。根本沒有人管，你愛拿他們怎麼樣都沒關係。』」

「他是怎麼抓到這些小男孩的？」

「我不知道，關於他的那一面生活，我從來都敬而遠之。有時候，我會看到他跟一個小男孩在一起，他待他就像你上星期在擂台邊看到的一樣，如同自己的親生兒子，再過一陣子，你就再也看不到那個小男孩了，而我也從來不問他們下落。」

「可是你心知肚明。」

「我連想都不會想，那根本不關我的事，我幹嘛去傷那個腦筋？」

「可是你必須知道，理察。」

我不曾直接叫過他名字，也許這樣有助於突破他的心防。這招果然奏效，他看來好像心裡受到一陣巨大衝擊似的，陡然退縮。

「我猜，他宰了他們。」

我一句話也不說。

「我猜，他殺了很多人。」

「那你呢？」

「我從來沒有殺過人。」他連忙道。

「在法律上，你是謀殺賴凡格的共犯，罪行和親手持刀殺人是一樣的。」

「我連他準備要殺人都不知道！」

他知道，就像他知道那些小男孩遭到什麼下場一樣，可是我忍住沒說。「你知道他要搶劫傷人，這就使你成了共犯，若是你們的犯行導致某人死亡，光是這樣你就有罪了。就算賴凡格死於心臟病，你也會以謀殺罪被起訴。在法律上，不管怎麼說你都有罪。」

他大大喘了幾口氣，沉重的說：「沒錯，這些我都知道，而那個他又回去殺掉的女孩，如果他真的殺了她，你也可以說我犯了強暴罪。她並沒有反抗，可是我也沒有得到她的允許。」他看著我說：「我沒辦法為我所做的事情狡辯，也不能為自己開脫，我不會對別人說我是被他催眠的，雖然真的是那樣子，真的是。那兩個人設計陷害我去達成他們的慾望。」

「他們到底怎麼做？理察？」

「就是——」

「他們是怎麼讓你去殺掉你太太的？」

「哦，天哪。」他失聲叫出來，把臉深深的埋在手裡。

∞

也許他們一開始就計畫好了，也有可能是在三個人幽會的時候達成共識的。

「你最好先洗個澡再回家去找你的小妻子。」奧加會這麼說。你的小妻子，你親愛的太太，你那迷人的老婆——每次都用一種略帶嘲諷的語氣對他說。你在這個大膽、放肆、不羈的世界裡活了一小時之後，如今要回到那個有個芭比娃娃在等著你的、無聊乏味的黑白世界中。

「這個女人這麼有錢，教我們做男人的面子往哪兒擺？如果你的女人比你有錢，那你可就沒什麼尊嚴了。」史特能說。

一開始得曼還怕史特能想要搞他老婆，因為史特能讓他和奧加上床，但是得曼不喜歡這個主意，他希望把這兩種生活分開。所以後來他發現史特能對阿曼達並不感興趣，也不想把她扯進三人關係中時，著實鬆了一口氣。四個人第一次的會面並不很成功，接下來兩次餐會中的談話也進行得頗不自然。

史特能是頭一個提出要得曼提高保險金的人。「你就快有孩子了，應該要保護這個未出世的孩子才對，而且就連母親也該一併投保，如果她有個什麼三長兩短，你又要雇保母、又得請家教的，幾年下來花費可不少。」後來他的提議都實現了，「你知道嗎，理察，你是一個娶了個有錢老婆的男人，可是如果你老婆死了，那你就變成了一個有錢男人，這種差別不是挺有趣的嗎？」

這種想法在不知不覺中一點一滴的萌芽壯大。

「我不知道怎麼向你解釋這整件事，」他說，「我們不是當真的，有時候還會玩笑似的想盡一切誇張的辦法來執行它：真討厭，微波爐為什麼這麼小呢？不然我們就可以在阿曼達嘴裡塞一個蘋果，把她塞進去煮熟。」他說：「現在想起來是很噁心，可是在當時卻很好笑，因為那不是真的，可是到後來玩笑愈開愈大，便開始有一些真實性了。

「柏根會說：『好吧，乾脆下個星期四咱們就動手吧。』然後我們還會計畫一些黑色喜劇的荒謬情節，如此而已。可是到了星期四，奧加竟然說：『哦，我們都忘了，今天是殺掉小阿曼達的日子吔。』那只是個笑話，大家插科打諢罷了。

「當我和阿曼達一起，沒有他們的時候，我是個快樂的已婚男人，聽起來可能有點不可思議，然而卻是事實。我猜自己一定想，有一天柏根和奧加會自動消失，我是怎麼想的自己並不是很清楚，不是希望他們事跡敗露被警察抓走，就是希望他們離開這個國家，我不知道。也許我希望他們死掉吧，這樣一來，我跟他們在一起過的黑暗生活就能從此畫上句點，阿曼達和我從此以後就過著幸福快樂的日子。

「然而有一回，我躺在床上，她在我身邊沉睡著，不知怎的我腦子裡竟然出現各種殺害她的景象，我自己不想有那些念頭，但它們卻揮之不去。像是用枕頭悶死她、用刀刺她等等各種各樣的想法。我必須起身，到另一個房間去喝點酒，倒不是怕我真的下手，只是被那些念頭攪得很煩。

「大概是十一月一日吧，我提到住在我家樓下的鄰居會到佛羅里達住六個月。『很好。』柏根說：『我們就選那個地方把阿曼達幹掉，對於一間屋主要離開半年的房子來說，做為搶劫的現場是再自然不過了，而且也比在你家好，你總不希望警察到你家裡去大肆翻搜吧！他們會把你家四處弄得天翻地覆，有時候甚至還偷東西。』

「我以為那只不過是說著玩的，『哦，你要去參加一個宴會啊？那我們會在你家樓下那間猶太人家等你，你回來時就剛好撞上正在行竊的我們，希望我還記得怎麼闖進去，其實這就像游泳，一旦學會之後就再也不會忘。』

「去參加宴會那天晚上，我真的不知道他們到底是不是開玩笑，這很難解釋清楚。兩種生活相隔那麼遠，我不相信其中之一會犯到另一部分，就好像我早已知道他們會等在那裡，只不過我不想相信而已。

「我們離開之後，為了拖延時間，我提議散步回家，怕他們真的等在那裡，怕這次他們來真的。回去的路上，阿曼達開始提起她哥哥，她很擔心他的病，然後我就開了個很難笑的玩笑，接著便起了一陣口角。我想，哼，好吧臭婊子，一個小時之內你將成為歷史，這種想法讓我興奮起來。

「上樓時，我看見高夏克家的門緊閉著，不禁稍稍的鬆了一口氣。可是門框上有裂痕，門鎖附近也有被鐵棒撬開過的痕跡。我知道他們來了。可是我想，如果我們輕悄悄走過那道門上樓回家，也許就安全了。當然我們也可以轉個身下樓去，但當時我沒想到這一點。

「在我們踏上最後一階的那一剎那，門啪的一聲打開了，他們倆正等著我們。奧加穿著緊身皮衣，柏根披著一件皮大衣，看起來就像從漫畫書裡蹦出來似的。阿曼達一時沒認出他們，只瞠目結舌不知如何是好。在她還沒來得及開口之前柏根先講了，『你死定了，臭婊子。』然後一拳朝她臉上揮去。那時他戴著一副薄薄的駕駛手套，一出手就使勁往她下巴猛揮一拳。

「柏根摀住她的嘴，把她拖進房裡，奧加把她手反銬在背後，用膠帶封住嘴巴，她把她推倒，還踢她的臉。

「他們將她剝光了，扔在臥室床上，柏根強暴了她之後，將她翻個身再強暴一次，奧加則用鐵橇擊打她的臉，我想那一下應該把她敲昏了，整個過程中，她彷彿毫無知覺。」

「希望如此。」

「他們說我應該和她性交，這是最糟的部分。我以為自己會反胃，會嘔吐，可是你知道嗎，我非常興奮，都勃起了，我不想與她性交，真的不想，可是我的老二卻想要。老天，想到這裡都讓我覺得噁心，我沒辦法達到高潮，跨在她身上，我只想快點達到高潮然後趕快停止，可是卻沒有辦法。

「於是我站起來，柏根用阿曼達的絲襪纏住她頸子，叫我拿住絲襪兩端，他說我一定要做，但我只能呆呆的站在那裡，奧加跪在地上替我口交，柏根拉住我的手，用力向兩邊扯，因為這樣，我沒有辦法放開絲襪，他的手愈扯愈開，我的手也愈扯愈開，而她眼睛瞪得大大的死盯著我。你知道，奧加仍在繼續，你知道，柏根也愈扯愈用力，一股血腥、皮革和性交的氣味湧上來。

「於是我達到了高潮。

「而阿曼達也死了。」

16

「其他就跟我們先前設想的差不多，他們把他反綁起來，再揍他個幾拳讓他掛彩，接著把屋內布置成被闖進來搶劫過的樣子，然後回家去。得曼等了一個小時還是多久才打電話報警。他老早就把故事都編好了，畢竟這事花了他好幾天的時間，一直告訴自己那只是一個玩笑。」我這麼告訴德肯。

「而現在他想要雇你為私家偵探。」

「他已經雇用我了，」我說，「就在昨晚分開前。」

「他雇你做什麼？」

「他怕史特能。他怕他們宰掉他。」

「為什麼？」

「殺他滅口。他開始受到良心譴責了。」

「我他媽的還真希望如此。」

「根據他的說法，真的是這樣，他不停的想到她是真心愛著他，不管是過去或將來，也是唯一會愛他的人。」

「唯一一個腦子壞掉的蠢蛋。」

「他想說服自己相信，從頭到尾她都不知道他也是共犯之一，不管是在和她性交的時候，還是史特能逼著扼死她的時候，他都希望她不是昏厥就是已經死了。」

「如果他想要找到那個問題的答案，應該去找靈媒，而不是雇偵探。」

時間是星期四上午。吃過早飯我到中城北區分局等喬。此時我們正坐在他桌前，他點了菸，這傢伙戒菸的次數就我所知已經不下十餘次，但他總是戒不掉。

我說：「現在他是良心發現了，而他也認為自己對史特能來說已經失去了利用價值。」

「但史特能一開始為什麼又要利用他呢？聽起來好像是他在利用史特能，卻反咬他一口把罪過都推在人家身上，他這一筆幹下來可以撈個一百五十萬，而史特能得到什麼？跟一個半死不活的女人草草辦個事？」

「到目前為止，」我說，「史特能已經拿到四十萬了。」

「那麼我一定是漏聽了那一部分。」

「我才正要說。阿曼達下葬，報紙不再報導，整件事情都結束以後，史特能和得曼談了一下，他說他們合作的歷險記大成功，如果這是一項合作的話，所得的利益也該平均分配才算公平。」

「換句話說就是二一添作五。」

「一點沒錯，史特能不計較他繼承阿曼達的那筆遺產，至於人壽保險，他要一半，這筆錢的總數是一百萬。加了倍的，因為那是意外死亡——」

「關於這點我真是搞不懂。」

「我還不是一樣。大概從被害人的角度來看，那的確是一樁意外吧？反正總共是一百萬元，無需繳稅，而史特能想要瓜分一半，保險公司上個月底就把錢給付清了，以這種案子來說算滿快的。」

「保險公司曾派人到警局來，想知道得曼是不是嫌疑犯。根據法律，我不得不告訴他，得曼並非嫌犯。可是我跟你說過，我相信是他幹的沒錯──」

「是啊。」

「到目前為止，唯一找到的犯案動機是錢，但我們卻無法知道任何他需要錢的理由、任何和他有牽扯的人以及殺掉她的任何理由。」他皺起眉頭，「你告訴了我那麼多，結論是他的確沒理由殺她。」

「照他說法是沒有，保險公司付了保險金，史特能要拿他的那一份，付款的方式是，得曼十萬元十萬元分次付給史特能，名義上是購買外幣，實際上那些錢當然全都進了史特能的荷包。但是得曼可以做假帳，最後這些帳還可以退稅。這個部分我最喜歡了。既能和你的同夥分贓，還可以免稅。」

「是不賴。那麼他已經付了四次錢？」

「每隔一星期付一次，今天晚上是最後一次付清。他和史特能約在馬帕斯會面。他要在拳擊場那兒製作電視轉播。十萬元會裝在皮箱裡，然後交易結束。」

「所以他覺得史特能會殺掉他，因為錢一到手，他就不再需要得曼了。而得曼這邊又開始良心發現，態度動搖，所以何不乾脆殺了他結掉這個戶頭是吧。」

「不錯。」

「而他希望你能保護他。」他說：「有沒有說過用什麼方式？」

「那點還放著沒談，今天下午我要去找他，把辦法想出來。」

「然後你會再到那個叫什麼地方來著，馬帕斯？」

「也許。」

他捻熄了菸道：「為什麼選你？」

「因為他認識我。」

「他認識你？怎麼認識的？」

「在一間酒吧裡。」

「就是你朋友巴魯開的那個糞坑，是嗎？附帶問一句，我真搞不懂，你幹嘛要跟那種人混一起？」

「他是我朋友。」

「這幾天他將會踩到自己老二，辦正事時你最好走遠點。這個人狡猾得像條泥鰍，可是聯邦調查局過不了多久就會用『里哥法案』（譯註：Racketeer Influenced and Corrupt Organizations Act（RICO），意即「反詐財與腐化組織法」）收網，再等兩天你朋友就會在亞特蘭大監獄找到個免費床位了。」

「上天垂憐，里哥的下場就這樣啊？」

「嗯？」

「沒什麼。」我說：「那不重要，昨天晚上我們在葛洛根酒吧碰頭，因為需要一個說話的安靜所在。他打電話給我的原因是，前天晚上我們倆碰巧在他家附近的另一間酒吧碰到了。」

「他知不知道你是因為調查他的案子才會碰上他的。」

「不知道，他以為我調查的是史特能。」

「你怎麼會查史特能？」

關於「快樂」和阿諾．賴凡格的死，我隻字未提。這些都是題外之事，喬手上的懸案是有關阿曼達．得曼的死，那也是我受雇調查的一件看來快要水落石出的案子。

「那是一種引他上鉤的方法，我把他和史特能連一起，剛好成了抵住大門的那一隻鞋，如果他把過錯全都推到柏根和奧加身上，自己就可以擺脫罪嫌了。」

「你想你能說服他投案嗎？馬修？」

「我正這麼希望，那也是下午我準備努力的方向。」

「我希望你能帶竊聽器去。」

「好啊。」

「很好，要是你昨天晚上和他見面時也帶著竊聽器就好了。運氣好的時候，會碰上一個倒垃圾的人，可是第二天他醒來就開始後悔自己為什麼要說這麼多，然後一輩子再不會開口了。唉，你昨天晚上見他之前為什麼不先來這裡裝個竊聽器？」

「拜託，昨天晚上十點，他從公共電話亭打電話要我馬上出去，你那時候根本不在辦公室吧？」

「就算我不在，還有別人可以替你裝啊。」

「是哦，花兩小時外加錯過十通電話才能裝好它，況且我當時也不知道他會全盤托出。」

「好，算你有理。」

「我想我可以說服他來自首，他自己也想那麼做。」

「那太好了，不過就算他不來自首，也會告訴你更多的事，你身上反正有錄音機，你們約今天下午見面是嗎？唉，真希望能早一點。」

「四點之前他得去開會。」

「是啊，正經事還是得辦，對吧？那麼你三點到我這兒來。」他站起身，「我現在也有會要開。」

∞

走去伊蓮家的路上，我停下來買了一束花和一些爪哇橙。她把花養水瓶裡，將橙子放進一個藍色玻璃碗中，並告訴我她已經好多了。「只還有一點虛，不過正在好轉中，你呢？你好不好？」

「為什麼這樣問？」

「你看起來很沒精神，昨天晚上又熬夜啦？」

「沒有，可是睡得很不好，案子快破了，再過幾個小時，一切都會真相大白。」

「什麼？今天不是才星期三而已嗎？還是我病得精神錯亂，已經錯過好幾天了？」

「得曼需要一個傾吐心聲的知己，我便讓自己成為那樣一個人，他覺得壓力很大，我想一部分是來自於我，但大部分來自史特能。」

「誰是史特能？」

「穿橡皮衣的男人。」我約略向她敘述了些昨晚我們在葛洛根的談話。「我只是走狗運，天時、地利、人和一起給我碰上了。」

「不像倒楣的阿曼達．得曼。」

「還有那堆聽起來更倒楣的人。不過，真正讓他們落網的原因是理察．得曼自己的證詞，再加上屍體上所採到的證據，兩相對證，應該可以順利結案了。」

「那你不是該得意得像隻神氣的公雞嗎？怎麼反而像喪家之犬似的？」

「我想是累了。」

「還有呢？」

我聳聳肩，「不知道。」我說：「昨天晚上和得曼聊了幾個小時，雖不至於喜歡這個惡棍，但也不到幸災樂禍的地步，一星期前，得曼看起來還是個冷酷的犯罪天才，可是現在我卻發現他只是個被兩個變態牽著老二走的大傻瓜。」

「你為他難過？」

「才不，他自己就是個手腕高超的渾蛋，只不過碰上史特能這個比他還厲害的角色罷了，而且他昨晚告訴我的那些話，我也不全相信，他倒沒撒什麼瞞天大謊，可是他把自己講得太好了，我敢打賭，阿曼達一定不是他第一個殺害的人。」

「你有什麼根據？」

「因為史特能也不笨。如果得曼的太太真在那種情況下被殺，警察一定會把得曼拷得直到兩面都焦掉為止，就算他們不懷疑他也涉入此案，也會追問所有可能得到一點蛛絲馬跡的問題，對任何可查出凶嫌的可能絕不放過，史特能一定要先訓練他習於殺人，才不會露出馬腳，賴凡格被殺的時候，他在場，而且還是助手。除此之外，他和其中之一人或是他們三個人一定還殺了許多女人，如果我是史特能，我就會這麼做。」

「還好你不是他。」

「關於他的良心譴責，我也是半信半疑。我想他是怕了，關於這部分我看是真的。一旦最後一筆錢交出去，史特能便沒理由再留他這個活口了，除非他還想要更多錢，這不是不可能。我以為那才是得曼真正害怕的原因，他不想失去剩下那些錢。」

「如果他坦承了一切，也沒辦法留下那筆錢啊？」

「他並沒想要懺悔。」

「你不是才說要說服他自首嗎？」

「我會試試看，我希望能像史特能玩他一樣的控制他。」

「你想帶我去幫他吹喇叭？」

「那倒不必了。」

「那就好。」

「我看，是他想控制我，也許要我替他殺掉史特能。聽起來很誇張，但並非不可能。也許他想要我也蹚這渾水，然後他會留下一些證據還有證詞，一舉擺平史特能。如果他安排妥當，而史特能無話可說，那他就高枕無憂了。」

「不過他交給你的那些證據——」

「我就會統統交給喬・德肯。糟糕——」

「怎麼啦？」

「現在才十一點半，我得等到四點才能見到他，昨天晚上我應該盯緊他，不該給他時間回去好好想。當時我們都太累了，本來想改在今天早上，可是他開始哈啦說要開會、要處理公事，我想告訴他把所有約會都取消吧，你已經玩完啦，可是我卻不能打草驚蛇，因為他昨天下午打了幾次電話可是都不敢出聲。」

「你跟我講過了。」

「如果我早跟他見面的話那現在案子早結了，可是我也就不能從丹尼男孩口中得知史特能的事。」我歎了口氣，「只好等船到橋頭自然直了。」

「每次不都這樣嗎？寶貝，你何不躺下睡一兩個小時，上床去躺著，還是要我把沙發鋪好？」

「不用了。」

「你又不會有什麼損失。我會提早把你叫醒，好讓喬有充分的時間在你身上纏上竊聽設備。」

「說來我現在就已經身纏一堆睡意了。」

「所以我才說嘛。」

∞

中午我趕去參加聚會。走回旅館的路上在一家站著吃的披薩店停下來，我點的是義大利香腸披薩，好確定我的食物中包含了四大類基本營養素。

也許是中午的聚會讓我放鬆了下來，也或許是補充營養的結果，等我回房間已經很睏了，想小睡個一小時。我把鬧鐘撥到兩點半，又在櫃檯留了話以防萬一，然後踢掉鞋子，和衣跌床上，眼睛還沒闔攏就睡著了。

接下來的是電話鈴聲，我坐起來看看手錶，才兩點鐘，抓起話筒正準備對櫃檯咆哮一番，卻聽見阿傑的聲音，「喂，老大啊，你怎麼老不在家？如果找不到你又要我怎麼跟你說我查到了什麼事呢？」

「你查到什麼？」

「那小男孩的名字，我遇到另一個認識他的小男孩，說他名字叫巴比。」

「那他姓什麼？」

「嘿，在丟斯，誰知道誰姓什麼啊？老大，有時候連名字都不知道，還姓呢。大家用的都是街頭的諢名，什麼酷呆啦、大帽啦、巨無霸三明治啦之類的。巴比嘛，他在街上還是超級菜鳥一個，所以沒有諢名，那個告訴我他是誰的小子說，巴比是聖誕節前後才蹺到街上來的。」

他並沒講很久，我想告訴阿傑說已經沒關係了。那個和巴比在一起的男人馬上就會因為另一件事被關起來，他會有很長一段時間都不可能再接近他們了。

「不知道他打哪兒來的。」阿傑說，「有一天從一輛公車下來。一定是從那種專門讓男人幹小白臉的地方來的，因為他一開始就找這種門路，而且後來有一個皮條客拉著他到處招攬生意。」

「什麼皮條客？」

「還要我幫你查出來嗎？當然可以，不過那二十塊好像已經用光了。」

有必要嗎？史特能已將因為阿曼達・得曼的謀殺案被捕，屍體、人證，甚至還有物證。不像巴比的失蹤甚至被謀殺那樣無憑無據。

幹嘛還去查什麼皮條客呢？

「看看你能查到什麼。」我聽到自己說：「錢我照付。」

∞

三點鐘我準時出現在中城北區分局，我脫去夾克和襯衫，讓名叫威士特保的警員替我裝上竊聽器，「你以前就裝過嘛，跟那個報上稱做『死亡天使』的女房東那次對不對？」德肯說。

「對。」

「那你應該知道怎麼用了，跟得曼我想是沒問題，就算他要跟你上床，只要你還穿著襯衫就行了。」

「他才不會，他討厭同性戀。」

「好啦好啦，理察最正常了，你要穿防彈背心嗎？我想你該穿一件。」

「穿在這些電線上？」

「那是凱弗勒牌的，應該不會干擾吧，重點是它能替你擋子彈。」

「哪來的子彈，喬？目前為止還沒人用到槍，況且防彈背心也擋不了刀子。」

「有時候可以。」

「那纏在脖子上的玻璃絲襪呢？」

「唉呀，我只是不想讓你一點保障都沒有的去出任務罷了。」他說。

「你沒派我出任務，我也不聽你命令行事，我只是個獨立的公民，帶了竊聽器盡一個公民應盡的義務罷了。我們這是警民合作，你不必負責保障我的安全。」

「好吧，等你被裝進屍袋的時候，我會記得在聽證會上傳達這些話。」

「不會啦。」我說。

「要是今天早上得曼醒來，發現自己昨晚說得太多而想除掉你呢？」

我搖搖頭，「我是他最後一張王牌，也是他的靠山，唯有靠我他才能確定自己不會被史特能殺掉，而且是他雇我，喬，他不會殺掉我。」

「他雇你？」

「昨天晚上啊，他還給了我訂金，堅持要我收下。」

「他給你多少？」

「一百塊，一張嶄新百元大鈔。」

「嘿，不無小補嘛。」

「我沒收。」

「什麼意思你沒收？你又還他了是嗎，這樣他怎麼能再相信你？」

「我沒有還他，只是扔掉了。」

「幹嘛和錢過不去，錢就是錢，它才不知道自己從哪裡來。」

「難說。」

「錢不認主人，這是法律的一項基本原則，你怎麼丟？」

「回家的路上，我們在第九大道交五十二街那裡分手，之後我把錢塞進我看到的第一個乞丐的杯子裡，他們現在人手一只那種保麗龍咖啡杯，對著你伸過來。」

「這樣人們就不用碰他們手了。你把一百塊給了街上某個遊民？你叫他怎麼花？誰會跟他換零錢？」

「嗯，」我說：「這就不是我的問題了，是吧？」

17

我徒步走到得曼住處對街，站在一個門廊裡面。離我們四點鐘的約會還有十分鐘，我看著街上川流不息的車輛打發時間。他的窗口有沒有燈光我看不清楚，因為他的公寓正面向著市區那一邊，樓上的窗戶會反射陽光，直直射入我眼睛裡。

到了四點，我又等了兩分鐘才穿過街，走進瑞狄奇歐大門隔壁公寓的玄關，按了得曼的對講機，等他替我開門。可是什麼動靜也沒有。我再按一次，等了一會兒，還是沒反應。我到隔壁餐廳的吧台察看了一下，他不在那兒。於是我回對街那個據點，過了十分鐘，找到了一具公共電話，撥得曼的號碼，是答錄機。我說：「理察，你在家嗎？如果在的話就來接電話。」他並沒有來接電話。

於是我打電話回旅館看看有沒有人打電話給我，沒有。從查號台查到五區電視的電話號碼，換來的只是個一問三不知的祕書。她所能告訴我的只是得曼不在辦公室，去哪裡或什麼時候回來都不清楚。

於是我又回到得曼住處，這次按的是二樓旅行社的電鈴，門登時就開了。往上爬一層樓，等待隨時可能有人上台階招呼。可是，半個鬼影子也沒有。繼續向上走，自從被歹徒闖入後，高夏克家的門已經重新安裝了加強門框，鎖也換了。再上一層樓，來到五樓得曼家門口。側耳傾聽，什麼都聽不到。按了電鈴，鈴聲在他屋裡迴響。不管怎麼樣，還是敲了敲門，毫無反應。

我又試著推門，結果依然文風不動。門上共有三個鎖，到底有幾個是真鎖上的我完全無從得知。其中兩個有防盜栓，連同另一個鎖都覆有鎖眼蓋，門和門框之間裝有角鋼以防被鐵橇撬開。

走到二樓，我問了兩間辦公室的人，一間是旅行社，一間是售票處，今天有沒有見過得曼，還是他留了什麼口信，答案自然是否定的，沒見他人，也沒口信。一樣的問題去問瑞狄奇歐餐廳，得到的答案還是一樣，回到對街那個據點，撥電話回西北旅館，不管是得曼還誰，沒有人打過電話給我。掛了電話，再花兩毛五，打電話給德肯。

「他不見蹤影。」我說

「該死！他怎麼回事？遲了一個小時？」

「他也沒試著聯絡我。」

「這混球可能正在逃往巴西的路上。」

「應該不會吧。」我說：「大概半路塞車，還是被哪個客戶或贊助廠商、體育協會什麼的給拖住了。」

「或是正在給史特能太太一個臨別秋波。」

「一個小時不算什麼，別忘了，他可是雇主，我這是替他工作，不管他遲到還是放鴿子，都不用擔心我會大發雷霆，不過我知道今天晚上他會去哪裡。我本來是要和他一起到馬帕斯去做拳賽轉播，我再等他一個小時左右，如果他還不來，那我就直接去體育館找他。」

「你會一直戴著竊聽器吧。」

「那當然。要等到我打開開關它才會開始錄音，我還沒開。」

他想了一會兒，「我想應該是沒問題。」他說。

「不過還有一件事。」

「什麼事？」

「不曉得你可不可以派個人過來開他大門？」

「現在？」

「有何不可？一個鐘頭之內，我想他還不會回來，如果他回來的話，我可以在樓下堵他，把他拉到別處喝一杯。」

「你想找什麼？」

「不知道。」

短暫沉默之後，他說：「我申請不到法院搜索票，你要我怎麼去跟法官說？有個傢伙爽了約，所以我要破門而入？而且票子申請下來時，你人早就到馬帕斯了。」

「那你不妨忘了申請搜索票。」

「門都沒有！這是全世界最糟糕的事，假如我們真的查到什麼，那就成了毒樹的果子（譯註：法庭程序理論，意思是蒐證程序不對，會造成證據失去效力）。假設我們找到了簽了名的自白書和一張八乘十的照片，畫面是他正勒緊她脖子，我們都無計可施，因為若沒有合法拘捕令或扣押證，這些都不能成為呈堂證物。」他歎了口氣，「不過你如果現在自己想辦法進去，而我什麼都不知道的話——」

「我可沒那種技術，他門上裝有防盜栓，就算花上一個禮拜我也進不去。」

「那就算啦，能把那些傢伙都吊死的是他的供詞，又不是他公寓裡的證物。」

我說出了心裡一直在想的事，「假如他人在屋裡呢？」

「你是說，死啦？這樣啊，唉，你知道的嘛，反正死都死了，如果他現在就死了，明天還不一樣是個死人，如果到那時候還得不到他任何消息，我該可以有足夠理由找個法官讓我們合法進去。馬修，如果他已經掛了，那麼不管是今天還是明天都不會再對你吐露隻字片語了。」

我默不吭聲的時候，他說：「你就直說，當你站他們門口時，有沒有感覺出他在門的另一邊？」

「拜託，我又不是巫師。」

「可是你真有那種條子直覺不是，怎麼樣？他到底在不在？」

「不在。」我說：「我感覺房子是空的。」

∞

到了快六點時，他還是沒出現。我在別人門口躲得已經很累了。打電話回旅館，又再浪費了兩枚兩毛五銅板打到巴黎綠和葛洛根，不出所料，他也不在那邊。

連續三個計程車司機都不願意去馬帕斯，我只好來到五十街和第八大道交叉口的地鐵站研究地圖，M號線地鐵應該可以載我到馬帕斯，可是看起來要搭上那列車是複雜極了，而且下車後，我也不曉得該往哪邊走。於是我改搭往皇后區的E線地鐵，到了皇后廣場就可以改搭計程車。我坐上的那輛車，司機不但曉得怎麼去馬帕斯，還找到了體育館，他把車子停入口前，我看到五區電視網的工作車還停在一個禮拜前我看到的同一個地方。

看到車子停在那兒，讓我比較安心，付了車錢，來到工作車前，得曼不在裡面。買了入場券，穿過十字旋轉門，搶了上星期我和米基坐的同一個位置坐下。初賽已經開始了，兩個名不見經傳的中量級拳手正在擂台中央彼此周旋，我的眼光掃過靠擂台的中央座位，也就是上次看到柏根．史特能的地方。此刻我沒看到他，也沒見到男孩。

第四回合即將結束時，我趁計分員向裁判收計分板的同時，走到拳賽圈旁攝影師身邊，問他得曼人在哪裡。

「我怎麼知道他在哪裡？他今天晚上應該要來嗎？也許他在車子裡吧。」

我走到外頭問了許多人，但是沒人知道。有一個盯著轉播螢幕的人告訴我，他聽說製作人今天會晚一點到，另一個則說他印象裡得曼今天不會出現。總而言之，沒有人關心他來不來。

我只得拿出票根，穿過十字旋轉門，再回到我的位子上，接下來的這一戰是羽量級拳賽，選手是兩名本地年輕人，一副好勇鬥狠的拉丁美洲人德性，其中一個來自伍德賽附近，有好大一雙手。兩人你來我往的揮了不少拳，可是好像都產生不了什麼殺傷力，第六回合結束比賽終了，由布魯克林那小子獲勝，我覺得滿公平的，可是觀眾好像不太滿意。

在十回合的決賽之前，有兩組八回合的賽程，第一組比賽一點看頭都沒有，兩個重量級選手出拳像豆腐，而且全都打在空氣裡，第一回合還剩一分鐘時，其中一個揮空了一記勾拳，人當場像陀螺一樣轉了起來，然後小腹中了對方一記左勾拳，像隻垂死的公牛般轟然倒了下去，還得用水潑醒他，觀眾簡直樂翻了。

下一組出賽的拳手，此刻站在場中等待介紹，我隨意瞄了一下朝進口處的走道，看見了柏根·史特能。

他並沒有像有些人形容的那樣穿著傑斯達波外套，也沒穿上次我見到他時的彩色運動上衣，他身穿淺褐小羊皮夾克，裡面配深褐襯衫，繫渦紋花樣的領巾。

那孩子沒跟在他身邊。

在他和幾碼外旋轉門邊的男人聊天時，我目不轉睛盯著他看，出場介紹完畢，比賽開始的鐘敲響，我的視線一直緊緊跟隨著史特能，幾分鐘後，他拍拍另一個男人肩膀，然後便離開了體育館。

我悄悄尾隨於後。出了體育館，他卻已不見蹤影。我再晃到五區電視工作車前找尋得曼，他也不在那兒，我想他大概不會來了。隱身在暗影中，我看到史特能從體育館側面走出來，慢慢接近工作車，他和車裡的人大約交談了一分鐘，然後又循著來時的方向往回走。

挨過了幾分鐘，我探頭進車廂問：「這史特能到底死哪兒去啦，我怎麼找都找不到他。」

「你剛好錯過了。」那人頭也不回說：「不到五分鐘前他還跟我說話呢，真不巧。」

「可惡！」我說：「那他有沒有提到得曼哪兒去啦？」

這次他轉過頭了，「啊，對了，你先前也在找他，沒有吔，史特能也想知道他在哪裡，看來得曼這次吃不完兜著走了。」

「你知道個什麼。」我說。

然後我又把票根拿出來，穿過旋轉門回到體育館裡。場中正展開第四場拳賽，我錯過了開場介紹，不曉得出賽的選手是何方神聖，我也不想再坐回位子上了，就跑到販賣部，買了一杯紙杯裝的可樂，站到後面喝。一邊喝著，一邊搜尋史特能的身影，可是怎麼樣也不見他人影。我再轉身向入口處看去，有一個女人站在那兒，開始一兩秒鐘我還以為是那個拿告示牌的女郎雀爾喜，定睛一看，才知道原來我正瞧著奧加．史特能。

她把頭髮向後盤了起來，好像是叫沙蚤髻，這種髮型使她顴骨更顯突出，看起來一臉嚴肅，不過也許她天生就是一副嚴厲的臉孔。她穿著黑色毛皮短夾克，蓋住小腿肚的小羊皮靴，我看著她巡視著全場，不知是在找她丈夫還是得曼。她視線掃過我的時候，並沒露出似曾相識的眼光，那麼她找的人並不是我。

假設我之前從來不知道她是誰，我會有什麼樣的反應？當然她是個很有吸引力的女人，可是她身上有一股魅力來自於我對她的認識，而且我對她了解太多了，多到我無法注視她，也無法不注視她。

8

比賽將近結束，柏根和奧加並肩站在那裡，好像所有者似的巡視著這個大場地，播報員公布了比賽結果，兩名拳手分別由三四個隨行人員簇擁，從入口左邊的樓梯下場，等他們從觀眾視線消失之後，另外兩名拳手從同一處休息室走出來，步下走道進入拳擊場中。這兩名中量級拳手在這個地區打過不少精采比賽，我是從麥迪遜廣場花園知道他們的。兩個都是黑人，而且在打過的拳賽中大多是優勝者。那個比較黑比較矮的拳手，兩個拳頭都具有把人打倒的威力。另一個小子出拳雖然沒那麼強，但速度快，拳又準，看來會是場頗有看頭的比賽。

就像上禮拜那樣，決賽的開場以介紹一群拳擊賽相關名人的方式進行，內容包括下禮拜晉級決賽的拳手，還有一名政客，皇后區議會議長，他被大會介紹時引來全場一陣噓聲，間或夾雜些哄笑。接下來清理完擂台之後，開始介紹這場比賽的拳手。我朝史特能夫婦方向看去，他們兩人正往樓梯前進。

我先給他們一分鐘時間走前頭，比賽開始的鐘聲響起，我便下樓來到地下室。

樓梯盡頭是一條寬寬的走廊，兩邊牆上的水泥磚裸露在外，走廊上的第一道門內坐著上一場比賽的優勝者，他拿著一品脫的「斯墨諾夫」伏特加，正為他的朋友倒酒，自己則不時就著瓶子呷上兩口。

再向前走，我停在一扇關著的門前。轉動門把，門鎖著。下一扇門敞開，但烏漆抹黑的什麼也沒。房間裡的牆和走廊一樣，地板也是黑白磁磚。我繼續往前走，忽然聽見一個男子聲音把我叫住，「嘿！」

我轉過身來，史特能站在離我十五至二十碼遠處，他太太則在他身後幾步，他面帶微笑，緩緩的向我走來，問道：「有什麼事嗎？你在找什麼？」

「男廁所，到底在什麼鬼地方？」我回道。

「在樓上。」

「那為什麼那個小丑叫我下樓來？」

「我不知道，這是私人用地，上樓去，廁所就在販賣部隔壁。」他說。

「那容易，我知道販賣部在哪裡。」

我往回走，通過他身旁，我踏上樓梯時，可以感覺到他的目光在我背後直盯著我上樓去。

8

回到座位，我試著觀賞拳賽，場中一片混亂，觀眾簡直愛死了這調調。過了兩回合，我發現自己根本心不在焉，便起身離開體育館。

體育館外，空氣變得更冷冽，風呼呼的吹。我走過一條街，試圖讓自己鎮定下來，這附近我不熟，又沒有路人可問，想叫輛計程車或打個電話都沒辦法。

後來我終於在格蘭街上叫到一輛雜牌計程車，他沒裝跳錶也沒有市府牌照，更不想搭載乘客，可是一出了曼哈頓，那些個規矩可就沒什麼人太在意了，他要價二十元，我殺到十五元成交，坐上車後我給了他得曼的地址，可是一想到還得再在門口蹲上一小時，我便改變主意，要他送我回旅館。

計程車破爛不堪，還不時會有廢氣從底盤冒上來，我只好把兩邊窗戶都搖到底。司機把收音機轉到播放波卡舞曲的電台，DJ嘰哩呱啦講得不亦樂乎，我猜那是波蘭話。我們來到麥特波里頓街，穿過威廉柏格橋向下東城駛去，好像在繞遠路，可是我沒吭聲，反正他又沒計程錶，繞遠路也不會多加錢，而且據我所知他走的路確實比較近。

回到旅館，只有德肯的留言。我上樓回房間，先撥個電話給得曼，又是答錄機，我掛斷電話，撥給德肯。接電話的是他太太，她叫他來聽電話，他接起聽筒，我說：「他沒去馬帕斯，可是史特能去了，他們夫婦都在那兒，而且也跟我一樣在找他，我猜我不是唯一被放鴿子的人。電視台的工作人員也都無法為他的去向提供線索，我看這隻鴨子八成是飛啦。」

「是啊，他想飛，卻在中途折翼。」

「嗯？」

「他家樓下有一家餐廳，叫什麼名字我忘了，反正義大利文的意思是紅蘿蔔。」

「瑞狄奇歐不是紅蘿蔔，它是一種萵苣。」

「管它是什麼。就在六點半，你正趕去馬帕斯的時候，有個傢伙從後門出來倒垃圾，在兩個垃圾筒後面發現了一具屍體，你猜是誰？」

「哦，不！」

「恐怕是他啦。已經驗明正身了，他從五樓跳下來，雖然不再像以前那麼體面，但還留有足夠的臉蛋讓人一眼就能認出他來。你確定那不是紅蘿蔔？是安東尼里告訴我的，你也以為他應該懂義大利文吧。」

18

各大報社愛死了這則新聞。理察·得曼墜樓身亡，死亡的地點離三個月前他太太被殘忍姦殺之地不過幾碼遠。一個很被看好的普立茲獎得主這麼猜想著，正當得曼向下墜落時，高夏克家的窗口很可能是他生前最後一幕映入眼簾的景象。不過這似乎不太可能，因為他們既然離城六個月零一天，通常都會拉上百葉窗簾。對於這一點，我並沒有覺得大不了到要寫信去給主編的程度。

沒有人質疑得曼的自殺。雖然對於他的動機，各方持不同的意見。可能是太沮喪於妻子與那未出世的孩子的死，再不然就是對於造成她們的死亡太過自責。一家專刊的專欄作家看這一整件案子活生生就是八〇年代因貪婪而一敗塗地的典型例子。「你可能常聽人談到擁有一切。」他寫。三個月前得曼是擁有一切：銀行存款、華廈、美妻，一份在前景大好的有線電視網的迷人工作，和一個就要出世的小寶貝，但是就在一剎那間一切化為灰燼，即使工作和金錢都填不滿理察·得曼心中的空虛，你可以說他是個壞人，一手策畫十一月在五十二街房子裡發生的那些邪惡情節。你也可以說他是個受害者，不管哪一種，他成了一個原本擁有一切、到頭來卻一無所有、什麼也抓不住的人。

「你的第六感滿準的！」德肯告訴我，「你怕他會出事，而且還想進他的屋裡，但當時你又不認為他在裡頭。他的確是不在，法醫猜他死亡時間可能是早上七點到九點之間。這說得通，因為要是過了早上十點，樓下酒館廚房裡的夥計應該可以聽到他落地時的撞擊聲。但為什麼中午用餐時間竟沒有一個人注意到屍體，實在令人費解，可能是因為出事地點在中庭盡頭，而廚房裡夥計出入的門又在遠遠的另一頭，所以沒有人走近發覺有什麼不對勁。如果你手上抱滿剩下的茄子，你只想一丟掉就趕緊跑回屋裡去，尤其那天的天氣冷極了。」

星期五早晨，我們進得曼的公寓。前天晚上，當我在馬帕斯追獵鬼影時，整個化驗小組已經進來對整間屋子進行採樣。我在得曼的公寓裡晃來晃去，從這個房間晃到另一個房間，也不知道自己在找什麼。也許我根本沒在找任何東西。

「很棒的地方，」喬說，「都是現代家具，看起來很新潮前衛，不過還在容忍範圍之內。為了享受而把每一個地方都塞得滿滿的。你常聽人家這麼形容女人吧？『為了舒服，而不是為了速度』，你知道『速度』和女人有什麼關係嗎？」

「我想這一開始是用來形容馬的。」

「真的嗎？滿有道理。『騎』在一隻肥馬子上，不是有更多的快感嗎？我可得問問賽馬的騎師。當我還是個小鬼頭時，最想當的就是警察，你知道，這一直是我想做的。當我看到那些騎在馬背上的警察，就夢想能成為其中一員。當然在進警校前，就沒那種天真想法了，你知道嗎，我仍然覺得，當警察的日子還算不賴。」

「如果你喜歡馬的話。」

「好嘛，如果你一開始就不喜歡——」

「得曼不是自殺死的。」我說。

「這點很難說，那傢伙已經嚇破膽啦！回到家，一早起來，醒覺到自己確實做了什麼，看清楚已經無路可走了。而且這也是事實，他做了他老婆，你就是為此而想讓他落網，也許他的良心真起了些作用了。又或許他終於認清自己的處境，而且知道像他這麼一個美男子，一旦蹲監牢會成什麼樣子。乾脆跳出窗口，所有的麻煩都這麼一了百了啦。」

「這太不像他了，他根本就不怕法律，他怕史特能。」

「窗邊可只有他的指紋喔！馬修。」

「史特能在殺害阿曼達時是戴著手套，他一樣可以再戴著手套把理察往窗外丟！得曼本來就住這裡，他的指紋早就留在那兒，或者史特能叫他把窗戶打開，口裡還說這兒亂悶熱的，理察，我們可不可以開窗透點氣？」

「他留了一個便條。」

「是用打字的。」我說。

「是！我知道，但好些尋短自殺的人也用打字機打他們的遺書啊，像是『上帝原諒我吧，我再也受不了了。』沒說他做了，也沒說他沒做。」

「那是因為史特能並不知道我們知道了多少。」

「也可能因為得曼也是怕萬一。假如他從四層樓高的地方摔下來卻沒死成，人躺在醫院裡，全身上下二十幾根骨頭折斷，還得面對自己留下那些謀殺細節的遺書。」他把菸頭丟進一個紀念品菸灰缸裡，「有些地方，我也同意你。」他說。「我想爭議點在他是不是被人推下樓的，那也是我要檢驗組的小鬼仔細搜查的原因，也就是為什麼我們到處在找昨天早晨看過有人進出公寓的目擊證人。如果真能找出一個人來就太好了，如果你能把史特能也放在現場那當然更好，但我可告訴你，這是不可能的！而且即使發生，你也不能拿他如何，就算他去過第一現場又怎樣？他可以說當他離開時得曼還活著，當時他很沮喪，也很難過，可是誰能想到這個可憐的人會自我了斷呢？你簡直拿他沒輒！不過也許你能提出更有利的證據。」

我什麼話都沒說。

「況且，」他說，「也沒那麼糟啊，我們都知道得曼殺了他老婆，我們也知道最後他沒能逍遙法外。沒錯，他是幫凶，凶手也許是史特能——」

「當然是史特能。」

「什麼『當然』？我們所有的只是得曼的一面之詞，他是在一個不錄音的情況下跟你的私人談話，而且就在他跳樓的幾個小時前，也許他唬你，你想過這點嗎？」

「我知道他是唬我，喬，他竭盡所能把自己說得很好，把史特能說成是幻影撲克和開膛手傑克的綜合體，所以呢？」

「也許不是史特能，也許還有其他幫凶，又也許他跟史特能還有些什麼生意上的牽扯。聽著！我並不是說事情就是這樣，我知道一切都亂糟糟的，這整件該死的案子從頭混亂到尾。我的意思是，得曼設計殺他太太，現在他也死了。如果每一件謀殺案都能結束得如此順利，那我也不必在這裡嘔心瀝血了，你知道我的意思吧！假設史特能真的幹了，而且被他溜掉，那麼，反正我這輩子又不是沒經歷過比這更令人灰心的事。就算他真如得曼所形容的那般十惡不赦，夜路走多了，總會碰到鬼。但這卻從沒發生過，這傢伙從來沒被逮捕過，也沒有前科，據我所知，他甚至連超速的罰單都沒被開過。」

「你都已經查過啦！」

「看在老天的份上，我當然查過，你還要我怎麼做？如果他是個壞傢伙，我當然樂意把他抓起來。可是他看起來並不壞呀，至少記錄上看起來是這樣。」

「他是另一個史懷哲。」

「不。」他說，「他可能真的是個變態，這我承認，但當個變態並不犯什麼罪。」

∞

我打電話去給劍橋的黎曼．沃里納。其實我根本不必透露什麼消息給他，腦筋動得快的記者早已打電話給阿曼達的哥哥，詢問他對此事的反應。「我當然拒絕做任何說明，」他說，「我甚至不知道這件事是不是真的，他真自殺了？」

「表面上看起來是。」

「我知道了，其中還大有文章，是吧？」

「有可能他是被其中一個共犯謀殺的，警方也有此懷疑，但他們倒不期望從這一方面找出什麼進一步的發展。目前為止並沒有什麼證據能夠反駁他是自殺的。」

「但你不相信那是事實。」

「我是不相信。然而我到底信不信並不很重要。昨天晚上我花了一兩個小時和得曼談，套出你希望我查出的事，他坦承殺死了你妹妹。」

「他真的親口承認了嗎？」

「是的，他承認了。他企圖把責任往他的共犯身上推，但他也承認自己在整件事情中扮演的角色。」我決定引申其中一點，「他說事情發生時，她都是不省人事的。黎曼，她一開始頭部就遭到重擊而昏了過去，她真的一點都不知道接下來所受的罪。」

「我倒願意相信這是真的。」

「本來我預定昨天中午和他見面，」我繼續，「我原本希望他能一五一十的招，我還準備把全部談話錄音下來交給警方，但我還沒來得及這麼做，他就——」

「他就自殺了。事到如今，我要說的是，我很高興我雇用了你。」

「哦？」

「難道不是你的調查加速了他的行動嗎？」

我曾想過這點。「我想你可以這麼說。」我說。

「而且我也很高興這件案子以這種方式了結，又快又乾淨，免得一遍一遍上法庭折騰，很多壞傢伙都能脫罪，即使所有人都知道他們有罪，也還是枉然。」

「有時的確如此。」

「即使他們脫不了罪，判得也總是不夠久。如果他們在牢裡表現良好，當個模範受刑人，不出四五年，又可假釋出獄了。所以我說，如此結局我非常滿意，馬修，我可還少你什麼款項嗎？」

「你可能還可以收到點退費。」

「少無聊了！你可不准退還我什麼錢，即使你退回來我也不會收的。」

說到錢，我告訴他，他也許可以開始處理他妹妹的財產和保險金。「如果是犯罪所得就不能繼承。」我解釋著，「如果得曼殺了你妹妹，他既不能繼承任何遺產，也無權受益保險金。我不知道你妹妹的意願，但我想一旦得曼完全『出局』了，令妹的所有遺產應該都是歸給你。」

「我想是吧！」

「得曼到現在為止還沒因為你妹妹的死被正式起訴。」我說，「應該也不會起訴他了吧，畢竟他已經死了。但我想你還是可以依循民法來處理，法規和刑事法庭有些不同，例如，我可以出庭作證我和得曼在他死前一晚的談話內容。雖然這些資訊都是聽來的，多少有些可信度，你應該和你的律師談談。像這樣的案子，我想不需要提供到刑事法庭那樣程度的罪證，這點應該不用懷疑，它們在應用上有不同的標準。但正如我先前所說，你還是得和你的律師談談。」

他沉默了一會兒，然後說：「我看不必了吧，錢還會去哪兒呢？我懷疑，自從阿曼達死後，他已重立遺囑，可能受益人原本是阿曼達，但如果她有任何意外，受益人就是他自己那邊的親戚。」他咳了一會兒，然後控制了下來。「我才不想去跟他的姐妹、表兄或姨媽們爭錢，我不在乎錢到誰手上，對我來說又有什麼不同？」

「我不知道！」

「我錢多得沒時間花，對我來說時間比錢更寶貴，我不願把時間浪費在法庭或律師辦公室裡。你能了解，是不是？」

「我當然能。」

「這麼做好像是太闊氣了一點，但是——」

「不，」我說，「我不那麼認為。」

∞

同一天下午五點半，我去參加了一個聚會，在離賓州車站不遠的聖方濟教堂。成員組合很有意思：有穿西裝的通勤者，也有剛醒過來的狼狽醉漢，兩掛人都不覺得有什麼不自在。

討論的時候，我舉手發言道：「今天一整天我都想喝酒。目前我所遭遇的情況是我既不能做任何改變，但感覺上又好像我應該做些什麼。我已經做了我能做的，而每個人都對結果相當滿意，我是個酒鬼，我希望每件事情都能完美，然而總是不從人願。」

之後，我回到旅館，有兩通留言，都是阿傑打的。只可惜我沒他的電話號碼，我步行到阿姆斯壯，點了一份墨西哥黑辣豆，然後趕上聖保羅教堂八點半的「階段」聚會。在這第二階段中我們所要學習的是：相信這世界上存在著另一個比自身更為強大的力量；藉由祂的幫助可以使我們重拾理智。輪到我發言，我說：「我叫馬修，我是個酒鬼，對於我的『巨大能量』，據我所知，是以一種神祕而奇異的方式在運作。」我當時就坐在吉姆．法柏身邊，他在我耳邊小聲說道，如果我的偵探事業一落千丈的話，還可以轉職去寫幸運餅乾裡的小字條。

另有一個成員，是一個叫珍妮的女人，她說：「如果一個正常人一早起床，發現他的輪胎扁了，他會打到美國汽車協會去，但如果是一個有酒癮的人，他就要打給自殺防治中心了。」

吉姆意味深長的用手肘輕觸我肋骨。

「這不能應用在我身上，」我告訴他，「我甚至連車都沒有。」

∞

回到旅館，又多一個阿傑的留言，可是我依然無法聯絡到他，我洗了個澡就上床歇息了，就快要睡著時，電話鈴響。

「你實在很難找吔！」他說。

「你才難找，還留了那麼多口訊。」

「那是因為上次你怪我不留言啊。」

「這次你是留了言，但我卻無法聯絡到你。」

「你指的是留下電話號碼。」

「對啊。」

「嗯！但我沒裝電話啊。」

「我想也是。」

「那就對啦。」他說：「唉，那個過幾天再搞定就好。事情是這樣，我發現了些我應該發現的事。」

「你指的是『皮條客』。」

「是啊！我可是知道了一大堆有的沒的。」

「說來聽聽。」

「在電話裡？老兄，我的意思是如果你不介意的話，也無所謂，但——」

「我不介意。」

「因為看起來沒那麼酷哦。」

「嗯，應該是。」我坐直身子。「在四十八街和第九大道的轉角處，有一家叫火焰的咖啡店，就在西南邊的角落上——」

「反正往角落找就對了，我會找到的。」

「好！我想你能找到。」我說，「半小時後見。」

∞

他在店外遇見了我，我們一起進去，找了一個小包廂坐下，他誇張的嗅著店裡的氣味，然後聲明聞到了什麼好東西，我笑著，遞給他菜單，告訴他，他可以點任何他喜歡的食物，他點了起司漢堡、培根、薯條和加料的巧克力奶昔，我要了一客英式土司和一杯咖啡。

「我遇到了一隻雞，」他說，「她就住在阿法貝特市，她說自己曾在一個叫裘克的皮條客手下做過，『裘克』可能是他的外號，老兄！她可真如驚弓之鳥啊！去年暑假，她才擺脫裘克，好像是從他安排她住的地方逃出來的，可是時刻都還提心吊膽怕會被裘克找到。她說裘克曾經威脅她，只要她敢惹他不爽，他就要把她鼻子給割了。她跟我說話的時候，還不停的摸著自己鼻子，生怕它不翼而飛似的。」

「如果她是去年暑假離開的，她就不可能知道巴比了。」

「嘿！對啊！」他說，「不過，事情是這樣的，我發現了一個小鬼，他知道巴比，但就他所知，剝削巴比的皮條客，就是曾經控制過——」他停了會兒，說：「我答應她不會把她名字漏出去的，不過告訴你應該沒關係，但──」

「不，我不需要知道她名字，結論是巴比和那女人是被同一個皮條客控制，但不在同一個時間，所以一旦你知道她的皮條客是誰，就等於知道巴比。」

「答對了。」

「就是這個叫裘克（Juke）的傢伙。」

「對！不過她不知道他姓什麼。我猜是盒子（Box）之類的吧（譯註：Jukebox就是點唱機的意思）。」他笑出來了，「她也不知道他住哪兒。裘克曾讓那女人住過華盛頓高地住宅區，但她說他還有幾個不同的巢穴，這兒安排幾個幼齒，那兒藏幾個嫩貨。」他挑了一根薯條，沾了沾番茄醬。「那個裘克痞子，總是不斷在找新的幼齒。」

「生意真這麼好，是不是？」

「她說他總是不停的找新貨色，因為原有的貨色總是用不久。」他歪著頭，試著想出他所要跟我講的重點，可是似乎不太能很清楚明瞭的講出來。「她還告訴我一件事，裘克叫她到處去宣傳，可以有兩種方式跟他交易，一種是『來回票』，一種是『單程票』，你知道那是什麼意思嗎？」

「說來聽聽。」

「『來回票』的意思就是你還有機會『回來』。『單程』就不是囉！好比有恩客買你『單程』，那麼他就可以不用把你『歸還』，他對你愛怎樣就怎樣。」他低頭看著他的盤子，「如果他想的話，甚至可以宰掉你，如此一來裘克不就大受歡迎嗎？她說他還告訴她，你最好乖點兒，否則哪天我就給你張『單程票』，她又說，可怕的是，你根本不知道你要赴的約是『單程』還是『來回』，他會說，『喔！這個凱子是個大好人呢！他可能會給你買些漂亮衣服，然後再對你好好的。』一旦她出了門去赴約，他轉身就會對別的孩子說：『你們以後永遠也不會看見那個婊子了，因為我幫她買的是單程票。』有些孩子聽了會開始哭泣，你知道，如果她是他們的好朋友的話，那他們是永遠見不到她啦！」

等他吃飽了，我又給了他三張二十塊鈔票，然後告訴他，我希望這點錢足以彌補他所花費的時間。他說：「嘿！不錯了啦！我知道你也不是啥個有錢人。」

到了餐廳外，我說：「千萬不要再更進一步追查什麼，阿傑，尤其不要再多問任何有關袭克那傢伙的事兒了。」

「我可以再多問幾個傢伙，看看她們怎麼說。」

「不，千萬不要！」

「我不會跟你多要錢的啦！」

「我不是擔心這個，我是不想袭克知道有人在找他，弄不好，他一轉身就開始來『找』你。」

他翻翻白眼，「我可不想被他『找』到。」他說：「女孩們說他是個大壞胚，又說他很大隻，不過在那女孩眼裡，誰看起來都很大隻。」

「那女孩多大了？」

「十二歲。」他說：「不過個子看起來比她實際年齡還要小。」

19

星期六我大部分時間都待在家，白天出去吃個三明治、喝杯咖啡當午餐，再到費爾．菲丁的錄影帶店對面去參加中午的聚會。七點五十分和伊蓮約在五十七街卡內基音樂廳門口見。她有一系列室內樂的票想用掉。那天晚上的演出團體是弦樂四重奏，拉大提琴的是位理光頭的黑女人，其他三位則是華裔美籍男樂手，他們都打扮得光鮮整齊，活像一群實習經理。

中場休息時分，我們計畫音樂會結束之後到巴黎綠去，途中去葛洛根酒吧晃晃也說不定。可上半場都還沒結束我們就提不起勁了，便到她的公寓去，叫外賣的中國菜吃。我在她那兒過夜，第二天早上又一起去吃早午餐。

星期日和吉姆吃過晚飯後，就到羅斯福醫院去參加八點半的聚會。

星期一早上，我徒步到中城北區分局，因為事先打過電話，德肯會在警局等我。我如往常一樣隨身攜帶了筆記本和昨天離開伊蓮家就帶在身上的《衝鋒敢死隊》。

「坐，要不要喝點咖啡？」他說。

「我剛喝過。」

「真希望我也有時間喝咖啡。怎麼啦？你腦子裡又在打什麼主意？」

「柏根．史特能。」
「哎，好吧。意料中事，你就像一隻咬住了骨頭的狗死都不鬆口，查到些什麼了嗎？」
我把錄影帶遞給他。
「這部片子很棒。」他說：「所以呢？」
「這個版本跟你記得的有些出入，尤其是史特能和奧加在片中謀殺了小男孩的那一段。」
「你說什麼啊？」
「有人將別捲錄影帶轉錄到這捲帶子上。李．馬文在螢幕上出現十五分鐘之後，畫面便切換成自製錄影帶，內容是由柏根、奧加和一個朋友一同演出，不過在片子結束之前那個朋友就歸西了。」
他拿起帶子，在手心掂了掂，道：「你是說，這是一捲色情片。」
「色情錄影帶，呃，反正都差不多。」
「而這個錄影帶是史特能夫妻的，但是怎麼——」
「說來話長。」
「我有的是時間。」
「而且也很複雜。」
「嗯，還好你是早上來找我，」他說，「在我頭腦還清醒的時候。」

8

從頭到尾我一定講了一個鐘頭。從威爾・哈柏曼驚慌失措的要我檢查那捲錄影帶開始，每一件重要的事情我都毫不保留的全盤托出。德肯翻開他桌上那本線圈筆記本，在新的一頁上開始記下重點，有時候他會打斷我，澄清一些疑點，但大部分他都讓我照自己的方式敘述。

講完之後，他說：「每一件事情竟然這麼巧妙的互相聯結在一起，真是好笑。你想想，假如你的朋友沒那麼巧租到那一捲錄影帶，也沒把它給你看，那麼得曼和史特能便永遠都扯不到一塊兒去。」

「而很可能我就沒辦法去鬆動得曼的心防，」我附和道，「他並沒主動的選擇找我坦白一切。那天晚上在巴黎綠，我只是在試探他，原本並沒把握有任何進展，我想，因為五區有線電視網的關係，也許他會認識史特能，況且在馬帕斯我又同時見到過他們，給他看那張素描不過是想讓他自亂陣腳罷了，沒想到，竟然會因此而破案。」

「而且還把他推出了窗戶。」

「這也算是巧合。」我說：「在哈柏曼沒有租那捲錄影帶之前，我幾乎也捲進這整件案子裡了。我一個朋友在賴凡格想求助於私家偵探時，向他提過我名字。如果賴凡格及時打電話給我，大概就不會被殺。」

「也許你也一起被殺了呢。」說著他把錄影帶從一隻手換到另一隻手，希望有人來把帶子接過去似的。「我猜我該看看吧，休息室裡有一台錄影機，我們可以把那些整天坐在電視機前面看《杜比杜．達拉斯》的老傢伙們趕出來。」他站起身來，「跟我一起看，好嗎？如果我遺漏了任何細節，你可以在旁邊提點一下。」

休息室空無一人，他在門口掛了請勿打擾的牌子，以防別人忽然闖進來。《衝鋒敢死隊》的部分快轉過去，史特能的自製電影就開始了。起先他還會發表一些條子的評論，諸如服裝啦，奧加的身材啦等等。但到殘忍的部分開始時，他便不吭氣了。這部電影就是有那種效果，不管你說什麼，都跟你所看到的東西不搭調。

倒帶的時候，他哼道：「老天爺。」

「是啊。」

「再說一次那個被他們殺掉的男孩，你說他的名字叫巴比是嗎？」

「是『快樂』，巴比是另一張我給你看的素描畫像上年紀比較小的那男孩。」

「就是你在拳擊賽中看到的那個對不對？你沒有看過『快樂』吧。」

「沒有。」

「哦，當然啦，你怎麼可能看過？在你看到錄影帶、在賴凡格被殺掉之前他就已經死了。你不是說過？事情真的很複雜。」他拿起一根菸，在手背上彈了幾下，「我得把這捲帶子拿到樓上給那些曼哈頓地方檢察官看，這事兒很棘手。」

「我知道。」

「馬修，這東西留在我這邊吧，你的電話號碼還是那支嗎？就是旅館的電話？」

「今天我會進進出出的。」

「嗯，好吧，如果今天沒有任何消息也別覺得奇怪，明天就比較有可能，甚至一直要等到星期三。我現在手邊也有一些案子要忙，不過我會馬上著手偵辦這件案子的。」他把帶子取出來。「這東西真是不得了。」他說：「你以前看過這種東西嗎？」

「沒有。」

「我最討厭那些你非看不可的狗屎。小時候看賽馬，那些人騎在馬身上，你知道嗎，我根本搞不懂他們在幹嘛？」

「我懂。」

「他媽的我真一點概念都沒有，」他說，「一點都沒有！」

8

直到星期三晚上我才接到德肯的消息。那天晚上我在聖保羅教堂參加聚會到十點鐘，回到旅館，有兩個口信，第一個是九點差一刻留的，要我打電話去警局找他。四十五分鐘後他又打來，並留了一個我從來沒打過的電話號碼。

我照號碼打過去，跟接電話的人說我找喬・德肯。他蓋住收話筒，不過我還是聽得見他叫：

「喬．德肯？我們這兒有個喬．德肯嗎？」過了半晌，喬來接電話。
「這麼晚了還在外面啊。」我說。
「是啊，暫時脫離城市的脈動。聽好，你有沒有時間？我想跟你談談。」
「沒問題。」
「你到這兒來，嗯？這什麼鬼地方啊？等等。」片刻他說：「這個地方叫『彼得的美國佬』，就在——」
「我知道那地方，老天。」
「怎麼啦？」
「沒什麼。」我說：「穿運動夾克打領帶去就可以了嗎？還是要穿西裝比較好？」
「少給我耍小聰明！」
「好。」
「這個地方是低俗了點，你有什麼問題嗎？」
「沒有。」
「以我現在這麼糟糕的心情來說，還能去哪裡？難不成去卡爾利大飯店？還是彩虹屋？」
「馬上來。」我說。
「彼得的美國佬」位於葛洛根西邊一個街區上，它的歷史悠久，已經經營好幾代了，仍然不像是會被列入國家古蹟的樣子。這地方向來是除了血腥，還是血腥。

酒吧裡充滿了走味的啤酒和馬桶堵塞的氣味。我進去時，酒保懶洋洋的抬起頭來看了我一眼，五六個坐在吧台前的老傢伙沒一個轉過頭來，我走過他們，到裡面那張桌子旁，喬背對著牆坐在那兒。他桌上有一個滿出來的菸灰缸，旁邊則是酒杯和一瓶「Hiram Walker Ten High」，其實像那樣把酒瓶拿到桌上來，是違反法令的，不過很多人是願意為了某個亮出警徽的傢伙而違法的。

「你找到地方啦，點東西喝吧。」他說。

「不用了。」

「哦，對了，你是不喝酒的，那種髒東西你從來都不碰。」他舉起杯子來，擠著臉孔把酒嚥下去。「你如果要喝可樂，得自己過去拿，他們這裡的服務不是很周到。」

「等一下再說。」

「那就坐下吧。」他捻熄菸。「耶穌基督啊，馬修，耶穌基督。」

「怎麼回事？」

「啊，屎蛋！」說著他把手伸下去，從身旁把錄影帶拿出來，丟在桌子上。錄影帶滑下桌子落到了我膝蓋上。「別摔著了！」他說：「我好不容易才把它拿回來，他們想沒收，不還給我。」

「出了什麼事？」

「可是我也不是省油的燈。」他繼續說道：「我說，嘿，如果你們不玩遊戲的話，就把球棒和球還給我，他們雖然覺得話不中聽，可是比起忍受我藉機發作，還不如交還給我容易些。」他把酒喝乾，碰的一聲把酒杯放在桌上，「忘了史特能吧，這個案子根本不能成立。」

「什麼意思？」

「我的意思就是案子不成立。我跟條子們談過，也跟一個地方檢察官談過，你手上那些東西根本就沒什麼鳥用。」

「你手上有的，」我說，「可是兩個人犯下謀殺罪的影像記錄。」

「哈，是哦！」他說：「這就是我所看到的，也是深植在我腦中揮之不去的影像，更是我為什麼到城裡最爛的糞坑來喝最爛的威士忌的原因。但這又算什麼呢？那傢伙頭上戴了一頂兜帽，遮住了大部分臉孔；而她呢，戴了一個面具。他們是誰？你說他們是柏根和奧加，我說很可能是你對。但是你能夠想像，讓他們站在被告席上，然後請陪審團根據那捲錄影帶來指認人犯？『法警，請你將女性被告的衣物除去，好讓我們能仔細查對她的乳房是不是和錄影帶上吻合？』因為那是唯一能在影片中看清楚的東西！」

「也可以看到她嘴巴。」

「對啊！而且通常都有東西在裡面。喏，重點是，你永遠沒辦法讓陪審團看到那捲錄影帶，因為那太具煽動性，任何一個被告的律師都會試著阻止這件事，而且通常他們都能夠成功。就連我看了那捲帶子之後，都被燒出一肚子鬼火，想把那兩個混帳推進牢裡，再把牢房門給焊起來。」

「可是陪審團卻看不到。」

「很有可能。在事情還沒進展到那種程度的時候，他們就會告訴你，根本連起訴都沒機會，因為你要呈什麼東西給大陪審團看？首先，誰被殺了？」

「一個小孩子。」

「一個我們一無所知的孩子，也許他叫快樂，也許他是從德州還是南卡或常常打高中足球賽的某個州來的。屍體呢？沒有人知道，你所聲稱的謀殺案是什麼時候發生的？沒有人知道，他真的被殺了嗎？這就更不曉得了。」

「你看到的，喬。」

「這種東西我在電視和電影上看多了。這玩意人們稱為電影特效。什麼傑遜啦，弗雷迪啊這些英雄們，在不同的電影裡大開殺戒。告訴你，他們可以做得跟柏根和奧加一樣好。」

「我們看的是自製錄影帶，那上面沒用到電影特效。」

「這我知道。然而我更知道，這捲錄影帶不足以證明誰犯下了一樁謀殺案，況且沒有何地、何時、誰被殺害了的證據，你根本拿不出東西上法庭。」

「那賴凡格呢？」

「什麼賴凡格？」

「他被人謀殺是有記錄的。」

「所以呢？阿諾・賴凡格和史特能夫婦之間，根本扯不上關聯，唯一勉強能算是證人的理察・得曼，趕巧又很『方便』的死了，他告訴你的那些話也是在私底下，旁邊沒任何證人，這種算是耳聞來的小道消息，法庭上是不承認的。而且就算是得曼本人，也無法讓史特能與影片扯上關聯，賴凡格想用那捲錄影帶勒索史特能，但他也說了，如果史特能拿到了帶子，一切就都結束了，你在心裡有十足把握說我們手上的就是那捲錄影帶，而賴凡格正是親眼看著小男孩鮮血流進水管的攝影師，但那並不是證據，在法庭上，你才開口講這些事，就會有律師跳進你嘴裡塞住你的喉嚨。」

「那麼另一個男孩呢？巴比啊，就是年紀比較小的那一個。」

「老天爺啊。」他說，「你手上有什麼呢？一幅根據你在拳擊場看到他坐在史特能旁的畫像？還有一個小毛頭說認得他叫巴比，但是他姓什麼，打哪兒來，又發生了什麼事就完全不清楚了。又有另一個孩子說，巴比以前跟個皮條客混一起，那個皮條客常常威脅要把孩子們送到很遠很遠回不來的地方。」

「他叫裘克，想要追查他應該不太難。」

「事實上他是個比較能掌握的人。人們總是在抱怨電腦系統，可是電腦確實幫了很大的忙，這個叫裘克的，本名是華特．尼克森，他就是裘克，也就是那個裘克．巴克斯，他的諢名來自於第一次犯案，他敲壞了一台販賣機，之後又因為強暴、協助未成年少男犯罪、不道德的拉客，而以妨害風化罪名被捕，換句話說，這是一個娼妓集團，有一整班的小娼妓被捕。」

「你不能去拘提他嗎？很可能是他把巴比拉給史特能的。」

「沒有什麼東西要脅他的話，很難從他口中吐出什麼來，而且像他那種街頭痞子，要別人相信他所說的也很困難，不過你什麼都甭做了，那個人渣剛好死啦！」

「史特能幹的。」

「不是史特能，是他自己——」

「就像得曼的下場一樣，在別人還來不及抓他之前先殺人滅口，該死的，我應該馬上就來的，還等什麼週末——」

「馬修，裘克一個禮拜前就死了，跟史特能沒有關係，恐怕連史特能自己也不曉得這件事，裘克和另一名『大自然的貴族』在里諾大道上的俱樂部中互相射殺，送掉了性命，是為了一個十歲的小女孩。能讓兩個大男人為她爭風吃醋互射而死，肯定是個夠勁的辣妹，是吧？」

我沒有搭腔。

「知道嗎？我恨死了這種事，昨天晚上我就接到了消息，今早去的時候，又繼續努力了一陣。他們沒錯，他們是對的，但是也錯了。一直等到今天晚上，我才打電話給你，因為實在不想告訴你這些，信不信由你。若是其他情況，我是很樂意和你同一陣線的，唉！」他在杯裡倒了更多威士忌，一陣酒味飄來，不過我並不想喝它，如同「彼得的美國佬」裡的惡臭對我也不起作用。

我說：「喬，我想，我能夠了解。得曼死的時候，我就知道沒啥希望了。」

「如果得曼還活著，我想我們十之八九都能逮住他們，現在得曼一死，我們沒戲唱了。」

「但假若你開始進行全面調查——」

「天老爺，你怎麼還搞不懂？」他說：「我們要用什麼理由去進行調查？原告在哪裡？申請拘票的正當理由又是什麼？我們有的只是一堆派不上用場的垃圾。那個男人沒有前科，局裡也就查不到他的檔案，更不用說調查了。他的記錄乾乾淨淨，住中央公園南面的豪華公寓裡，買賣外幣，過著美好的生活——」

「那是洗錢。」

「那是你的說法，有證據嗎？他繳稅、捐錢給慈善機關，還對政治團體有重要貢獻——」

「哦？」

「你少來，這又不是什麼抓不了他的原因，並不是因為他和什麼重要人士掛鉤我們才查不下去，沒這回事兒。他並不是那種被人牽著鼻子走的街頭流浪兒。非得要有充分證據才能抓他上公堂，而你想知道什麼才叫有力的證據嗎？說五個字就夠了，想不想聽那五個字？華倫．麥德遜。」

「哦。」

「沒錯。『哦！』華倫．麥德遜，布朗克斯的恐怖分子。販毒不說，光確定是他幹的事來說，他就殺了四個毒販，另外有五個人的死也懷疑是他幹的，就在他們終於在他老媽的公寓圍捕他的時候，他一口氣宰掉了六個警察，在沒上手銬前，殺了六個警察吔。」

「我記得這事。」

「還有那個雞巴古魯留去替他做辯護律師，你知道他幹了什麼事？他每次都這樣，反咬警察一口，說什麼警察利用他當線民，又把查收的古柯鹼交給他去賣，最後還要殺他滅口，他媽的你能相信嗎？六個配槍的警察，卻沒有一顆子彈打在華倫身上，然後他說這是整個警察局串通好的陰謀要殺掉他。」

「而且陪審團還信了。」

「幹他的布朗克斯陪審團，就算是希特勒他們也會把他放了，再叫輛計程車送他回家，何況只是個區區毒販，大家都知道他有罪也沒用。你能想像用這一樁證據不足的案子去告一個穩穩的公民史特能嗎？馬修，你到底聽懂了沒？還是要我再說一遍？」

我聽懂了，不過我們還是從頭再過濾了一遍，講了不一會兒，Ten High的酒精開始發生作用，喬的眼睛失去了敏銳的焦距，說話也開始含混不清。很快的，他重複自己說過的話，也失去了自己的論點。

「我們離開這裡吧。」我說，「你餓不餓？咱們去吃點東西，也許喝點咖啡什麼的。」

「這什麼意思？」

「意思是我不介意吃點東西。」

「狗屁！你這個狗娘養的，少給我在那邊自命清高。」

「我沒有。」

「幹你的沒有才怪！是不是那些聚會教你，當人家想喝悶酒的時候，怎麼樣才能做一個討厭鬼？」

「不是。」

「不要因為自己是個無法承受酒精的小甜甜，就認為上帝派你來勸全世界的人都戒酒。」

「你說的沒錯。」

「坐下。你要去哪裡？看在上帝的份上，你給我坐下吧。」

「我該回家了。」我說。

「馬修？對不起，剛才我太過分了，好嗎？真的沒別的意思。」

「沒關係。」

他又跟我道歉，我也說不要緊，然後呢，酒精又開始作怪，他說不喜歡我剛才說話的語氣，

「等一下。」我說，「待在這兒別動，我馬上就回來。」說完我就走出酒館，回家去也。

他喝醉了，一瓶酒還剩下大半瓶，他腰上掛著一把警用左輪槍，車子停在街邊的消防栓旁，看起來滿危險的，可是上帝並沒指派我來幫他媽的全人類戒酒，也沒要我確定每一個人都能平平安安的回家。

20

那天晚上我上床睡覺前，把錄影帶擱桌上鬧鐘旁。第二天早上一睜眼，首先映入眼簾的就是那捲帶子。我將它留在桌上，出門迎接這新的一天。那天是星期四，我沒去馬帕斯看拳賽，趕回家開電視看轉播，效果和臨場的感覺就是不一樣。

又一天過去了，到了星期六，我才想到應該把錄影帶放進保險箱中，可是週末銀行不上班，便和伊蓮在蘇活區的藝廊逛了一下午，在城裡吃了義大利菜，然後到「甜蜜貝茜」去聽鋼琴三重奏。那天，我們之間流轉著一種恬適的靜默，那是只有在兩個人經歷過共同的成長後才會出現的默契。回家的路上，計程車裡我們緊握著雙手，默默無語。

早先我對她提起喬和我之間的對話，不過那天下午和晚上我們都沒再回到那個話題上。星期天晚上我和吉姆照例一起吃晚飯，也沒再跟他談起那件案子。聊天時，它會在我腦海中閃過一兩次，不過我並不覺得有必要再拿出來討論。

現在看來好像有點奇怪，但那幾天我真的沒有放多少心思在那上面。倒不是因為同時間還有許多事在忙，也沒有什麼運動賽事占去我太多時間，尤其是從超級盃到春訓之間的這段體育淡季。

就我所知，我的大腦分隔成許許多多不同層級的區域，常會使用一些超乎意識所能想到的方法來處理事件。自從我當上警員後，便很少正經八百坐下來在意識層面上試著理解什麼事，大部分附加的細節會自動整理出一個明顯的解決之道，然而洞察力通常不像是靈光乍現這麼容易出現，而是腦中潛意識的那部分明顯的把有用的資料都處理過，從一片謎團中提供我一線新的啟發。

所以應該可以說我下意識的決定，我暫時將史特能夫妻這件案子擺一邊，從腦海中揮去（或是，也許「放進」腦海中更深、更隱蔽的領域裡），直到我想出解決方法為止。

這要不了多少時間，至於成效如何……呃，就很難說了。

8

星期二清早，我撥一一四查號台問住在中央公園南面的柏根．史特能的電話。可是接線生說，這個電話她不能給，不過倒是願意提供萊辛頓大道一帶的商業電話冊，謝過她後，我掛上電話。不久再撥一通，這次是一個男接線生，我告訴他自己是警察，並附上姓名及警徽號碼，要查詢一個未公開的電話號碼，我給了他姓名地址，他把電話給我，我道了謝，照著撥去。

接電話的是個女人，我說要找史特能先生，她說出去了。我問她是不是史特能太太，停頓了一兩秒鐘，她才決定承認。

我說：「史特能太太，我這兒有一樣東西，原是屬於你們夫妻倆的，我希望交還給你們時，可以拿到相當的回報。」

「你是誰？」
「我叫史卡德。馬修．史卡德。」我說。
「我想我不認識你。」
「我們見過，不過我沒有預期你會記得，我是理察．得曼的朋友。」
這次是明顯的停頓，我猜她是在琢磨坦承自己與得曼之間的友誼，會不會被記上一筆。
「那件事真是太悲慘了，對我們衝擊很大。」
「想必也是。」
「你說你是他朋友？」
「沒錯，並且也是阿諾．賴凡格的好朋友。」
又是一陣躊躇，「恐怕我不認識他吧。」
「那是另一樁悲劇。」
「對不起，你說什麼？」
「他死了。」
「真遺憾，不過我從來就不認識這個人，假如你能告訴我到底你想幹什麼——」
「就在電話裡講？你確定要這樣嗎？」
「我丈夫現在不在家，如果你能留下你的電話，也許等他回來後可以給你回電。」
「我有一捲賴凡格拍的錄影帶。」我說，「你真的要我在電話中告訴你內容？」

「不。」

「我想私下跟你見個面。就你一個，不要帶你丈夫來。」

「我懂了。」

「找個公開的場合，可是隱密得不會有人偷聽到我們說話。」

「讓我想想。」她說，過了足足一分鐘，她說：「你知不知道我住的地方？唉，這還用問？你連電話都有了，但你是怎麼弄到電話號碼的？這種不公開的電話應該不可能查到。」

「我想他們弄錯了。」

「這種事情他們不會弄錯。哦，當然啦，你是從理察那裡問到的，可是——」

「什麼？」

「沒事。你知道地址，這棟大樓裡面就有一個雞尾酒吧，一小時之內在那兒見面。」

「好。」

「等一等，我要怎麼認你？」

「我會認出你的。」我說：「只要戴上面具，再把衣服脫掉就好了。」

8

雞尾酒吧的名字叫「海卓安之牆」，海卓安是一位羅馬皇帝，而以他為名的這道牆建於北英格蘭，用來保護羅馬人以防蠻族入侵的工事。至於這名字的背後還有什麼豐功偉蹟，我一無所知。酒吧裡的裝潢保守而昂貴，紅皮的靠背椅和黑色雲母石桌。燈光幽暗，音樂也只隱約可聞。

我早到了五分鐘，坐下來，先點了一瓶沛綠雅礦泉水。她遲到十分鐘，從大廳進來，站在門口向裡頭張望。我站起身來，她一看見我，便毫不遲疑的走向這裡，「希望沒讓你久等。」她說：「我是奧加・史特能。」

「馬修・史卡德。」

她伸出手來讓我握住，那是一隻冰冷而滑膩的手，手勁很大，讓我聯想到穿在絲絨手套裡的鐵手。指甲很長，塗著與唇膏同色的猩紅。

錄影帶裡，她的乳頭也是同樣顏色。

我們才一坐定，侍者就來了。她叫出他的名字，要了一杯白酒，我要他再給我來一瓶沛綠雅。我們一直保持沉默，等侍者把飲料端上離去，她才開口，「我見過你。」

「我告訴過你，我們見過。」

「在哪兒呢？」她皺皺眉，然後說：「哦，對了，在拳擊場樓下，你鬼鬼祟祟的不知在幹啥。」

「我在找男洗手間。」

「就算是好了。」她舉杯，輕輕的抿了一口酒，只是潤潤舌罷了。她穿著深色絲質襯衫，頸項上繫條花絲巾，用別針固定在喉頭處。那個寶石似乎是青琉璃石，她的眼睛看起來也藍汪汪的，不過在這麼昏暗的燈光下，很難辨別眼珠顏色。

「告訴我你要什麼。」她說。

「你不讓我先說我知道些什麼。」

「好吧。」

我從自己曾經做過警察開始說起，她聽了並不吃驚，大概是我有條子相吧，在一次時代廣場的掃黃行動中，我們抓了賴凡格，他是一家成人書店的店員，我說，以侵占及販賣猥褻物品的罪名被逮捕。

「後來出了一些事，我離開了紐約警局，去年，賴凡格聽到我在做私家偵探，便跟我聯絡，幾年沒見，阿諾那傢伙還是老樣子，長胖了些，不過還是沒變。」

「我壓根兒就不認識這個人。」

「隨你怎麼說吧。我們碰了面，他向我透露一個有關某人在地下室拍自製影片的故事，其中涉及一些專業領域所以人家找他當攝影師，就我個人來說，像阿諾那種電影狂看的片子我可不感興趣，但你不會毫不知情吧！」

「我不知道你在說什麼。」

我身上沒有監聽裝置，可是就算用麥克風大喊，結果還不都一樣，她一句口風都不漏，從她的眼中我看得出她完全了解我說的話，但卻小心翼翼的不在話語中漏出任何可以留下記錄的訊息。

「就像我說的，」我繼續，「阿諾很謹慎。他想用一捲拷貝帶來賺錢，不過他很小心沒有說是多少。他怕買主會不利於他，所以才找上我，我的工作是協助他以確保買主不會要他的命。」

「那你做到了嗎？」

「那就是阿諾不聰明的地方了。他只要一個保鏢而不要合夥人，因為他想獨占得到的錢，雖然也許他會象徵性的付一些給我。他對我有所保留，處處提防著我，而他卻忘了提防他的買主，因為他被人拖到地獄廚房的黑巷裡用刀刺死了。」

「真可憐。」

「這種事情常常發生，人家不是說嗎？這個世界不是狗咬狗，就是黑吃黑。一聽到消息，我馬上就趕去他那兒，買通了管理員，進到他公寓裡四處蒐查。警察已經去過，而他們並不是第一批進到公寓裡的人，因為阿諾屍體被發現時，他身上的鑰匙已經不翼而飛，所以我也不期望能有什麼重大發現，可能連次等貨都撈不到，史特能太太，請恕我開黃腔。」

她看著我。

「事情是這樣的，我知道阿諾那裡留有一份拷貝，他跟我說過。於是我把所有錄影帶收集起來，一共有四十幾捲之多，都是那種如果你看到包準會關電視的老片子，但他就愛那調調。我呢，坐在錄影機前面，一捲一捲的放，一捲一捲的找，我用快轉來檢查每一捲帶子，放到這捲時，電影畫面陡然消失，切入的是一個在房間裡的少年，像中古世紀西班牙宗教審判似的被掛在金屬架子上，屋子裡還有一個美麗的女人，穿著皮褲、手套，腳蹬高跟鞋，除此之外一絲不掛。我注意到你今天也穿皮褲，不過跟那件不一樣，錄影帶裡的那件，下面有開襠。」

「多告訴我一些錄影帶的事。」

我詳細的描述以示我真的看過，「沒有什麼劇情，」我說，「不過結局出了一點小毛病，血液象徵性的流經地板注入排水管中，你不得不歸功阿諾，這是他最具創意的表現，還有那棋盤式的地板，竟然和馬帕斯的地板一模一樣，這不太巧了嗎？」

她抿抿嘴唇，輕輕的呼了一口氣，桌上的白酒還剩半杯，不過她沒碰，反而伸手把我的沛綠雅取去啜了一小口，然後再擺回原位，非常曖昧的動作。

「你提到理察・得曼。」她說。

「沒錯。」我說：「你瞧，我手上有阿諾的帶子，但是該拿它怎麼辦？這個誤入歧途的混蛋又沒告訴我那些人是誰。我相信失主一定會很高興能收回帶子，而我呢，由於提供了替他們收回帶子這個深具意義的服務，一定也能得到相當的回報。可我要怎麼才能找到他們呢？我眼觀四面，耳聽八方，然而如果不能恰好撞見一個穿著橡皮衣、挺著陰莖在街上逛的男人，我實在無計可施。」

我把裝著礦泉水的杯子在手中轉，舉起來在她紅唇停留過的地方啜了一口，代替了一個吻。

「然後得曼出現了，」我說，「還死了老婆，輿論大概分成他到底有沒有涉嫌殺他老婆兩種說法，我們是在一間酒吧認識的，因為他也在電視台工作，所以我自然的提到在我們相識之前也在電視網服務過的阿諾，奇怪的是，他提起了你的名字。」

「我的名字？」

「你和你丈夫的名字，很特別的名字，就算在酒館裡泡一整晚也不會忘記。得曼那天喝得比我醉，酒後嘛，便很可愛的吐了一堆線索和暗示，我本想跟他再多談談，可是接下來你也知道，他死了，據說是自殺。」

「真是悲哀。」

「而且就像你在電話裡說的，很悲慘。他被殺的同一天，我們約在馬帕斯見面，他要指認你的丈夫給我看，當然他失約了，我猜那個時候他就已經死了。不過我也不需要他的指認，因為我認得你們倆，不但如此，我還認出了地下室的地板，你們拍片的房間我是沒找到，也許是那些上了鎖的其中一間，也許拍完片後你們又重新裝潢過了。」我聳聳肩，「這已經無關緊要了。得曼要幹什麼？他跳出窗戶時有沒有得到什麼協助？這些都已經不重要了，重點是，現在我正掌握一個可以做些有用的事，並讓別人回報我的優勢。」

「你想要什麼？」

「我想要什麼？那簡單，基本上我要的東西和阿諾要的一樣，每一個人要的不都差不多嗎？」她的手放在離我只有幾吋的桌面上，我伸出一根手指，碰碰她的手背，「唯一的一點：我不想得到像他一樣的下場。」

∞

好長一段時間，她只是坐在那兒垂眼看著我們交觸在桌上的手，然後她將手覆上來，定睛望著我，此時我可以看到她眼裡那汪懾人的藍。

「馬修，」她試著叫我的名字，「不，我想我還是叫你史卡德好了。」

「你喜歡就好。」

她站起身，我還以為她要走了，相反的，她繞過桌子挨緊我的身子坐下，又把手覆在我手上。

「現在我們是在同一邊了。」她說。

她擦了很多香水，聞起來像麝香，這倒不令我吃驚，我並不認為她聞起來會像一株松樹。

「像那樣實在不好說話。」她說：「你知道我的意思嗎？史卡德？」我不知道原來她有口音，語調帶著輕微的歐洲腔，「我能講什麼呢？也許你在耍詐，戴了監聽器好把我的話都錄下來。」

「我沒有戴監聽器。」

「我又怎麼知道呢？」她轉向我，把手放在我的領結下方，順著領帶而下，將手塞進我西裝外套裡，然後仔細的摸遍襯衫前面。

「跟你說過了沒有。」我說。

「是啊，你跟我說過，」她喃喃道，她的唇就在我的耳際，暖暖的呼吸拂過我的臉頰，手則游移而下，從我的大腿內側向上廝磨。

「你把錄影帶帶來了嗎？」

「在銀行的保險箱裡。」

「真可惜，不然我們現在就可以上樓去放來看了。你看那捲帶子的時候有什麼感覺？」

「不知道。」

「不知道？這什麼答案哪？你自然是知道，它讓你很興奮，對不對？」

「我想是吧。」

「你想是吧，你現在就很激動了，史卡德，你勃起了。我現在光靠愛撫就可以讓你達到高潮，怎麼樣啊？」

我不發一語。

「我現在又熱又溼呢，」她說，「而且沒有穿內褲，光著下體穿緊身皮褲，然後再把皮褲裡頭弄溼的滋味真是太美妙了，要不要跟我上樓來？我可以把你幹得欲仙欲死。記不記得我怎麼對付那個小男生？」

「你宰了他。」

「你以為他真在受苦嗎？」她貼得更近，輕啃著我的耳垂，「連續三天，我和柏根把他幹得昏頭腦脹，我們幹他、吸吮他，他要什麼藥都給他，一輩子的福在三天裡都讓他享盡了。」

「但他卻不太喜歡那個結局。」

「他是很痛苦，那又怎麼樣？」她依著話語的節奏愛撫我，「他是活不到一百歲，也沒機會變成一個糟老頭，但誰希望變成一個糟老頭呢？」

「我猜他死得很快樂。」

「他就叫快樂。」

「我知道。」

「你連這個也知道？那你知道的可不少，你以為你很關心他嗎？如果你這麼關心他，為什麼會勃起呢？」

這倒是個好問題，「我從來沒說過我關心他。」

「那你到底關心什麼？」

「用錄影帶拿到錢，而且活著花它。」

「還有呢？」

「目前為止，這樣就夠了。」

「你要我，不是嗎？」

「地獄裡的人也想要冰水，消消火啊。」

「但是他們可沒這個福氣，如果你要我，我們現在就可以上樓去。」

「不用了。」

她坐回去，「老天，你真是強悍。」她說：「你是個難纏的傢伙是不是？」

「也不特別是。」

「要是理察的話，早就趴下，隔著皮褲啃我了。」

「看看他的下場。」

「他也沒那麼痛苦。」

「我知道。」我說：「誰希望衰老而死？聽著，即使你能讓我勃起，並不表示你就能牽著我的老二走，我當然要你，第一次看到錄影帶時我就要你了。」我抓起她的手，擺進她的大腿內側，「等我們的正事辦完了，」我說，「我再要你。」

「真的嗎？」

「真的。」

「你知道你讓我想起誰嗎？柏根。」

「我穿黑色橡皮衣不好看。」

「別那麼肯定喔。」

「而且我割過包皮。」

「你可以移植皮膚啊。不，是你的內在，跟他相像，你們都很冷酷。你以前是警察吧？」

「沒錯。」

「你殺過人嗎？」

「問這幹什麼？」

「你不用回答我也能感覺出來。一定有，那種滋味你還喜歡嗎？」

「不特別喜歡。」

「你確定這是實話？」

「什麼是實話？」

「啊，老掉牙的問題了。不過我想我還是坐回對面去，要談正事的話，能看到彼此的臉才好。」

∞

我向她表示我並不貪心，五萬塊就能打發掉，他們也曾付給賴凡格那個數目，雖然最後沒讓他留著用，但可以照付給我。

「你很可能和他一樣哦。」她說，「他發誓沒有拷貝，但還是有。」

「他太笨了。」

「留著拷貝嗎？」

「不，騙你們說他沒有拷貝。我有兩份拷貝，一份在律師那兒，另一份在一位私家偵探的保險箱裡，以免我死在黑巷或從窗口掉出來。」

「如果你有兩份拷貝，你可以向我們勒索更多的錢。」

我搖搖頭說：「那些備份只是以防萬一，而我的聰明才智則是你們的保障，把帶子賣給你們一次是幫你們一個忙，而不是勒索。但如果我賣給你們第二次，就會被殺掉，我可不會那麼笨。」

「那如果我們第一次就不付錢呢？你就去報警嗎？」

「不。」

「為什麼不？」

「因為這捲帶子還不足以讓你們下獄，我會把帶子拿去報社，這種故事，小報社最喜歡了。他們知道你們的雙手染了太多的鮮血，而無法提出誹謗告訴，他們會把消息揚得甚囂塵上。也許你們不會受到法律的制裁，但卻會引起相當大的注目，而你丈夫的加州朋友也不會樂意見到你們這麼大出鋒頭吧。就連坐電梯的時候，也會遭致鄰居的指指點點。只消五萬塊，就能避免這種拋頭露面，誰都會付錢的。」

「五萬塊可不是小數目。」

「你真的這樣想嗎？我是不知道賣給報社能不能拿這麼多錢，但最少一半沒問題，如果那種故事還不能讓他們賺錢的話，他們大概得改行了。今天下午我就可以隨便走進一間辦公室，出來的時候手上多了一張兩萬五的支票，沒人會說我是個勒索者，相反的，他們還會叫我英雄偵探，更有可能委託我再多挖掘一些。」

「我得和柏根商量，你說錢不多，但籌起來還是要花點時間。」

「去你的，」我說，「一個專門洗錢的男人要籌錢還會有困難？你們公寓裡至少有五倍的數目。」

「你對經商的觀念好像有點可笑。」

「明天晚上我確定你們能把錢準備好。」我說：「我到時候就要。」

「天哪，」她說，「你真像柏根。」

「我們品味不同。」

「是嗎？沒有真正嚐過滋味，最好先別妄下斷語，而且你從來沒試過，對嗎？」

「我並沒有錯過多少山珍美味。」

「柏根一定會很想見你。」

「明天晚上我們進行交易的時候，我會把錄影帶帶去，以便讓你們鑑定貨色，你們在馬帕斯有錄影機吧？」

「你想在那裡進行交易？拳擊場？」

「這對雙方來說都很安全。」

「天曉得那實在是個很隱密的所在，除了星期四之外，那裡就像荒地一樣，即使星期四也沒有很多人，明天是星期幾？星期三？我想應該有可能，當然我得先和柏根商量。」

「這是當然。」

「什麼時間比較好呢？」

「晚一點。」我說：「我可以晚一點再打電話給你商量細節。」

「好。」她看看手錶，「四點鐘打電話給我。」

「我會的。」

「很好。」她打開皮包，把我們兩人的酒錢放桌上，「告訴你，史卡德，我真的想先和你上樓去，我溼透了，而且不是假的。」

「我想也是。」

「而你也一樣想要我，可是我很高興我們什麼都沒做，你知道為什麼嗎？」

「告訴我。」

「因為這樣我們之間就會一直存著一種性張力，你能感覺到嗎？」

「可以。」

「那不會消失，明天晚上還會存在，也許我會穿開襠的褲子去馬帕斯，你喜歡嗎？」

「也許。」

「還有長手套、高跟鞋，」她看著我，「沒有上衣。」

「乳頭上要擦口紅。」

「鮮紅的！」

「要和你的唇膏、指甲油同一種顏色。」

「也許完成交易之後，我們三個可以找點樂子。」

「這我就不敢說了。」

「你以為我們會把錢收回來？你不是在律師和私家偵探保險箱那裡都有拷貝嗎？」

「我不是說那個。」

「那是什麼？」

「我們三個人，我不喜歡太多人。」

「不會太擠的，你要多少空間都可以。」

21

四點鐘，我打電話過去，我想她一定是守在電話機旁邊，鈴聲一響她就接了。

「嗨，我是史卡德。」我說。

「你很準時，這是個好現象。」她說。

「哪種好現象？」

「守時的好現象，我跟我丈夫說了，他同意你的提議，明天晚上沒問題，至於時間，他建議在午夜。」

「晚一點吧。」

「凌晨一點嗎？等一下。」

通話停頓了片刻，然後史特能接過電話，他說：「史卡德嗎？我是柏根．史特能，凌晨一點鐘沒問題。」

「很好。」

「我真是急著想見你，我太太對你印象很深刻。」

「她也很迷人。」

「我一向都這麼認為。說起來，其實我們見過面對不對？你是那個到處亂闖我廁所的拳迷對嗎？不過我必須承認，你長什麼樣子我已經不記得了。」

「看到我不就知道了嗎？」

「我怎麼覺得我早就認識你了。奧加跟我解釋過目前的狀況，你的安排我沒有任何問題，在律師和你的代理人那裡還留有拷貝對吧？」

「是律師和私家偵探。」

「如果你死了，他們就得依照你的指示去處理拷貝，是嗎？」

「正確。」

「你有這種警覺我可以理解，不過我向你保證，那完全沒必要，但是就算這樣你還是不會放鬆警戒吧？」

「對，是不會。」

「防人之心不可無，人家不都這樣說的嗎？可是我有個疑問，史卡德，假如我們完成交易，然後從此你走你的陽關道，我過我的獨木橋，但五年之後你一不小心被一輛公車給輾死了，你明白我意思嗎？」

「明白。」

「如果我相信了你——」

「我懂你的意思，」我說，「我認識一個人，他以前也曾經有類似的狀況發生，讓我想想看他是怎麼處理的。」我思索了一會兒，「好吧，你聽聽看這樣處理好不好，我會告訴他們說，假如我從今天算起的一年之後死亡，他們將可以把東西都毀掉，除非有特殊情況發生。」

「什麼樣的特殊情況？」

「如果我死於什麼可疑的原因，而謀殺者尚未被確認或逮捕歸案。換句話說，如果我是被公車撞死或是被嫉妒的情敵槍殺，那便不關你的事，可是如果我被某人或某些不明人士謀殺，那你脫不了干係。」

「如果你在一年之內就死了呢？」

「那你就有麻煩了。」

「即使是被公車撞死也算？」

「即使是心臟病發作也包括在內。」

「天哪！」他說，「這我可不太喜歡了。」

「我盡力了，沒辦法。」

「狗屎，你的健康情形怎樣？」

「還不賴。」

「我希望你別嗑太多可樂才好。」

「可樂的氣泡太多了，所以我喝得不多。」

「真好笑。你不跳傘，也不玩滑翔翼吧？自己開不開飛機呢？老天，你聽聽，這簡直像人壽保險的測驗，好吧，反正你好好照顧自己，史卡德。」
「我會明哲保身的。」
「這就對了。」他說：「你知道嗎？我想奧加說的沒錯，我一定會喜歡你的，今天晚上有什麼計畫？」
「今天晚上？」
「是啊，要不要一起吃晚飯？我們可以喝點香檳，說說笑笑，明天要談公事沒錯，但誰規定我們今晚就不能來點社交活動呢？」
「我沒辦法。」
「為什麼？」
「今天晚上已經有計畫了。」
「取消嘛，有什麼事情那麼重要，不能改時間嗎？」
「我要去參加戒酒聚會。」
他大笑了好久，「哦，簡直太妙啦。」他說：「沒錯，你一提我倒想起來了，我們其實都有計畫，奧加今晚要去CYO〔譯註：Catholic Youth Organization，天主教青年組織〕陪舞，我則要去，呃——」
「童子軍大會。」我提議道。
「一點沒錯，那是一個年度的頒獎晚宴，他們要頒給我一枚雞姦勳章，是一種大家都追求的最高榮譽，史卡德，你這個人真好玩，你花了我很多錢，不過至少讓我買回一些笑料。」

掛上史特能的電話，我打電話到租車公司預租了一輛車子，取車之前我先到柯林斯書店買了一份皇后區地圖，走出書店時我才想到自己正經過那一家幫雷．蓋林戴斯的素描裱框的畫廊。畫裱得很好，透過不反光的玻璃，我試著用一種純粹欣賞藝術品的角度去看那兩幅鉛筆素描，可是仍舊失敗了。因為我的眼前，不斷浮現出兩個死去的小男孩，和那個殺害他們的男人。

他們把畫包好交給我，我用信用卡付完帳，把畫帶回旅館，收進衣櫥裡。我研究了一會兒皇后區地圖，外出吃了三明治和咖啡後又回來研究地圖，七點左右，我徒步到租車公司取車，還是用信用卡付帳。他們把我帶到一輛灰色的豐田冠樂拉前面，里程錶已經跑了六千兩百哩，油箱加滿，菸灰缸清得很乾淨，可是不知是誰吸的地毯，沒有達到完美的程度。

我把地圖帶身邊，沒有查閱就開往中城隧道，經過長島便道，在交流道前下了公路。路上交通有些擁擠，不過情況還好，因為現在所有的通勤者都在看電視，我在那兒附近打轉，開到新馬帕斯體育館時慢慢的繞了一圈，然後找地方把車停下來。

我像個正在執勤的懶惰老條子一樣在那裡坐了一個小時，過不久想要小便，但是忘了帶小罐子。這是以前做警察時學來的。不過這方圓幾哩之內，盡是一片荒煙漫草，半小時之內連個鬼影子都沒有看見，我便大起膽子，把車開到兩條街遠的一堵廢棄磚牆邊，下車小便。然後又開到拳賽場對街停下來。這條街是車主們夢想中的停車場，到處都是停車位。

九點多，我下車來，謹慎小心的慢慢往拳擊場走去。回來後，扭開昏暗的小燈，取出筆記本，用剩下一點時間草草的畫張路線圖。

十點鐘，我從另一條路線開回城裡，租車公司的小弟說他得算我全天的租金，「你乾脆開回去，明天下午再來還車，反正一毛錢也不用多付。」

我告訴他已經用不到了，車庫位於五十七和五十八街之間的第十一大道上，我往東走了一條街，然後右轉往南，經過阿姆斯壯時進去晃了一下，沒看到我認識的人。又到「彼得的美國佬」去看看喬．德肯是否在那兒，結果他也不在。幾天前我們才聊過天，他說希望自己說話還算得體，我向他保證他絕對是個溫文儒雅的紳士。

「那麼那就是我的『第一次』，你知道嗎？我可沒有這種口不擇言的習慣，可是一個人偶爾也要把心中積壓的鬱悶倒出來才行。」

我說我了解他的意思。

8

米基也不在葛洛根，柏克說：「他應該等一下就會來。」他說：「從現在起到關門前這一段時間，他總會出現。」

我坐那兒，把一杯可樂喝完，改喝氣泡水，安迪．巴克利來了，柏克倒了一品脫的健力士黑啤酒給他，他把高腳凳搬到我身邊，開始大發籃球高論。以前我還知道籃球的一些規則，但是過去幾年來都沒再注意了。這無所謂，反正都安迪一個人在講。他跑到麥迪遜廣場花園去看球賽，尼克隊終場以三分險勝對手，為他贏了賭金。

後來他又說服我去跟他玩射飛鏢遊戲，當然我不會笨到跟他賭，他就算用左手射都可以贏我。玩完第二盤，我走回吧台再喝一杯可樂，安迪則留在原地讓自己的功力練得更精進。

我一度想去參加午夜聚會，記得剛戒酒時，在萊辛頓大道和三十街附近的摩拉及教堂每天晚上十二點都有一場聚會。後來因為場地問題整個小組移往艾樂儂屋。那是一個戒酒俱樂部，在戲劇院附近有很多聚會場合，目前是在西四十六街上一棟公寓的三樓。艾樂儂屋位於這幾個地點之間，有些人在市中心靠維瑞克的休斯頓街上又組了個聚會，地點就在格林威治村和蘇活區相連的地方，凌晨兩點還有專門為失眠者辦的聚會。

我可以先去參加午夜聚會，只要和柏克交代一聲，看到米基時跟他說我在找他，一點半前一定會回來。可是不知怎的，有件事讓我打住了。我坐在高腳凳上，杯子空了，又要了一杯可樂。

快一點的時候，米基終於出現了，我正在盥洗室裡，出來時看他掂著愛爾蘭威士忌酒瓶和那個他專用的沃特福酒杯，「好傢伙，」他說，「柏克告訴我你來了，我說應該替你泡一壺咖啡，希望今天晚上你可以熬晚一點。」

「今晚不行。」我說。

「呃，這嘛，也許我可以使你改變主意。」

我們坐老位子上，他斟滿了酒杯，把杯子舉到燈光下，杯中的液體瑩瑩生光，「老天，這顏色可真美。」隨後喝了一口。

「如果不喝酒的話，」我說，「可以喝一種顏色調得一模一樣的奶油蘇打。」
「哦，是這樣子嗎？」
「當然你不能加東西，否則上面就會起一層皮。」
「這樣不就破壞整個效果了嗎？」他再喝一口，歎氣道：「唉，奶油蘇打?!」他說。
我們隨便閒扯了一下，我傾過身去說：「你還需要用錢嗎，米基？」
「過得去啦，鞋子至少沒破洞。」
「哦。」
「可是我永遠都需要用錢，那天晚上我跟你說過了。」
「沒錯。」
「我知道可以在哪裡弄到錢。」我說。
「你問這幹嘛？」
「啊。」他悶不吭聲的坐在那兒，臉上的笑容忽隱忽現，「多少錢？」
「最少有五萬，實際上很可能會更多。」
「誰的錢？」
問得好，喬．德肯曾經提醒過我，錢是不認主人的。那是，他說，那是法律的一項基本原則。
「一對姓史特能的夫妻。」我說。
「毒販嗎？」

「差不多，他買賣外幣，替洛杉磯的一對伊朗兄弟洗錢。」

「『哎』伊朗人哦，」他打趣的說，「好吧，也許你該再多告訴我一點。」

∞

我一定是一講就講了二十分鐘，還拿出筆記本，給米基看我在馬帕斯畫的路線圖，米基讓我想到很多事情，所以我解說得很詳盡。一兩分鐘之內，他沉默不語，只把酒杯斟滿，大口喝著威士忌，好像那是大熱天裡的冰開水。

「明天晚上我可以找到四個人手。我和另外兩個人，安迪開車，找湯姆、艾迪或約翰也可以，湯姆你是知道的，不過另外兩人你可能不認識。」

湯姆是白天的酒保，一個臉色發白、守口如瓶的男人，來自貝爾法斯特。我老懷疑晚上的時間他要怎麼打發。

「馬帕斯，」他說，「馬帕斯會出什麼好事嗎？老天爺，當我們坐在那裡看兩個黑人互相打來打去的時候，腳底下原來就是個洗錢窟，你就是為了這個才去的嗎？還是要帶我去跟你作伴？」

「不，那次去是為了工作，同時那時候手上也正在辦另一件案子。」

「但是你放亮了招子。」

「可以這麼說。」

「所以就順水推舟，」他說，「這種情況我是可以啦，不過不避諱的跟你說，你讓我很驚訝。」

「怎麼讓你驚訝法？」

「驚訝你告訴我這種事情啊。這不像你的作風，這可不只是看在朋友份上才這麼做的。」

「你不是會付我通風報信的費用嗎？」

「啊，」他說，眼睛裡充滿了好奇，「是啊，百分之五。」他說。

他離桌去打電話，我坐在那兒，眼光停在酒瓶和杯子上。我可以喝柏克煮好的咖啡，但是不想喝，酒我也不想喝。

他回來時，我對他說：「百分之五不夠。」

「哦？」他繃緊了臉孔，「老天，你今天晚上真是語不驚人死不休，我還以為自己很了解你，百分之五有什麼不好，那你想要多少錢？」

「百分之五對一個報信者來說沒什麼不好，可是我不想要報信費。」

「你不要？好吧，那你到底要什麼？」

「我自己也要一份，」我說，「我要當殺手，我也要參一腳。」

他坐回椅子，凝視著我，倒了一杯酒卻沒有碰它，瞪著我大聲喘氣。

「唉，我一定會下地獄，」他終於開口道：「幹他媽的我一定會下地獄。」

22

一大清早，我終於把那捲《衝鋒敢死隊》放進銀行保險箱收藏妥當。再重新買一捲空白帶，準備拿到馬帕斯去。我開始想像可能出差錯的狀況，想著想著，決定轉回銀行把原版的取回來，新買的那捲還留在盒子裡，這樣我就不會把它們搞混。

如果我死在馬帕斯，喬・德肯可以一遍又一遍的從畫面上尋找一些蛛絲馬跡。

一整天我都在想應該去參加聚會。星期天晚上之後，我就沒再去聚會了。本來中午要去，但也沒去成。那麼我想不如去參加五點半的「快樂時光」聚會吧，後來決定至少可以趕上下半場在聖保羅教堂的聚會，那是我最常去的地方。但我總是不斷找別的事情來做。

十點半，我徒步到葛洛根酒吧。

米基已經在那裡了，我和他一起走進後面的辦公室。室內有一張老舊的木頭書桌，一口保險箱。一對老式的木製辦公椅，及一張躺椅。除此之外還有一張綠皮沙發，有時候他會躺在上面小睡個幾小時。有一次他告訴我，他擁有三間公寓，都登記在別人名下，當然他的農場也一樣。

「你第一個到。」他說：「湯姆和安迪十一點之前會來。馬修，這事你可是想清楚了？」

「想清楚了。」

「兄弟，那你有沒有考慮打消這個念頭？」
「我為什麼要打消這個念頭？」
「如果是的話，其實也無傷，昨天晚上我已經跟你說過，很可能會有流血場面。」
「你說過。」
「你身上得帶把槍，而且假使你帶了槍……」
「就得願意用它，這我知道。」
「啊，老天，你肯定你真心要幹這檔事嗎，兄弟？」
「我們馬上就會知道，不是嗎？」
他打開保險箱，亮了幾把槍給我看，並向我推薦一把ＳＩＧ梭爾九釐米自動手槍，很重，好像可以把行動中的火車打停掉，拿在手上把玩一陣，槍膛拉開、再關上，感覺不錯，是一具挺好的槍械，看起來恫嚇力十足。可是我卻選了一把點三八Ｓ＆Ｗ左輪手槍，它沒有梭爾那種危險的外型，火力也差遠了，可是使起來比較舒服，可以插在我背後的腰帶裡，最重要的是，它是我幹警察時用了多年的槍種的相近設計。
米基自己選了梭爾ＳＩＧ。
湯姆和安迪在十一點以前都來了，每人都進辦公室選一把武器，當然辦公室的門是關上的，我們則在裡面蹿來蹿去，一下說天氣很好，一下又說這檔事根本是芝麻綠豆，輕而易舉。然後安迪出門把車開來，我們魚貫的走出葛洛根，坐上車去。

這是一輛福特，有五年車齡，車身很長，座位寬敞，有一個大車廂，引擎也很有力。開始我還以為它是特別偷來做今天晚上的這一票，後來才知道這是巴魯前陣子買的。安迪·巴克利把它停在布朗克斯的車庫裡，碰到這種事的時候就把它開出來，車牌號碼是合法的，就算被抄下來也沒有用，因為登記的名字是假的。

安迪走五十七街開過城去，然後轉五十九街大橋來到皇后區。比起上次坐計程車的那條路線，我比較喜歡安迪走的。上車後，就很少有人開口說話。過了橋，更是無人打破車內的寂靜。也許在冠軍賽之前的幾分鐘，拳手的休息室就這麼肅靜。不過也不能這麼說，因為輸的人不會被槍殺。

路上的車很少，再加上安迪對這條路瞭若指掌，這趟車程從頭到尾花不到半個小時，到體育館後，安迪把車速減慢到二十哩，我們繞著體育館，四下檢視著。

我們在街道間穿梭，經過體育館時就好好的偵查，街上就像前一天晚上那麼空蕩，夜色已深，更增添了它荒涼氣氛。我們這樣來回巡查約二十分鐘，米基說可以停下來休息一下了。

「再這麼轉來轉去，那些該死的警察就會把我們攔下來問我們是不是迷路了。」

「過橋後我沒再看到警察。」安迪說。

米基坐在前座安迪的身邊，我和湯姆坐後面，湯姆從出了米基的辦公室就沒開過口。

「我們來早了。」安迪說，「你要我做什麼呢？」

「把車停附近，但不要正對著，我們先等等看，如果有人來找碴，那就打道回府去喝個爛醉。」

結果我們把車停在離體育館半條街的路上，安迪關上引擎和大燈，我坐在那兒，試圖找出目前所在的轄區，好推測會是哪個分局的警察來煩我們。不是一〇八分局就是一〇四分局，我忘了界線是從哪裡到哪裡。也不知道它與我們所在地點的相對位置。不曉得有多久，我就那樣坐在那兒，皺著眉頭沉思著，試圖在腦海中勾勒出整個皇后區的地圖，並且在上面標出各個轄區的位置。這不太重要。但我的腦海中卻不斷的搜尋著答案，好像這個世界的命運就操縱在這答案上。

這個問題一直無法解答。米基轉過身來，指著他的手錶時，我還是無法得出正確答案。一點鐘，進去的時間到了。

∞

進去時，我必須是單獨一個人，這在構想的階段感覺很容易，但是真到了要去做的時候，卻沒那麼簡單了。我完全無法預知會受到什麼樣的「歡迎」。假如說柏根·史特能很合理的決定宰了我比賄賂我要便宜，那麼他只需在我還沒來得及看見他之前，將門開個小縫，伸出槍管斃了我就行了。在這個前不搭村後不著店的鬼地方，就算你點燃一門加農砲都沒有人會聽到，就算聽到了，誰也不會多管閒事的。

況且，我也不清楚他們到底來了沒。我是準時到達的，而他們該在幾小時前就在了。他們是主人，沒有理由在自己開的派對上遲到。然而街上停的車，沒有一輛是他們的，體育館四周也杳無人跡。

我想那棟建築裡一定有個車庫，最遠的盡頭處有一扇看來很像是車庫的門，假設我是他，我就會想要一個車庫。雖然不知道他開的是哪一種車，但以他的生活方式來判斷，很可能開那種你不會放心停在大街上的名車。

像剛才不停在想我們的所在位置一樣，現在腦子裡正忙著想：他們到底來了沒有？他們會和我握手寒暄還是賞我一顆子彈？我知道他們已經到了，因為接近大門口時，能感覺到有眼睛正盯視著我，錄影帶在我外套口袋裡，在確定我有沒有把東西帶來之前，我想他們是不會開槍的。點三八S&W左輪已被我插在大衣和夾克下的褲腰帶裡，不過在脫掉外套之後，我希望能把它擺在一個伸手可及的地方，然後——

他們一直都監視著我，門在我還沒敲的時候就打開了。沒有槍指著我，只有史特能穿著星期四我看到他時的同一件小羊皮背心，褲子換成了卡其布，褲腳塞進靴子中，看起來像是什麼殘兵敗將。這是一身很奇怪的打扮，有些東西根本不該搭配在一起，可是穿在他身上卻又不顯突兀。

「史卡德，你很準時。」他說著，伸出手來，我便和他握手。他的手很篤定，但是很快的握了一下便縮回去，並沒用力的跟我比手勁。

「哦，就是你啊，現在我認出來了。我記得你，但印象不是很清楚，奧加說你讓她想到我，我想應該不是生理上的，還是說我們長得有些相像？」他聳聳肩說：「我看不到自己，來吧，我們下樓去，女士正等著呢。」

他這套表演顯得有些造作，好像有個隱形觀眾正在觀賞似的，他正在錄影嗎？我無法想像原因何在。

轉過身，我握住門把，並將一塊口香糖塞進鎖中——不曉得有沒有用。後來我想，其實這沒必要，因為米基一腳就能把門踹開，需要的話，開槍把鎖轟掉也行。

「別管它，門會自動上鎖。」我從門口轉過來，他站在樓梯口，用一個優雅而虛矯的鞠躬催我跟上。

「您先請。」他說。

下樓梯時，我走在他前面，到了樓下他便跟了上來，挽著我的手臂一直穿過走廊，經過了那天我曾偷潛下來查探的房間，來到盡頭處一扇開著的門。從門口往裡看去，室內的擺設和這整棟建築物的風格大不相同，當然那個房間不是他們拍色情片的地方。那是一間過大的房間，大概三十呎長二十呎寬，腳下踩的是厚厚的灰地毯，牆壁上也用米灰色的織品將水泥磚覆蓋住以使室內顯得更柔和。房間最裡面有一張特大號水床，床上蓋著一張看起來像斑馬皮的床罩，床頭掛著一張幾何圖形的抽象畫，全是直角和直線以及原始色彩。

門邊是一張臃腫的沙發，和兩張扶手椅配成一套，面對著一台置於架上的大螢幕和錄放影機。沙發和一張扶手椅是炭灰色，比地毯的色調要深些，另一張扶手椅則是白色的，正面擺著一個栗色公事包。

順著牆邊上，是一套數位音響系統，音響右邊是莫斯勒保險箱，音響的上方掛著另一幅油畫，一株小樹，有著非常強烈而豐富的綠色。在它對面是兩幅早期美國人的肖像畫，掛在同款的鍍金雕花畫框裡。

肖像畫下方是吧台，奧加從那兒轉過身來。問我要喝點什麼。

「不用了，謝謝。」

「可是你一定得喝一點東西。」她說：「柏根，你叫史卡德喝點東西嘛。」

「他不想喝。」史特能說。

奧加板起了臉，她穿著那天答應過的服裝，就是在影片裡穿的，長手套、高跟鞋、開襠的皮褲和塗了胭脂的乳頭。她向我們走來，手上拿著一杯加了冰的酒，酒的顏色透明而清澈。不等我問，她就宣稱那是「生命水」，確定真的不想來一杯嗎？我說我確定。

「這間屋子真氣派。」我說。

史特能微笑道：「出乎意料吧？在這棟可怕的建築裡，在這麼荒涼的鬼地方，我們竟然有一個避難所，一個文明邊緣的哨站，現在就只差一樣我想要改進的地方。」

「是什麼？」

他對我的疑惑報以微笑，「我想再向下加一層樓。再向下挖。」他解釋道：「挖一座潛藏在地下室之下的空間。這個空間會在整棟建築的地底四通八達，想挖多深就挖多深，要有個十二呎高的天花板，唉，乾脆來個十五呎算了。當然我會把入口封住，人們嘔心費力都不會找到，他們做夢都想不到在他們的腳下會有那麼一個金碧輝煌的世界。」

奧加笑著眨眨眼睛。「她覺得我瘋了，也許我是瘋了，可是我是照自己的意思過生活，知道嗎？我向來都是這樣，以後也不會改變。把外套脫掉吧，你一定很熱。」

脫下了外套，我把錄影帶從衣袋中取出來，史特能替我把外套搭在沙發背上，沒有提起錄影帶，對於那個公事包，我也沒說什麼，我們都像四周的擺設那麼的文明守禮。

「你一直在看那張畫，知道畫家是誰嗎？」他問。

那是一幅小風景畫，有棵樹的那張。「看起來像是柯羅的。」

他挑起眉毛，頗欣賞的說：「好眼力。」

「是原作嗎？」

「美術館和小偷都認為它是，但我買的是贓品，總不能叫專家來鑑定吧。」他笑了，「不過現在，我應該要鑑定一下我的貨吧，你介意嗎？」

「當然不。」我說。

我把帶子遞給他，他大聲唸出片名，笑著說：「看來賴凡格總算還有一點幽默感，在他活著的時候把帶子藏得很妥當。哦，如果你也要驗貨，把手提箱打開就行了。」

打開箱釦，掀開箱蓋來，裡面裝著一疊疊用橡皮筋綁起來的二十元鈔票。

「你並沒有指定面額，希望你能接受二十元鈔票。」

「可以。」

「五十疊鈔票，每疊五十張，你不點一點？」

「我信得過你。」

「其實我也該像你這麼高尚，相信這就是賴凡格拍的那捲錄影帶，不過呢，我還是要放一下以防萬一。」

「有何不可？我不也打開皮箱了嗎？」

「如果你接受一只沒被打開過的箱子，那反而有些作假了。奧加，你說對了，我喜歡這傢伙。」

他伸出手來拍拍我的肩膀說：「你知道嗎？史卡德，我想我們會成為好朋友，我們注定要變得非常親密！」

我想起了他對理察．得曼說的話：「我們比親密還要緊緊相連，你和我，是精血交融的親兄弟！」

他將錄影帶放進機器裡，並把聲音關掉。前面的部分快轉，有一刻我以為自己把所有的東西都搞混了，我們要看的是未經「改良」過的原版《衝鋒敢死隊》，不過如果米基．巴魯快點給我滾下來把門撞開，我們看的是哪個版本都無所謂，還好精采的部分慢慢出現了。

「啊。」史特能歎道。

我鬆了一口氣，因為現在我們看的正是他們那捲家庭錄影帶。史特能雙手放在臀部，聚精會神的注視著螢幕，這架電視機比伊蓮家的大，畫面也顯得更具震撼力，我不自禁的受到它的吸引，

奧加也像被催眠了，盯著螢幕，緩緩靠近她丈夫身邊。

「你看你有多麼嬌美啊。」史特能對她說，然後轉頭告訴我，「她現在雖然活生生的站在我面

前，可是我卻一定得透過螢幕才能欣賞她的美，你說奇不奇怪？」

不論我的回答是什麼，都隨著房子某處傳來的槍聲消失在空氣中。頭兩聲非常接近，緊接下來又有一聲回擊，史特能喊著：「老天。」奔向門口，一聽到顯示他們已出手的槍聲，我便向後移動，左手將外套下襬塞到一邊，右手拔出槍來，食指扣住扳機，拇指按著撞針，背靠牆，如此一來，我便能同時兼顧門上到走廊和他們的動向。

「站住！」我叫道，「誰也不許動！」

螢幕上，奧加替那男孩口交後，把陰莖放進自己裡面，然後在寂靜裡與他猛烈的性交。我的餘光可以掃到她的表演，可是柏根和奧加已經不再注意螢幕，他們並肩站著，望著我和我手上的槍，三個人就像螢幕上的那一對那麼的沉默。

一聲槍響劃破了寂靜，然後又回到靜默，接著是下樓梯的腳步聲，再度破壞了這份死寂。

∞

然後走廊上傳來更多腳步聲，門被開開又關上，史特能似乎想說什麼，之後我聽見巴魯叫著我名字。

「我在這裡！」我回叫：「走廊底的房間！」

他飛衝進來，巨大的自動步槍在他的大手裡看起來好像兒童玩具。他穿著他爸爸的圍裙，臉上因為憤怒而扭曲。

「湯姆被射傷了。」他道。

「嚴重嗎？」

「還好，可是他倒下了。他媽的這是個陷阱，我們剛進門就有兩個人埋伏在黑暗中向我們開槍，還好他們的準頭很差，可是我還沒來得及擺平他們，湯姆就挨了槍子兒，他現在喘得跟牛似的。我宰掉了一個，另一個人的肚子上吃了我兩槍倒地上，我剛剛才把槍塞進他嘴裡轟掉了他的腦袋，這骯髒的混蛋，竟敢放冷槍！」

這就是為什麼史特能替我開門時要裝腔作勢，原來躲在黑暗中的保鑣就是他的觀眾。

「錢呢？我們快拿了錢，好送湯姆去看醫生。」

「你的錢就在那裡。」史特能微笑的指著還開著的手提箱，「你們拿了走人就好，不要動刀動槍嘛。」

「你布置了槍手。」

「那是為了以防萬一，事實證明我的謹慎並沒錯，只是沒有發揮多大的功效而已，是吧？」他聳聳肩，「錢在那裡，你們拿了可以走了。」

「那裡有五萬元，可是保險箱裡還有更多錢。」我告訴巴魯。

他看看那隻巨大的莫斯勒保險箱，對史特能說：「打開它！」

「裡面什麼都沒有。」

「媽的叫你打開你就打開！」

「真的，除了更多的錄影帶，就沒別的了。而有趣的是，只有現在放的這捲拍得最成功，你說對不對？」

巴魯瞄了一眼電視機，這是他第一次看到這捲帶子，有一兩秒鐘的時間，他讓畫面繼續無聲的放映，然後舉起ＳＩＧ梭爾槍扣下扳機，剎那間，電視機的螢幕向四面炸開，發出震耳欲聾的聲響。

「把保險箱打開。」他說。

「我不把錢放這兒，錢都存在銀行保險箱，有一部分在我辦公室裡。」

「再不開就宰掉你。」

「我打不開，」史特能異常冷靜的說，「我忘了號碼。」

巴魯抓起他的衣襟將他摔到牆上，反手再給他一掌，從他一邊的鼻孔中細細流下一道血，史特能依然保持鎮定，似乎對流下的鼻血毫不在乎。

「我才不會笨到去把保險箱打開呢，如果我開了我們必死無疑。」

「如果你不開，你才會死。」巴魯答道。

「白癡才會照你的話做，如果我們活著，可以給你們更多的錢，但是我們一死，誰都動不了那個保險箱。」

「反正我們左右都是個死。」奧加說。

「我不這麼認為。」他回答奧加，然後轉向米基．巴魯說：「如果你想揍我們就揍好了，反正你有槍，情況在你的控制之下。可是你不覺得這樣做很沒意義嗎？此刻你的夥伴正躺在樓上流血，你如果再浪費時間來說服我打開一個空空如也的保險箱，他就會死掉，何不把時間省下來，拿了那五萬塊，趕緊帶他去看醫生呢？」

米基看著我，問我知不知道保險箱裡是什麼。「一定有好東西，否則他早就打開了。」

他緩緩的點點頭，把ＳＩＧ放在開著的手提箱旁邊。此刻我仍然用槍監控著他們倆。米基從屠夫的圍裙口袋中取出一把屠刀，刀鋒插在皮鞘中。他將刀從鞘裡抽出，刀刃因經年累月的使用，原本碳鋼的光澤已不復見，但對我來說，依然很有恫嚇力，史特能的眼中卻露出明顯的不屑。

「把保險箱打開。」巴魯道。

「不。」

「那我會削了她那一對漂亮的奶子，然後再把她剁成貓肉。」

「你那樣做，錢也不會跟進口袋裡，不是嗎？」

我想起了那個在「牙買加莊園區」的毒販，他是怎麼虛張聲勢來壯膽的，不知道米基是不是在虛張聲勢，但我也不那麼想知道。

他抓住她手臂，把她揣向他跟前。

「慢著。」我說。

他看著我，眼光中閃著怒火。

「那兩幅畫。」我說。

「老兄，你在說什麼東西？」

我指指那幅柯羅的名作，「那可能比他保險箱裡的還值錢。」我道。

「我才不想拿畫去賣哩。」

「我也不想。」我說，舉起手槍，瞄準那幅畫旁邊幾吋處，槍聲一響，水泥牆的碎屑簌簌落下，瓦解了史特能的鎮定。「我會把它轟掉，還有其他的也一樣，」接著又對著那兩幅肖像隨手開了一槍，子彈從女人肖像額頭邊幾吋穿過，造成一個小小的圓孔。

「我的天！你這個野蠻的汪達爾人！」（譯註：汪達爾人為五世紀時曾破壞羅馬的一支日耳曼民族，後被隱喻成野蠻的破壞者）

「不過是顏料和畫布。」我說。

「老天，我打開保險箱就是了。」

他迅速無誤的轉動著保險箱的鎖碼，房間裡只有號碼盤轉動的聲音，我舉著史密斯左輪槍，聞到火藥味。這支槍很重，我的手被剛才的後座力震得隱隱生疼，真想把槍放下來，沒有理由要去指著任何人。史特能正忙著開鎖盤，奧加則定在那兒，恐懼得連動也不能動。

史特能對到了最後一個號碼，轉動把手，將兩道門打開。我們都看到了裡面成堆的鈔票，我站在旁邊，視線有一部分被他們兩個擋住，然後我看見史特能的手突然伸進開著的保險箱裡，我大叫：「米基，他有槍！」

如果是電影的話，一定會用慢動作來放映這一幕，有趣的是我也一直以慢動作的方式記得這一幕。史特能伸出手去，拿出一把藍鋼小型自動手槍，而米基的手，握緊了那把大屠刀，高高的舉起，然後在空中迅疾的劃下了一道死亡弧線。刀刃乾淨而銳利的穿過了手腕，手掌便離開刀刃，有如自臂膀釋放而獲得自由似的向前飛去。

史特能轉向我們，臉色慘白，嘴巴因恐懼而張開。他將被斬斷的手盾牌似的舉在胸前，鮮紅色的血如初昇朝陽自斷臂的動脈中噴濺而出。他踉蹌前行，口中發不出半點聲音，臂上的血噴了我們一身，直到米基自喉底發出一種可怕的聲音，揮刀再斬，將刀刃深深埋入史特能的頸部與肩膀的連接處。這一陣刀風吹倒了史特能，他跪了下去。我們站開，讓他的身子向前撲倒，僵直的俯臥著，鮮血湧到了灰色的地毯上。

奧加還愣在那裡，我想從剛才到現在她都沒有移動過半分。嘴巴鬆動，雙手擺胸脯旁邊，發亮的指甲油和她的乳頭顏色配合得天衣無縫。

我把眼光從她身上轉向巴魯，他正轉向她，身上的圍裙被鮮血染深了顏色，手裡緊緊的握著刀把。

我舉起左輪槍，毫不猶豫的扣下扳機，然後那把槍就在我手中震了一下。

23

第一槍射得匆忙，偏了準頭，只打中她右肩。於是我將手肘緊靠身側的肋骨，再開第二槍、第三槍，這兩槍都正中她胸口那對濃妝艷抹的乳房之間，在她倒地之前，眼神已然渙散。

∞

「馬修。」

我站在那兒，俯視著她，米基喚著我的名字。我感到他的手放在我的肩膀上，房間裡充滿了死亡的氣味，槍的火藥味、鮮血以及排泄物的臭味充斥在空氣中，我感到極度的困頓湧上心頭，喉嚨緊緊的，好像有東西要跑出來卻堵在那兒。

「走吧，兄弟，我們得趕快離開這兒。」

一旦擺脫掉讓我動彈不得的不知所以之後，我的行動就變得異常敏捷。米基在清保險箱，把一疊疊的鈔票掃進幾個帆布袋裡，我把可能留下指紋的地方都擦拭了一遍，並把錄影帶從錄影機中取出來，塞進大衣口袋裡，然後把大衣揣手臂上，點三八被我收進皮套中，米基的SIG梭爾也放進衣袋，之後抓起箱子就跟著米基後頭穿過走廊上樓。

湯姆軟軟的靠在門邊，面無血色，不過他的臉平常就很蒼白。米基放下裝錢的帆布袋，把湯姆抱到外面的車上去，安迪已經把門打開，把湯姆安置在後座。

安迪去開後車廂時，米基回頭去拿錢，我把手上的東西一股腦兒扔進後車廂，米基回來把錢丟進去，最後把車箱蓋重重的關上。我走回拳擊場，再檢視一次剛才殺人的房間。兩個人都已經死去，看不出有疏漏的地方，樓梯的頂端躺著兩名保鑣也都已經死亡。我又把湯姆坐過的地方擦了一圈，以免留下指紋。門鎖上的口香糖把它摳出來，這樣門就不會被卡住。門鎖和門上我們有可能摸過的地方都再抹過一次。

他們在車上催促我，我環視四周，附近仍舊荒涼一如沙漠。我趕快跑到路邊。福特汽車的前門打開，前座空著。米基坐後座，正輕聲的跟湯姆說話，並把一團衣物蓋在他肩膀的傷口上。傷口似乎已經不再淌血，可是我不知道他到底已經失了多少血。

我坐進去，關上車門，引擎已經發動了。安迪把車平穩的開出去，米基說：「你知道咱們現在該上哪兒去吧，安迪？」

「知道，米基。」

「天曉得，我們可不想被開罰單，可是你有膽子就盡量開快一點吧。」

米基在歐斯特郡有一個農莊，離它最近的小城是艾倫威爾，一對從西密斯郡來的夫妻：歐馬拉先生和歐馬拉太太在替他照顧房子，地契上的名字也是他們老倆口。我們大約在三點到三點半之間抵達農莊，安迪把雷達感應器打開，不過車速並沒有超過速限太多。

我們把湯姆扶進去，將他安置在日光浴室的躺椅上，然後米基和安迪再出去把一個熟識的醫生叫醒，一個一臉苦瓜相、手背上還有紅色斑點的矮小男人。他花了近一個小時醫治湯姆，出來的時候，一邊在廚房水槽洗手，一邊向我們宣布，「那小子沒事，是個帶種的小混蛋，對吧？他還跟我說：『醫生，我以前就被槍射傷過。』那我就說啦，『孩子，難道你就學不會躲槍子兒嗎？』我沒辦法逗他笑，他那種臉好像以前就很少笑過，好啦，他沒事了，可以活著等到哪天再挨一槍。要謝什麼專有名詞的發明家的話，就謝謝發明盤尼西林的人吧，換做是以前，這種傷口一下就會潰爛，不出一個禮拜或十天，小命就送掉，不過現在不會這樣了，但是真奇怪，為什麼我們終究都還是會死呢？」

醫生忙的時候，我們圍著餐桌坐下，米基開了一品脫威士忌，安迪送醫生回去，那瓶酒就喝得差不多了。米基慢慢喝掉了一瓶啤酒，接著開第二瓶。我從冰箱深處搜到一瓶薑汁汽水，打開來喝。我們三個都坐桌邊，沒有多做交談。

安迪送醫生回家後又轉回來，把車停在隔壁然後輕輕按了一下喇叭，米基跳起來，走出屋外找他，這回我坐在後座。湯姆留在農莊上，醫生吩咐他要待床上休養幾天，週末或者他發燒的話，他會再過來看看。歐馬拉太太也會照顧他，我想她以前一定也做過這種差事。

安迪沿著來時路往回開，取道哈德遜大道，回到葛洛根酒吧。時間是清晨六點半，我這一輩子都沒有這麼清醒過。我們把錢從後車廂取出，交給米基鎖進保險櫃裡，然後把開過火的槍交給安迪，讓他在回家的路上扔進河裡。

「過兩天我會把錢算清楚，然後把你的那份給你，這一筆撈的可不少，拿一晚上幹的活兒來算，算很不錯了。」米基說。

「這我倒不擔心。」安迪說。

「回家去吧，替我問候你媽，她是個好女人，而你是個好司機，安迪，最正點的！」

8

我們又坐在老位子上了，店門上了鎖，只有黎明的清光幽微的照射進來。米基手上有一瓶酒和一只酒杯，但喝得並不猛。我放一片檸檬在可樂裡，好去掉一些甜味，可是當味道酸到我要的程度時，我卻一口也不想碰了。

我們坐了大概一個小時，幾乎不曾交談，七點半，他站起身來，我也起身跟在他後面，我毋需問他去哪裡，他也不用回去把圍裙穿上，因為直到現在他還穿著它。

我跟他去取凱迪拉克，然後靜靜的開到第九大道與十四街上，在塔美葬儀社前把車停好，步上台階，走進聖本納德教堂。我們來早了幾分鐘，到後排的位子坐下，等待屠夫彌撒。

今天早上的神父很年輕，粉紅色的乾淨臉孔看起來好像永遠都不需要刮鬍子。他有一口很濃的愛爾蘭口音，一定是新來的。然而在這個小小的彌撒裡，面對一群修女和屠夫，他顯得很有自信。

不記得儀式的內容了，人恍恍惚惚的，心不在焉。別人站我就站，別人坐我也坐，跪我也跟著跪，該答應時就也乖乖答應，但在我做這些事情時，還是聞到混著血腥及火藥的氣味，看到一把刀劃著狂怒的弧光和四處噴濺的鮮血，感覺到手裡槍枝的重量。

然後奇怪的事發生了。

其他人上前去領聖餐的時候，我跟米基待在原地，可是隊伍向前推進，每個人魚貫的說著「阿們」，然後領取聖餐時，我被一股力量推著也跟上了隊伍尾巴，手心出著汗，喉頭也不斷的悸動著。

隊伍向前移動。「主耶穌的聖體，」神父一遍又一遍的說著。「阿們。」人們也一個一個的回應。這一條線繼續前行，現在輪到我在隊伍的最前面了，米基緊緊跟隨在後。

「主耶穌的聖體。」神父說。

「阿們。」我聽見了自己的聲音，然後把薄餅放在舌上。

24

教堂外的陽光耀眼，空氣冷冽清新。走下樓梯，米基從後面拉住我手臂，詭異的笑著。

「啊，現在我們兩個真的要下地獄去啦，雙手沾滿了鮮血還去領聖餐，我不知道還有什麼比這個更能確定我們要被打入地獄。三十年來我從沒有懺悔，圍裙上那傢伙的血跡還沒乾，我居然還人模人樣的站在聖壇前面。」他深深的歎了口氣，「而你，你這傢伙又不是天主教徒，你到底有沒有受過洗？」

「沒有。」

「親愛的上帝啊，一個幹他媽的異教徒走向聖壇，我竟然也像馬利亞的迷途羔羊一樣跟在你屁股後面，你到底是哪一根筋不對勁啦，老兄？」

「不知道。」

「前幾天晚上我還在說你這個人真是充滿了驚歎號，天哪，看來我了解你還不到一半呢，來吧。」

「去哪裡？」

「我想喝酒，」他說，「而且我要你陪我去。」

我們走到一家以前曾經去過的酒吧，是一個切肉的人開的，在華盛頓街和十三街上，酒館的地板上積滿了鋸屑，那些酒保正抽雪茄，屋裡煙霧瀰漫。我們找了張桌子坐下，他點威士忌，我叫了一杯濃咖啡。

他問我：「為什麼？」

我想了一下，搖搖頭說：「我不知道。原先根本沒有打算那樣做，可是冥冥中有一股力量把跪著的我拉起來，領我向聖壇走去。」

「我不是說那個。」

「哦？」

「你今天晚上為什麼會到那裡去？是什麼讓你帶了一把槍到馬帕斯去的？」

「哦。」我說。

「怎樣？」

我吹吹咖啡，讓它變涼，「這是個好問題。」我說。

「不要告訴我是為了錢，你只要把錄影帶給他就可以拿到五萬塊，可是和我們一起做，可能還分不到五萬塊，為什麼要為了少少的報酬而冒雙倍的險？」

「錢跟這件事沒有很大關係。」

「錢跟這件事情根本沒有關係！」他說，「你什麼時候在乎過錢？從來就沒有過！」他喝了一口酒，「告訴你一個祕密，我也不把錢當回事，他媽的我一天到晚需要錢，可是我並不真把它看在眼裡。」
「我知道。」
「你不想把錄影帶賣給他們，對不對？」
「對，」我說，「我希望他們死掉。」
他點點頭，「你知道我想到誰嗎？那個你剛出道時跟的老鳥，你跟我講的那愛爾蘭佬。」
「馬哈菲。」
「對了，就是他，我就是想到馬哈菲。」
「我了解為什麼。」
「我想到他跟你說過的話，『千萬別做那些別人可以代勞的工作。』是不是這樣說的？」
「聽起來沒錯。」
「我對自己說，一定有什麼地方不對勁，你為什麼不把殺人的差事留給那穿著染血圍裙的人？然而你說，你要的不只是通風報信的酬勞，在那一刻我真以為我錯看了你。」
「我知道，那讓你很煩。」
「是啊，因為我看不出來你竟是那種死要錢的人，這意味著你不是那個我一向自認為了解的人了，那實在是讓我心煩。不過接下來，你馬上又釐清了事實，你說你要自己一個人帶一支槍，包辦一切。」
「沒錯。」

「為什麼？」

「因為那樣看起來似乎比較容易，他們知道我要去，所以會開門讓我進去。」

「才不是因為那個原因。」

「沒錯，不是那樣。我猜自己認定了馬哈菲那套是錯的，或者說他的忠告不適用這個特殊情況，把壞事交給別人去做，感覺起來怎麼樣都不對，如果我親自判他們死刑，至少可以親眼看著他們被吊死。」

他擠著五官吞下了一口酒，「我跟你說，我店裡賣的威士忌比這個好喝多了。」他說。

「如果不好喝的話就別喝。」

他又再咂了一口以確定一下，「也不能說它難喝，」他說，「你知道嗎？對於啤酒和葡萄酒我是不挑剔的，兩種酒我都喝，比水還淡的啤酒，跟醋差不多的葡萄酒我都喝過，也吃過腐壞了的肉、蛋，以及煮得很難吃的食物，可是我這輩子沒喝過爛威士忌。」

「我也沒有。」我說。

「現在感覺怎樣？馬修？」

「感覺怎樣？不知道，我是個酒鬼，從來就不知道自己的感覺。」

「啊。」

「我覺得很清醒，那就是我的感覺。」

「那還用說？」他的眼神越過杯口注視著我，說：「我說他們該死。」

「你這麼認為？」

「如果真有該死的人，那就是他們。」

「我想我們都該死。」我說：「也許這就是為什麼沒有人能逃脫死亡的原因，我們殺了四個人，其中兩個我連見都沒見過，難道他們也該死？」

「他們手上都有槍，又沒有人要他們捲入那場槍戰。」

「可是那真是他們的報應嗎？如果我們都得到應得的報應——」

「哦，上帝不會允許的。」他說，「馬修，我得問問你，你為什麼要殺那個女人？」

「總得有人殺她。」

「不一定得是你啊。」

「也對，」我想了半晌，終於開口道：「我也不清楚，能想到的只有一件事。」

「說來聽聽吧，兄弟。」

「呃，我也不知道，不過也許我也想在圍裙上沾點血吧。」

∞

星期天晚上我和吉姆．法柏吃晚飯，我把事情從頭到尾源源本本的跟他說了，那天晚上我們沒去聚會，他們向上帝禱告的時候，我們仍然坐在那家中國餐館裡。

「哇，真是個了不得的故事，這種結局應該算是不錯了吧？至少你沒再喝酒，也不用去坐牢，你要嗎？」

「不用。」

「同時扮演手操生殺大權的法官和陪審團，一定是很有趣的感覺，等於是在扮演上帝的角色。」

「可以這麼說。」

「你想你會做上癮嗎？」

我搖搖頭，「我想我再也不會幹那種事了。不過我也沒料到自己會這麼做，這些年來，不管在警界還是退下來之後，我都做過一些邪門歪道的事，比如說作偽證、扭曲立場等等。」

「可是這次有點不同。」

「這次有很大的不同。你瞧，我在夏天看過這捲錄影帶之後，就再也無法將它從腦中除去。後來碰巧被我遇到那個狗娘養的，他用手向後攏順小男孩頭髮的姿勢讓我認出他來，那也許是他父親對他做過的事。」

「怎麼說？」

「一定有什麼事情讓他變成這麼個怪物。也許他的父親虐待他，也許小時候曾經被強暴過，要了解並且同情史特能其實並不難。」

「我注意到一件事，你談論他的時候，從來沒有讓我感到一絲恨意。」

「我為什麼要恨他呢？他其實很迷人，舉止合宜聰明，也有幽默感，如果你想把世界上的人分成好壞兩種，那麼他一定在壞人那邊。可是現在不知還能不能那樣去分，以前我可以，可是如今愈來愈難。」

我傾身向前，「他們會不斷不斷的拿殺人當成一種娛樂，好像是一種運動，使他們樂在其中，這我沒辦法了解。可是也有很多人無法了解為什麼我喜歡看拳賽，也許人們的嗜好是無法去評斷的。

「然而重點是，他們可以逍遙法外，而我正好走運涉入了這件案子，查出他們幹了什麼、怎麼幹的以及對象是誰等等，但這並不表示就可以破案。沒有起訴，沒有拘捕，沒有判刑，甚至連調查都沒有，如果一個好警察發現了整件事情，他一定會沮喪失望得讓自己醉到不省人事，我並不準備那樣做。」

「嗯，那樣的想法是沒錯。」他說：「但你決定，等著看天道來懲罰他們並不是個安全的做法。上帝自己深埋在糞土中，你告訴自己，除非祂讓我幫祂替天行道。」

「上帝。」我說。

「不管你怎麼叫祂，『無邊的力量』、『造物主』、『偉大的或許』。你覺得那個『偉大的或許』已經沒有能力做好自己份內的工作，只有靠你來替祂分擔了。」

「不對，」我說，「不是那樣。」

「說給我聽聽。」

「我想，我可以視而不見，可以蓋著它不管，然後一切又會歸於寧靜，因為一直以來都是這樣不是嗎？在那些我相信『偉大的或許』的日子裡，我知道是這樣。而當我無邊的力量成為『偉大的或許不是』時，我也仍然這麼認為。有一件事情，我一直都很確定——不管有沒有上帝，我一定不是扮演上帝的那個人。」

「那你為什麼又那樣做？」

「坦白說，我就是想他們死。」我說，「而我也想成為殺死他們的那個人，但是，我以後不會再做這種事了。」

「你拿了錢。」

「是的。」

「三萬五，是嗎？」

「一人三萬五，米基的那份差不多是二十五萬。當然另外還有一些外幣，我不知道到時他要怎麼去賣掉它們。」

「他拿的是最大份。」

「沒錯。」

「那你要怎麼處理你的那一份？」

「不知道。現在那些錢和引發這整件事的那捲錄影帶放在同一個保險箱裡，我可能會捐十分之一給聖約之家，捐錢給那個地方似乎很合邏輯。」

「你可以全都捐給聖約之家啊。」

「是可以。」我同意，「可是我想我不會，剩下來的錢我會自己留著，為什麼不呢？是我自己憑勞力賺的。」

「我想是的。」

「如果我要和伊蓮結婚的話，自己身邊也應該存一點錢。」

「你要娶伊蓮？」

「我哪知道？」

「那你為什麼去望彌撒？」

「我以前就跟巴魯去過，那種氣氛是男人之間的一種默契吧，我知道那是我們友誼的一部分。」

「為什麼去領聖餐？」

「我不知道。」

「你一定知道。」

「不，我真的不知道，很多事情我都不知道自己為什麼會去做，大半的時間我不知道自己為什麼要滴酒不沾以保持清醒。如果你想聽真話，我甚至不知道自己以前為什麼會酗酒。」

「接下來又會發生什麼事呢？」

「欲知後事如何，」我說，「請待下回分曉。」